双子座文丛

高兴——主编

Jiandao yu Nüfangdong

剪刀与女房东

沈东子——著/译

漓江出版社

"双子座文丛"出版说明

文坛写书者多,译书者也不少,但著译俱佳的不多见。创作与翻译并举,在世界文学史和民国以来的汉语文学界均有详例,一批人中佼佼在创作大量优秀文学作品的同时,还向国内读者译介了诸多外国作家的作品,既是传统文化的传承者,又是异域文化的绍介者。出版"双子座文丛"目的之一,就是努力在这方面进行发现和总结。双子座,取意"著译两栖,跨界中西",丛书第二辑收入的几位作家,除了领衔的冯至先生文章千古,彪炳后世,其余诸公,在文学创作领域多有建树,文学翻译水平亦为译坛认可。丛书的宗旨是诗人写诗、译诗,散文家写散文、译散文,小说家写小说、译小说,角度新颖独特,为国内首创。由于篇幅所限,本丛书只收精短作品和译品。

漓江出版社中外文学编辑部

沈东子（2008年，摄于青岛）

与小侄女在云南（2007年）［上］
与爱因斯坦蜡像合影（2010年，摄于上海杜莎夫人蜡像馆）［下］

漓江边（速写，绘者：简）［上］
在阳朔（1988年）［下］

纽约中国作家书展(2015年)

目录

总序　时光深处的矿藏／高兴 001

创作小说十篇

在冰岛等你／003

光裸的向日葵／024

云　儿／045

剪　刀／061

手　感／072

三种口味的包子／093

六万分之一／115

红苹果／142

一桶玫瑰酒／156

礼拜四／170

翻译小说十篇

[爱尔兰] 詹姆斯·乔伊斯
寄宿客栈 / 194

[美国] 伯纳德·马拉默德
黑色是我最钟爱的颜色 / 203

[美国] 杜鲁门·卡波特
你好，陌生人 / 216

[美国] 雷·布雷德伯里
碗底的果子 / 232
侏　儒 / 245

[瑞典] 帕尔·拉格奎斯特
沉落地狱的电梯 / 261

[美国] 克里斯蒂娜·诺贝尔·戈万

杀风的女人 / 270

[英国] H.G. 威尔斯

圆锥罩 / 278

[英国] 罗尔德·达尔

女房东 / 291

[美国] 威廉·萨姆伯洛特

恐怖岛 / 303

后记　翻译规矩与创作自由 / 315

※ 总序 ※

时光深处的矿藏

高兴

时光流逝，越来越容易陷入怀旧了。是老年的迹象在显露吗？我生出警觉，却也无可奈何。思绪常常转向并停留于上世纪八十年代，久久地，久久地，以至于间或会闪过一缕幻觉，仿佛重又置身于那个年代。回头想想，那真是金子般的年代：单纯，开放，真实，自由，充满激情和希冀，个性空间渐渐扩展，就连空气中都能感觉到一种积极向上的氛围，闪烁着理想主义和浪漫主义的光芒。

那时，整个社会都在倡导读书，鼓励思考、创造和讨论，号召勇攀科学高峰。我个人真正的阅读正是从那时，也就是从大学开始的。大学学习，紧张，而又充实。我们那批学生都异常用功，都有着明确和持久的动力和目标。在紧张学业的空隙，阅读，成为调剂和滋润，也有提高修养的意图。吸氧般地读。如痴如醉地读。杂乱无章地读。马不停蹄地读。总体上，诗歌作品读得多些，外国作品读得多些。那时，如果有某部作品，尤其是外国作品即将问世，消息会不胫而走，我们会连夜赶到王府井书店排队，就为了能购得自己渴盼的书籍。漓江出版社的《西方爱情诗选》就是以如此方式终于被我捧在手中的。还清楚地记得那是个小开本，轻盈的样子，不到三百页，定价为八毛钱，发行量竟达到了几十万册。于我，那可是本珍贵而亲爱的书，几乎伴我度过了青春时期最美好的时光。

　　阅读过程中发现，中国文坛上有一类特别的人，一类似乎散发着异样光芒和特殊魅力的人。他们既是优秀的作家，同时又是出色的译家。而作家和译家的双重身份让他们的文学天地变得更加开阔，更加悠远和迷人，也更加引人注目。鲁迅，周瘦鹃，周作人，茅盾，沈泽民，胡愈之，朱湘，赵景深，林语堂，戴望舒，朱光潜，郑振铎，冰心，巴金，穆旦（查良铮），朱生豪，丰子恺，楼适夷，朱雯，施蛰存，李健吾，冯至，卞之琳，徐迟，季羡林，陈敬容，萧乾，袁可嘉，杨绛……都是这样的人。那是一份长长的名单，也是一份闪光的名单，构成中国现当代文学史上一个又一个独特的存在。谈到穆旦（查良铮）先生，我们既会想起他无数的诗篇，也会想到他众多的译诗；谈到李健吾先生，我们既会想起他创作的长篇《心病》，也会想起他翻译的长篇《包法利夫人》；谈到戴望舒先生，我们既会想起他写的那首《雨巷》，也会想起他译的洛尔加的《海水谣》；谈到冯至，我们既会想起他自己的诗句"我的寂寞是一条长蛇"，也会想起他译的里尔克的诗句"谁这时孤独，就永远孤独"。同样，当我们读到卞之琳先生的《断章》，杨绛先生的《洗澡》，陈敬容先生的《老去的是时间》等作家作品时，也绝对会自然而然地想到《英国诗选》《堂吉诃德》《图像与花朵》等翻译作品。于他们，文学写作和文学翻译，既各自独立，又相互补充和丰富，最终融为一体，成为最完整意义上的创作。他们的贡献是双重的，有着特殊的意义和价值。他们的孤独也是双重的，是孤独与孤独的拥抱、互勉和团结。他们照亮了孤独,孤独反过来又照亮了他们。

有时,很难说他们的文学写作和文学翻译,孰轻孰重。特殊的历史缘由,中国现当代文学史中曾出现过断裂,甚至空白。恰恰就是在几个关键的时刻,他们的贡献和意义突显。远的不说,就说上世纪五十年代,正当百事待兴之时,当下之琳将莎士比亚,陈敬容将波德莱尔,徐迟将惠特曼,萧乾将哈谢克用汉语呈现出来时,会在中国读者心中造成怎样的冲击和感动。同样,上世纪七十年代末,当人们刚刚经历荒芜和荒诞的十年,猛然读到李文俊翻译的卡夫卡、李野光翻译的埃利蒂斯、袁可嘉翻译的叶芝、王佐良和郑敏先后翻译的勃莱,会感到多么的惊喜,多么的大开眼界。那既是审美的,更是心灵的,会直接或间接滋润、丰富和影响人的生活,会直接或间接打开写作者的心智。时隔那么多年,北岛、多多、柏桦、郁郁等诗人依然会想起第一次读到陈敬容译的波德莱尔诗歌时的激动,莫言、马原、阎连科、宁肯等小说家依然会想起第一次读到李文俊译的卡夫卡《变形记》时的震撼。我曾在不同场合说过,文学翻译曾引领不少中国作家走过了一段必要的路程。没有读到福克纳和马尔克斯,很难想象莫言的写作会走向哪条路数。没有读到转化成汉语的外国诗歌,同样很难想象北岛多多们会成为什么样子。

这些有着异样光芒和特殊魅力的前辈甚至影响了我的人生走向。我在大学学习罗马尼亚语。小语种,人才稀缺,原本有着众多的选择。但我毕业后,没去外交部,也没去经贸部,而是来到《世界文学》编辑部工作。当然是我自觉的选择。当然出于文学热爱,或者说是前辈影响的结果。从小就在邻居家里见过《世界文学》这份杂志,三十二开,不同于其他杂志,更像一本书,有好看的木刻和插图。早就知道它的历史和传统,也明白它的文学地位和影响。有很长一段时间,我索性称它为鲁迅和茅盾的杂志。不少名作都是在这份杂志上首先读到的。以前绝没有想到,有一天,自己竟然也能成为《世界文学》编辑队伍中的一员。我曾在一篇文章中描述过当时的激动和自豪:

  我所景仰的冯至先生、卞之琳先生、季羡林先生、戈宝权先生等文学前辈都是《世界文学》的编委。这让我感到自豪。记得刚上班不久,高莽主编曾带我去看望冯至、卞之琳、戈宝权等老先生。在这些老先生面前,我都不敢随便说话,总怕话会说得过于幼稚,不够文学,不够水平,只好安静地在一旁听着,用沉默和微笑表达我的敬意。冯先生有大家风范,声音洪亮,不管说什么,都能牢牢抓住你的目光。戈先生特别热情,随和,让人感觉如沐春风。卞先生说话声音很柔,很轻,像极了自言自语,但口音很重,我基本上听不懂,心里甚至好奇:如果让卞先生自己朗诵他的《断章》,会是什么样的味道?

  供职于《世界文学》之后,一直在苦苦寻觅理想译者。在我看来,理想译者就是有扎实的外文和中文功底,有厚重的文学修养和高度的艺术敏感,有知识面,有悟性、才情和灵气,同时又对文学翻译怀有热爱和敬畏之情的译者。最最理想的译者就是那些既有翻译实力,又有写作才华的译者。他们是译者中的译者。我因此满怀敬意和感恩,一次再一次地想到查良铮、李健吾、冯至、丰子恺、卞之琳、陈敬容、袁可嘉、杨绛、高莽、屠岸等先贤。令人欣喜的是,这些先贤开创的传统得到了继承和延续。我因此满怀喜悦和欣赏,不禁又想到了西川、姚风、黄灿然、沈东子、李笠、汪剑钊、程巍、树才、田原、袁伟、石一枫等同道。而作为写作者,这些先贤和同道显然又更加开明,开阔,先进,智慧,无拘无束,同时个性十足。

这些特殊的人已然形成了一座座特殊的富矿。该如何从诗意和学术的高度来发掘和开采这一座座的富矿?漓江出版社"双子座文丛"对此有着美好的意图:

文坛写书者多,译书者也不少,但著译俱佳的不多见。创作与翻译并举,在世界文学史和民国以来的汉语文学界均有详例,一批人中佼佼在创作大量优秀文学作品的同时,还向国内读者译介了诸多外国作家的作品,既是传统文化的传承者,又是异域文化的绍介者。出版"双子座文丛"目的之一,就是努力在这方面进行发现和总结。双子座,取意"著译两栖,跨界中西"。

此外,我还想特别说的是,这套文丛更是一套致敬之书、期待之书,致敬已然属于"双子座"的前辈,期待正在走近或即将走向"双子座"的同道与后生。

2018 年 5 月 3 日于北京

创作小说十篇

在冰岛等你

一

尚可在安的追怀仪式上认识了宁,这表明他是安的朋友,宁也是。当时他们说不上一见钟情,只是点头致意,相视一笑——在那种肃穆的场合,所有的情感都被裹上了黑色,相视一笑已经很不容易了,表明两人的心灵已经很默契,要知道这是他们第一次见面。后来便有了这趟结婚旅行,当然这是很后来的事了,其中还发生了很多别的故事。

不过他俩结婚后,只有一次提到过安,至少到目前为止是这样,这又说明无论是他,还是宁,都并不过于看重那位年轻美丽的死者,当然也有可能恰恰相反,因为过于看重而有意回避提到她。

回想起来安的追怀仪式是很特别的,据说很合乎她生前的品味。仪式在她常去的一间咖啡屋里举行,播放的是《安魂曲》,摆放的是鸢尾花,花束旁边搁着她的照片。这一切都是她的朋友们为她精心安排的,显得那么周全细致,好像早就料到会有这么一天。

照片上的安很沉静,也很陌生,至少他觉得是这样,好在脸上还有那丝讥讽的微笑,这一点是他熟悉的——他正是透过那种讥讽,感觉到了她那无法安顿的灵魂。

他认识安时，她已经不是处女了。

——早就不是了。她笑着说。

他是临近中午醒来时，听见她这样说的。

——介意吗？她又问。

他说他不介意，只是好奇罢了。

——我知道男人都是有些介意的，虽然嘴上不说。

他说他真的不介意，只是好奇，如果她真是一位混沌无知的小姑娘，这对他又有什么好处呢。

——你也没有资格介意。你什么时候失贞的呢？可能十八岁吧。

他说哪能啊，哪能这么早。

——可是你无法证明，对吧？一定是个老练的女人夺走了你的贞操。她说。

他笑了，用笑表示认可。

后来她进洗手间漱口去了，他们没再往下探讨这个话题。幸好没再往下探讨，否则还真得逼他去回想一些泛黄的往事，他望着墙上的那幅油画想。画上的花瓶里插着一束玫瑰，撒落的花瓣在阳光下显得格外殷红。

当然这世上无论是喜欢安的人，还是安喜欢的人，都不止他一个。

他们为她送上鸢尾花和《安魂曲》，说她如何如何喜欢凡·高和舒伯特，还夸赞她多么多么有气质，多么多么高雅等等。可是他并不记得她提起过凡·高或舒伯特。他只记得她喜欢肯德基，每次都会把鸡翅啃得精光。他想或许她跟他们在一起时,是喜欢舒伯特或者装作喜欢舒伯特的,而跟他在一起,她就喜欢睡懒觉,啃鸡翅,把那个不幸早夭的奥地利作曲家给忘了。

他并不知道她有那么多朋友,要不是她死了,也见不着他们。她曾经不时提到过这个那个,可是口气很淡然,跟提到哪位时常在报上露面的政府官员也差不多,要是他们当中谁死了,她是不会去送花圈的。可是他们都来送她,而且神色都很肃穆,围坐在几只烛光闪烁的桌子前低声说话。只有他和另外一个女人站在一旁,看看他们,也看看安。

他站在一旁,是因为他到得最晚,里面光线黯淡,又不见熟人,只好站着。那个女人好像一直守在门边,守了一会儿,就走过来说:

——是尚可吧?你不认识我,我认识你。我们通过电话。我知道在这些人中,安最……看重你。

这个女人就是宁。

他听得出来,宁原先想说安最喜欢他,可犹豫了一下,把喜欢说成了看重。看重就看重吧,能被人看重也不容易呀,况且还是被安看重呢。

他点点头,问她叫什么。她说出了她的名字。

尚可和宁站在酒店十四层的一座阳台上,两人都没有说话,望着一阵一阵飘落的夏雨。他们终于没能避开安。安像一根引信,一根长长的引信,懒懒地逶迤在他们身后,无论他们走到哪里,她都尾随着,看上去好像只是一根细细的绳索,可是一旦被点着,就会迸射出惊人的火花。

站在这么高的地方,好像位置很好,可是什么也看不见,四处都是同样高耸的大楼,在青灰的天色映照下,深色的窗玻璃全都泛着阴沉的光。不过要是你往下瞅，还是可以看见一些东西的。

下面有一条横街，两侧是典型的南方骑楼，在其中一座骑楼凸出的平台上，放着一盆红玫瑰。

那些个头瘦小肤色黧黑的南方人，正疾速穿行于墙面斑驳的骑楼下，如同蝼蚁一般匆忙。穿行于骑楼下，既可以避雨，又可以躲避阳光，还可以躲避目光，最适合于从事秘密活动了，怪不得当年革命总是首先在南方爆发。在这座城市你见不到伞花，一朵也见不到。那种色彩斑斓的伞花只存在于梦中。

他们站在阳台上，望着无伞的雨天，各想各的心事。那些雨滴随风飘落，黏附在阳台前的法式栏杆上，慢慢结成水珠向下滑动，滴落，晶莹的圆形渐渐被拉长，拉成椭圆，随后呈心形继续往下坠落，落向那条横街，落向那盆红玫瑰。

水珠每次被拉长时，后面的世界也跟着变形，变出的形状非常奇特，因为那是平日见不到的世界，难怪安有一次说过，雨天的世界更真实。他正在回味安很久以前说过的那句话，忽然就听见宁说：

——安很聪明，制造了一个幻觉，留给我，自己却走了。

说完她转身走进屋内，撇下他一个人，跟风在一起。他斜睨翻飞的雨珠，又想起了安的另一句话：我更愿意听风的声音。那是有一次他和安吵架后，安的一句自语，那句话的前半句是你少说两句好不好。

听见宁提到安，他有些惊讶。虽说两人各想各的心事，但毕竟相处了半年，有时也会想到同一件事或同一个人。她提到安时，他恰好也想到了那个年轻女人。当然他经常想到她，暗暗想，只是嘴上从来不说，此时他想到她，完全是因为看见了骑楼平台上的那盆红玫瑰。

这座亚热带城市的居民，家家都喜欢养花，可是家家又都装了铁栏杆，所有的花草看上去都跟被囚的鸟儿一般寂寞。那盆红玫瑰是个例外。它被随意搁在凸出的平台上，似乎无人料理，却开得分外灿烂。

——你信吗，昨晚一片花瓣掉在我的脸上？真的，我的脸都感觉到了，凉凉的。我知道你不信，所以没说。

那天早晨安先起来，洗漱完毕后这样对他说。她的内心与她的名字恰恰相反，总是很不安分，总是会冒出一些奇怪的念头。

卧室墙上有一幅油画，色彩很鲜艳，远端是阳光下的几栋木楼和一架风车，近处就是一束殷红的玫瑰。他醒来时发现她在洗漱，就支着脑袋观察那幅画。那是他第一次认真观察那些粉色的花瓣，发现它们非常性感，并非只有粉色一种颜色，除了粉色，还有浅红和深红，错落有致地组合在一起，宛如女性的性器官，显得神秘而娇美。他甚至还感觉到了花瓣上的露珠。

他把这个发现告诉安。她见他注意那幅画，就说出了前面那句话。

——不是花瓣，是泪水。他说。

她坐在梳妆台前描眼眉，听见他这样说，手停了下来。

——跟我在一起，你不快乐，是吗？他又说。

——不是。不完全……是这样。有的东西与你是……没有关系的。她说。

——与谁有关系？

——我也不知道。你是不是觉得我太敏感？可能吧……有人就这样说过我，还说敏感的女人只适合于做情人。

听见宁提到安，他说：

——其实我又何尝不是这样呢，只是不想说罢了。她确实很聪明，所以从来不结婚。

这是他们婚后头一次提到安，也就是这句话，点燃了长长的引信。

二

得知安的死讯时，他也是在广州。

他并不喜欢那座城市，可是因为干的是首饰推销，或者又叫假首饰推销，不得不每隔十天半月就往那边跑上一趟，像甲虫一样在那些阴暗的骑楼间穿行，谁叫那边的胖妇人都喜欢戴戒指呢。

不过自从安离开后，他也慢慢习惯了这种生活。

他终于明白，其实活着就是适应，忍受就是成熟。每次坐在飞越两地的航班上，他眼中是云，心中也是云，宛如生活在幻觉中。他知道自己依旧怀念安，很痛恨自己的依恋心理，可是内心的另一个声音又会说：人不能毫无依恋呀，若是那样岂不成了薄情寡义？

他常常独自在广州的小巷里四处游走。虽然他去过广州无数次，可是他也知道，在那座陌生的城市里，他只是一个异乡的假货推销员，一个失恋的假货推销员，永远也不会有本地人的优越感。若是走进哪条死巷，随便哪位胖妇人都可以操着硬朗的粤语把他骂出来。可是他依然愿意游走于那些幽暗的小巷中，在一盏盏昏黄的路灯下彻夜彷徨，想想昨天，想想前天，想想安。

得知安死讯那天晚上,他就这样走了一夜。

他不停地走呀,走呀,穿过一条条幽深的巷子,又穿过一座座阴暗的骑楼,从红花岗走到黄花岗,从越秀山走到海珠桥。这个世界本来就很陌生,安死后就更陌生了,生活在一个陌生的世界里,只有走动才有安全感。

他一直走到星辰退隐,曙色熹微,才筋疲力尽搭上头班航班,想赶回去见安最后一面,哪怕见到的是一张死去的脸。

安有一次问他:

——你在想什么?我每天睡觉前,都会想起下午两点左右见到的人。

——要是你见到的是猪呢?他说。

——也会想起来。我觉得下午两点是我一天中的生命高峰,过了那时段,剩下的时间只能算苟活罢了。

过了一会儿,她又问:

——你喜欢吃饭吗?

见他不回答,她就说:

——饭是一种慢性毒药,吃了以后会慢慢死去,抵抗力好的能拖上七八十年,要是差一些,三十年就会见效。

他笑笑。每当听见这类怪论,他都会笑笑,用笑表示对她的欣赏。

——这种毒药最适合于我这种人了,不想活,又害怕死,只好拖着。她接着说。

他说他不这样想,能活着毕竟还是很美好的,可以看见很多事情,看见树发芽,看见月全食,还可以看见贪官被判刑,恶人被枪毙。要是他以后有钱，还可以陪她去旅行，去意大利划船，去奥地利爬山。

——然后呢？她问。

他说一生能这样过已经很不错了。

——然后就继续吃饭，或者吃慢性毒药，对吧？我们还是先别去想什么意大利，去西山公园看看花吧，凭本市身份证，一个人只要一块钱门票。

那时已经是四月下旬，下着淅沥的雨。

——只怕樱花都谢了。他说。

——那也没什么，樱花谢了，就看别的花呗。

樱花果然谢了，在雨中一瓣瓣凋落，把地上的水都染红了。

他们走在雨中，看了桃花，李花和杏花，走到一棵杏花树下时，她看看左右无人，就踮脚吻了他一下。

他问为什么。

——不为什么，就为高兴。好久没这么高兴了。她说。

他住在城市的另一端，一个月只见她一两次，并不知道在其余的日子里，她过着怎样的生活。虽然她偶然也会说起，这家酒吧如何，那间舞厅如何，这个王八蛋怎样，那个老混蛋又怎样，但在他听来，那都是很遥远的事情。他不知道她平日过得怎样，只知道跟他在一起，她是快乐的，至少有一点点快乐吧。

他想吻她，但她避开了，顺手摘了一片树叶。

——在一个百分之九十的贪官污吏都逍遥法外的时代，我一个平头百姓，摘了公园里的一片树叶，算得上犯罪吗？她忽然问。

他说当然算不上。

——可是那块木牌上说摘一片树叶，罚款十元，好笑吧。她说。

他说管他呢，要是哪天坦克再进城，他不会觉得奇怪。

——还是古时候好，关山万重，家书万金，一重山抵一两金，现在什么思念也没有了，一个电话过去，什么都抵销了。她的眼神有些黯然。

他一直不明白她说的那个电话，是想打给谁的。

他当时并没有去想，告诉他安死讯的那个女人是谁。听到安的死讯后，他的脑袋一阵空白，只把传送死讯的声音当作命运的声音。

宁过后说你可能不认识我，但是我认识你，安经常跟我提起你。

他问安为什么从来也没有跟他提起过她呢？

——她害怕我夺走你。宁闪烁着目光说。

见他没有反应，她又说：

——我们当然是朋友，可是女人的友情一旦跟男人有关，也就跟嫉妒有关。她经常跟我提起你，可是她并不知道，我嫉妒一个男人那么爱她，一直都暗暗嫉妒。

她捋了一下头发，又说：

——我还鼓动她跟你闹别扭。

他说安从来没有提到过她，也没有跟他闹过别扭。安跟他分手，是出于别的原因。

后来他们就离开了《安魂曲》和鸢尾花，走上了灯光闪烁的杉湖北路。

——知道她是为谁死的吗？宁问。

——当然不会是为我。他说。

——当然不是。她说。

——为谁？

—— 一个男人。

——谁？

她不说。

安提到过的男人在他脑海里迅速闪过，星星剧院的瘦高个、红会医院的吴大夫，还有小聂和小郭，好像都不太可能。当然也有可能是一个安从未提起过的人，她要是心里有谁，自然不会轻易提起。于是他想到了她在杏花树下提到的那个电话。无论是谁，毕竟存在着那么一个人。他有些伤感。

宁见他这副模样，不失时机地提出：

——上我那儿坐坐吧，不远。

这时候他们刚好来到一个岔路口，本来顺着左边的林荫大道走到头，搭10路小巴就可以回来他在南窑的家，可是他没有拐向林荫大道，却选择了随她横穿马路走向右边。

与一位装扮肃穆的女人一道横穿马路，对他来说还是头一次。

安就不一样了，她总是很在意自己的扮相。每次出门前都要在镜子前折腾几十分钟，还说要是不打扮好，她抵死不出门。

他说你不是挺漂亮的吗？

她左照右看，就是不放心。

——我从来不照镜子，还不照样活得好好的。他又说。

——那是你自信，自信就不用照镜子。她说。

——我是男人，男人不怕脸皮粗。

——也许吧。她承认。

尽管他取笑她打扮,可是他承认,她清清秀秀光光亮亮地走在他身边,他还是很得意的。

他坐在宁的客厅里。这里没有玫瑰花,但是有茶。宁似乎有些紧张,不停地走来走去,出入于各个门洞,一会儿端来茶,一会儿换音碟,嘴上说着斯特拉文斯基不好听,肖斯塔科维奇也不好听,还是听柴可夫斯基吧。其实他哪个斯基都不想听,只想听风。

安就像旷野上的一阵风,来去自如,他始终无法追随。他四处推销廉价首饰时,她在小城机关做小职员,他回到小城想跟她长相厮守,她却跟一个陌生人走了,这次他赶到医院,她又先行去了火葬场,等他赶到火葬场,她已经化作青烟,穿过烟囱跑上了蓝天。跟她相处他总是慢一步,永远都慢一步。

——我在冰岛等你。

这是安最后一次约他出来时提出的见面地点。

冰岛在中心广场的西北角。他刚踏上东南角的南美火地岛,就远远看见她站在秋风中,站在冰岛的位置上。风吹动着她的裙裾,她茫然望着过往的人流,显得那么孤单。人们匆匆从她身边走过,有的走向好望角,有的走向北极圈,有的走向西伯利亚,谁也不理会她。只有他隔着宽广的太平洋,挤过人流向她靠近。

他们刚在距离冰岛不远的一家酒吧内坐定,她就说:

——我已经厌倦了。

——厌倦什么了？他问。

——生活。

——哪种生活？

——你就没想过改变改变？她幽黑的目光看着他。

他问她怎么了。

——没什么，没什么。幽黑的目光暗淡了下去。

——我知道我是个庸人，你迟早会厌腻的。可是我喜欢你，你是我唯一喜欢的。他说。

她避开他的注视，叫女招待端来两杯啤酒。

——你明天又要出门？她问。

他说是的，这次去深圳和东莞，机票已经买了。

——可以不去吗，或者晚几天再去？

——恐怕不可以，那里销售情况很好，我得去结清账目……

——你觉得这样下去，我们快乐吗？

他说人活着，不仅仅是为了快乐。

——那还为了什么？她问，来了点精神。

——就为了活着，吃饱穿暖，看看树发芽，还有月全食。他说。

她眼中的亮光再次黯淡下去。

他们没有继续探讨哲学，听了几首流行的爱情歌曲后，起身离开了酒吧，无言地穿过广场，走过冰岛，走过英伦三岛，走过圣赫勒拿岛，沿大西洋走了一段路，最后在古南门的三岔路口分了手，他去他南窑的居所，她回她玫瑰盛开的住处。

宁不知何时换了一袭宽松的浅色长裙,坐在他的身边,手里端着一杯热茶。

——你在想什么?她问。

他说他在想刚才走过的那段路。

——杉湖北路吗?

——对,我小时候上学,总走那条路。

见她神情专注地望着他,他又说:

——古堡餐厅的楼上,就是我上小学的课堂。

宁啜了口茶,一笑,显然对这个话题不感兴趣,但又不想打断他。

他本来还想展开对校园的记忆,说说古槐、石狮和长满春草的石板台阶——每次走过那栋华丽的商厦,他总会产生这些怀想,见她现出那种笑容,便没再往下说。

——你家里很整洁,跟你的牙一样。他说。

这回她真的笑了,露出一排细齿。

——你是头一个来这里的男人。她说。

——我不是头一次进单身女人的家。他说。

——这我信,看得出来。要参观一下吗?

她带他参观了她的卧室。里面也没有玫瑰,只有一个衣柜。当然还有一铺床和一张小桌子,桌子上放着一只空花瓶,花瓶旁是一帧她自己的照片,穿一件白底青花上衣,站在一堵墙前,像是一只明代瓷瓶。

他把这个感觉告诉她。

——是有些古典。她说。

他把照片放回花瓶旁。

——我们去兴坪散散心，怎么样？草坪或花坪也可以。她又说，说得很随意，好像与他已是多年好友。

——行啊。他说。

这么快就答应，连他自己都有些惊讶。

——明早出发，怎么样？她笑着说，再次露出整洁的细齿。

这天晚上他没有走，在梦中闻到了栀子花的味道。他从来也没有闻过栀子花，可他相信那就是栀子花的味道。

都说安很性感，嘴唇如何如何，乳房如何如何，腰肢又如何如何，等等，男人对于可望而不可即的女人，总会生出非凡的想象力。可是在尚可的记忆中，安是一个真实的女人。

她总是默默地看着他，眼神在幽暗的灯光下闪烁光泽。当然她也会发出声音，发出那种短促而低沉的叫唤声，让你分辨不出是痛苦还是快乐，只有努力注视她的眼睛，从中发现那种温情的亮泽，这时你才能确定温暖的火焰，正在她体内冉冉升起。

安是一个美丽的女人，这一点是毫无疑问的。他见过她最美丽的时刻，他见过当生命的欲望逐渐高涨，女人的欢乐是如何焕发出来的。只要闭上眼睛，他就会想起她那黑亮的头发，修长的手指，优美的脚踝，还有小巧的乳房、平滑的小腹，和小腹下面的玫瑰花瓣。她说她的乳房不够大。可是他就喜欢那么小巧的乳房，喜欢它们的精致与敏感。只要是她身上的一部分，他都喜欢。他喜欢用下巴托住，轻轻啜吸那些粉色的凸起，感觉她的嘴唇和小腹一阵阵颤动。那些凸起很饱满，也很有弹性，比他想象的要结实得多。他特别喜欢她伏在他胸膛上的感觉，那样可以感受凉爽的气息吹拂他汗津津的肌体。他以为他把一切都忘了，其实不是这样的，所有的记忆都蛰伏着，不到时候不会出来。

第二天他跟宁去了兴坪。五个月后两人结了婚，于是就有了这趟旅行。

三

其实在轮船上时，他和宁是恩爱的一对。

谁能相信他们会吵架呢。宁穿了一条白色长裙，手里拿了一件镂空黑色短线衣，这是她最喜爱的穿戴。他只穿了一身浅色西服，虽然简单，却也利落。他们总是并肩走在甲板上，身高相当，穿戴相当，连步伐都很协调，总是保持着从容的仪态，从前甲板走到后甲板，又从后甲板走到前甲板，有时还手牵着手。若是遇上熟悉的人，就同时做出愉快的微笑。

当然他们在轮船上没有熟人，用不着老是做出笑容，可是两天下来也不知不觉结识了几个乘客，其中一位系着粉色丝巾的金发小姐，是在二等舱的娱乐室里认识的。

她说她叫安娜，是意大利人，来自都灵。

他承认他一直很注意安娜，只要宁不注意，他就会看她几眼。

安娜什么地方吸引他呢？

孤单。

他很容易被那种孤单的女人所迷住，她们形单影只地穿行于车站码头，拎着行囊或背着背包，似乎很坚强，而实际很无助。这种女人身上有一种奇特的温柔,那种温柔藏在坚强的外壳后面,显得分外珍贵,不像那些看似柔弱的女子,等你满心怜爱靠近,触到的却是暗刺。

安娜坐在娱乐室的落地窗前,隔着窗玻璃看风景。窗外其实并没有什么景致,除了雨,就是海。因此她与其说是在看风景,不如说是在想心事。

娱乐室里什么肤色的人都有,大都身穿休闲装,有的玩牌,有的聊天,只有她孤单地坐着,守着半杯啤酒,粉色的丝巾如同孤独的旗帜,显眼地荡动在她耳际。

经过两天航行,他和宁已经相对无言,无论是往事还是现实,服饰还是心事,都或多或少谈过了,当然安是不谈的,那是个危险的话题。宁肯定也注意到了安娜,她虽然是个女人,但跟他一样也对年轻女人感兴趣,只不过他注意的是她们的眼神,而她注意的是时装。

不知是因为海风袭人,还是被安娜的穿戴所触动,没过多久,宁就说要回船舱换件衣服。

他走到落地窗前,跟安娜打了招呼。

——雨真大。他觉得自己的英文很蹩脚。

——对啊,不过感觉很真实。她的英文也不太顺。

——怎么呢?他问。

——各人感觉不同吧。

她望他笑笑。

安娜的眼神果然像安。

她知道他心中有一个安吗?不会知道。

她是别人心中的安吗?不知道。

——我为什么总在这种地方见到你？他问。

——你见过我？

——好像见过。

——你说这种地方是哪种地方？

——人来人往的地方。

——是吗？我确实总在走动，也不知道是为什么，没法在一个地方待久。

——爱人身边呢？

——那当然了。不过，爱人只是一个梦吧。你那位小美人呢？她四处望望。

——走开了。

——瞧，如今的女人都不太安分。

他和安娜还聊了些别的。后来宁回来了，肩上多了一件披肩。他为她们互相做了介绍，做得似乎很自然。可是后来宁说我知道你会去跟她搭讪，所以故意走开。

——大家同乘一条船，认识认识也好吧，万一船翻了，也有个照应。

——船翻了还不知道谁照应谁呢，先救她吧？

——当然先救你。他说。

——这么肯定？

——她会游泳。

观察女人与女人交往是很有意思的，常常会有一些意外发现，因为你会看到女人的另一面——更虚假或者更真实。安娜取出一盒烟，在征求了宁的意见后，抽出细长的一根叼在嘴上。我知道宁是抽烟的，但她拒绝了。

——你们是出来度蜜月吧?

宁的脸色有些窘,不过她整了一下披肩,马上就掩饰过去了,说:

——是呀,本来不想出来,最后还得依他。

——两个人真好,走到哪里都成双结对,不像我……

他插话说谁不知道如今的女子都喜欢单身,单身引来的就不只是一个男人的怜爱了。

宁也附和他,说:

——单身多好啊,想去哪就去哪,不像我们,经常为下一站去哪吵个没完。

——是吗?你们下一站去哪?安娜问。

——还不知道呢。你呢?宁问。

——我也没有想好。

他说一个年轻女子出门远行,总是有些想法吧。

——当然有想法,想看看这个世界有多大,哪里更适合自己生活。

——找到了吗?他问。

——还没有。我不太喜欢大城市,纽约哪是人住的地方。

——我喜欢。宁说。

安娜点点头,表示理解。她指间的香烟只过了一会儿,就剩下半截。

——你们呢,去过意大利吗?她问。

他说曾经想去,但没有机会。在书本上见过比萨斜塔、佛罗伦萨壁画、米兰的模特儿和威尼斯的桥。

她笑了。过了一会儿,说:

——我准备去桂林,听说那里的河流下游有一个小山村,可以通宵坐在山谷里看月亮,喝啤酒,小伙子也很朴实。你们去过吗?

——去过。我就是在那里长大的。宁说。

——你呢,你也是?

他点点头,说:

——那地方叫阳朔。

轮船靠岸后,他们看见安娜背负着行囊,孤单地走在中国南方的雨中。

那根引信缓缓燃烧着。

宁摸出一根香烟,望着酒店外飘飞的雨珠,并没有点着。

她把玩了一阵那根烟,说:

——我总是不能完整地得到一个男人,这是为什么呢?只因为我不如安漂亮。可是我多么想完整地得到一个人,一个男人,而安活着时,这似乎就不可能。

她没看他,又说:

——你知道吗,我曾经很想结婚,就为了打乱她内心的平衡,是啊,她是从来也不结婚,可她依然害怕别人结婚,世上每结婚一个女人,她的内心就要承受一次打击,如果告诉她新郎曾经暗恋她,她甚至会丧魂落魄,佯狂醉倒在别人的婚床上。

她把烟掰成一段段,揉搓着里面金黄的烟丝。

——你知道吗,她曾经在我面前如何炫耀你?她炫耀你其实只是想炫耀她自己。一个恋爱中的女人,向自己的女友炫耀自己的恋人,会付出什么样的代价呢?我有一次半开玩笑对她说:他那么有意思,小心我把他夺走哦。我以为她会笑成一团，可她却淡淡一句：不可能，他不可能看上你这种女孩。

她使劲闻了闻搓过烟丝的手指。

——我心中一阵创痛，可嘴上还故作俏皮地问为什么。她说她知道你欣赏哪种女人，反正不会是我。我怎么了，我觉得自己脑子比她管用，为人比她真诚，不就脸蛋没那么俊俏吗？她并不知道她说这句话时，嫉恨伴随着血液在我周身奔腾！好在那时她并没有注视我，否则她会被我的眼光杀死。

她将烟丝扔进烟缸，拍了一下手，好像完成了一件大事。

——尚可，你知道吗？昨晚我在船上梦见你，也梦见她了，她系了一条粉色丝巾。我梦见她和你在船尾的甲板上说话。可是我并不痛苦，不但不痛苦，而且还坐在一旁，欣赏你们的表情。你们的表情都很痛苦，这正是我想看到的。后来她不见了，只剩下你站在栏杆边发愣，可我也不想过去安慰你，这下你该明白了吧，我并不爱你。

她幽幽地看着他。

——她活着时，我不可能完整地得到一个男人，如今她死了，我承认我还是不可能。你承认吗，你对待她和对待我是不一样的。你写给她的每一封信，我都看过，我甚至可以背诵里面灼人的句子，就好像那些句子是写给我的。别不好意思吧，你得承认那些句子没有打动她——或者只是暂时打动了她——可是打动了我。你要承认，你爱的是安，我只不过是安的影子，你太爱她了，所以哪怕娶她的影子为妻，也愿意，对吧？

他捧住她的手，贴在自己脸上，闻到一股浓浓的烟草味。这种味道他并不陌生，是烟叶燃烧以前的味道，非常纯正。他已经很久没有闻到这种味道了。他用力吸了一口，放下她的手，又捧住她的脸。暮色已经降临了，窗外幢幢高楼渐次亮起了华灯。他开始吻她，从额头吻到嘴唇，从下巴吻到颈项。在霓虹灯跳荡的灯光映照下，他注视着她那张泪光闪烁的脸，和那双燃烧的眼睛。

（原刊《上海文学》2001 年 9 期）

光裸的向日葵

一、狼烟

人的命运是很偶然的,在不同的时间和地点呱呱坠地,以后就会对世界得出不同的结论。那些结论有的欢喜,有的忧伤,各有各的道理。可是如果忧伤的灵魂在一个时代占多数,那这个时代必定是黑暗的,也必定会有许多忧伤的眼睛,在黑暗中寻找光明。西班牙人乌纳穆诺说,做西班牙人是人世间最沉重的事。墨西哥人富恩特斯说,墨西哥人最大的不幸,就是与美国为邻。他们这样说,必定有他们的理由,只是那理由,离我们很远,因为很远,也因为凡人缺乏跨越时空的领悟能力,所以我们品不出里面的苦涩。

要是有一个中国人说,二十世纪的中国人最伤心的事,就是连空气和阳光都要怀疑,怀疑空气里是否有氧,怀疑阳光其实来自月亮。你说其他国家的人听见这种说法,会明白其中的苦痛吗?或许经过解释后会明白,但谁来解释呢,谁愿意把人生的苦痛整天挂在嘴上?何况能挂在嘴上的东西,不会太苦。

你觉得自己一生最大的隐痛,就是从未见过长城上的狼烟。你本来想说自己一生最大的隐痛,是有一位信奉超验主义的母亲,身为她的儿子,你一生都在超验和现实的旋涡中挣扎。可是你不能也不愿说母亲,宁可说狼烟。在这片使用方块字的土地上,你可以怀疑一切,但唯独不能怀疑母亲,母亲是一个神圣的字眼,是用秦砖汉瓦筑就的牌位,任何对这座牌位的怀疑,都会被看作是对良心的叛逆,因此你宁可说狼烟,不愿说母亲,你也因此忽然明白了乌纳穆诺和富恩特斯,明白了西班牙人和墨西哥人,把他们视为你最好的兄弟。

自从世上有了阿伽门农王的儿子俄瑞斯忒斯的故事,母亲这个词在西方就有了多重含义,而不像在东方,只意味着慈祥。没读过巴赞的《毒蛇在握》,你怎会明白什么叫母性的欲望?没见识过疯癫时光身撕扯内衣翻找月经纸的娜阿米,你怎会察觉金斯伯格在《卡迪什》里淌下的是带血的泪水?这些含义在东方文化里是找不见,翻不着的,你哪怕一直翻到两千年前的战国竹简,母亲的含义依然是慈祥。

你驮负着这些含义,在这块土地上生长,看见的却是自己母亲时而胆怯时而亢奋的眼神。她会像孩子一样躲在你的身后,也会用如刀的目光定定地切割你,由上而下,由面庞到心脏,把你的灵魂切成碎片。你想对母亲说,你是东方的娜阿米,你并不孤单!那些十四五岁就接受虚幻理想的少女,二十年后会追随你的足迹进入精神病院,进入灵魂的地狱,她们会在烈焰中挣扎,而让自己的儿子在世间发出嚎叫。

由狼烟想到母亲,是一段艰难的过程,这世上除了你,不会有第二个人。再不会有第二个人由狼烟想到母亲。再也不会有。巴赞由母亲想到毒蛇,那是法国人的想象。法国人是那么富有想象力,想到什么都不奇怪，可你是中国人，生活在循规蹈矩的二十世纪，你能由狼烟想到母亲，或者由母亲想到狼烟，那是需要一点想象力的，而正是母亲赋予了你这份对母亲的想象力。

你并没有见过狼烟，只在书本上见过对狼烟的描述。书上说狼烟是古代的一种讯号，狼烟四起，表示烽火连天，万分紧急。身披盔甲的武士正从四面八方拥来，战鼓在擂响，铁蹄在逼近，弱势的一方马上就要妻离子散，家破人亡。如今已没有狼烟，长城上的烽火台孤寂地守望着北方的草原，可是看见书本上那样的描述，你不能不心惊，甚至看见狼烟两个字，你不能不心跳。

你为什么会由狼烟想到母亲呢，因为想到母亲，你也会心跳，有时还会剧烈心跳，好像你从小就是心脏病患者。母亲和狼烟一样，带给你的是铁蹄逼近的紧迫感。你不知道自己是不是继承了她的超验主义思维，可是你真的很想见见狼烟四起是怎样的情景。你渴望见到千军万马从地平线上拥来的壮观场面，用这场面填补母亲带给你的漫长的虚空。

你从来就不羡慕做女人，但假使有来生，你想做褒姒。

最先发现路边有个坑的，是母亲。那条路通向医院食堂，你每天都要走好几趟，但从未注意到路边有坑。那个坑周围的泥土都很新鲜，显然是新挖的，坑边还放了一些草绳。

有人想活埋我们母子，去打饭时千万别靠近那个坑。

她再三叮嘱你。然而坑的问题还没有解决，她又有新的发现。她发现家门口对面的马路上,有两个男人,一胖一瘦,像地下工作者一样蹲在树下,"眼睛并不朝我们看,可分明是在监视我们"。

他们想跟踪我们。我们一出门,他们就会跟踪。走后门,别让他们看见。

她像是自我提醒,也像是提醒你。

那是多少年前的往事了,可回想起来,你身上仍会感到飕飕凉意。那种凉意已经浸透到你的脊椎里,哪怕是在炎炎夏日,只要想到那些往事,你的灵魂就会回到九月,回到秋天。

母亲如同兵马俑里的陶制武士,永远睁着一双警惕的眼睛,注视着天空,注视着地面,注视着过往的路人,无论是熟面孔还是生面孔,都躲不过她细微的审视。她的眼神是很专注的,仿佛能穿透一切,看见别人看不见的东西,看见别人的内心,要是忽然有一丝灵光闪过,那就是又有新的发现了,这时她的嘴角会浮现微笑。那种对蛛丝马迹的捕捉,对风的捕捉,对影的捕捉,是唯有二十世纪下半叶的中国人才具备的才能。

母亲的想象力是非凡的,令欧洲所有的超验主义艺术家相形见绌。你能由一只死蝇想到砒霜吗?或者由一个土坑想到活埋?大概你不能。可是母亲能。假使康德再世,他一定会膜拜她,为自己找到活生生的哲学范例而欣喜若狂。

她能由菊花想到切细的萝卜丝,由雨滴想到血滴,由砧板上的鱼头,想到断头台上的人头。她不知道她这一生最可自豪的事,就是把这份想象力,赋予了她的儿子。她不知道。她从来没有想到为儿子自豪。也许是无暇自豪吧,因为她总是神游在另一个时空里,那是一个更抽象更玄妙也更惊心动魄的时空,要想在那个时空里活下来,你得具有超常的生命力。

母亲始终认为自己的四周充满了各色阴谋,那些阴谋为什么没有得逞呢,那是因为都被她一一识破,一一挫败,因此她总是胜利者,脸上常常会浮现一丝冷笑。丈夫在世时,她最喜欢对他说:

你到底想干什么?哼,又失败了吧!想害死我,没那么容易!

旁人是听不明白其中的含义的,以为她在背诵哪部侦探电影的台词。丈夫和儿子起初也听不明白,只有她自己明白。儿子后来终于明白了,终于看见了她心中那把无形的剪刀。她总以为有人想用一把剪刀杀死她,一看见剪刀脸色就会发白,后来剪刀慢慢变形,变成了注射器、毒药和针,这些是她表述过的,至于心中还有什么没有表述出来,你也不清楚。哦,都是阴谋,都是阴谋,生命的四周充满了阴谋!我们每天都生活在别人的阴谋中,稍不留神就会吃二遍苦,遭二茬罪,甚至人头落地。多么熟悉的逻辑!连英明如恺撒都会被养子刺杀,至尊如秦皇险些被荆轲谋害,庸常的我们怎能不被各色阴谋重重包围?

外公被处决时,母亲才十五岁,她和同样年纪的孪生姐姐一起,仓皇离家出走,考进了异地的护士学校。她的花样年华留下了太多血腥的记忆,目光本能地投向那些年长的男人,以为年长意味着安全。可是人是有记忆的,那些挥动的手臂,呵斥的言语,那些秋雨淅沥的傍晚和亚热带耀眼的阳光,总是如挥之不去的梦魇,不时在眼前徘徊。

那位家乡的细瘦小伙子,是否会想起她攀树啖荔枝的身姿?那位河南商丘的求爱者,是否还记得她舞动的细辫?那位目光哀伤的客家人,是否仍挂念她婚后的幸福?母亲已经不记得他们了。母亲选择了父亲,或者说母亲不由自主地跟随了父亲。父亲高挑的身材,灵巧的舞步,江南才子的谈吐,使她无法做出别的选择。她先是跟随他的舞步,后来跟随了他。

有那么一段短暂的岁月,五六年吧,也就是你出生五六年的光景,母亲是快乐的,可能是因为年轻,也可能是因为做了年轻母亲。那时她可喜欢笑了,家里虽然陈设简单,除了父亲从江南带出来的一只棕色皮箱,无论床铺桌子,还是长凳短凳,甚至装书的木箱,钉在墙上的书架,都是从公家借用的,连他们自己,也都属于公家。可是他们的房间里有笑声,不管对于飘零的他,还是出走的她,这毕竟是一个家,可以喘息,可以歇息,可以温存。

你至今记得母亲作画、父亲配诗的那幅图画。那幅画画在粗糙的水彩纸上,画面上一位白衣天使,正微笑着手握针筒,准备给病人注射,灯光映着她那美丽的脸庞。图画旁配着一行热情的诗句,赞颂白衣天使如何纯洁如何美丽。

也许年轻时笑得太多,把一生的笑都笑光了,到了后半生,剩下的就只有恐惧。不知道在二十世纪下半叶的中国,有几个家庭扛得住大街上的风暴,暴风骤雨的一阵阵袭击,几乎吹散了所有家庭的温情,只是有的早些,有的迟些;有的流泪,有的淌血;有些外观看上去似乎完好无损,内部已因高压而严重变形。只要看看干涸的眼睛,就不难发现这种种情景。户外的任何一阵风,都有可能刮进家门,屋内的任何一句话,都有可能传进黑夜的耳朵。黑夜的耳朵像洞孔一样无处不在,黑夜的眼睛如同树叶,可以透过玻璃看见每一个家庭。家庭如果没有屏障,女人靠什么生存?

无论父亲还是母亲,都生活在阴影中,每一次急促的敲门声,都会让他们想到爷爷和外公的幽灵,心因而跟着急促地跳动。那些早逝的父辈已经不能庇护他们了,不但不能庇护,反而会带来灾难,谁让他们在一种权力取代另一种权力之际,拥有学问、地位或财富呢?有谁能解释拥有学问、地位或财富也会成为罪过,成为被伤害的理由,甚至祸及数代人?

也许有人会说,比起某人投湖,某人悬梁,失明胼足的某人被揪打于床前,你家算好的喽,你家的那点遭遇算得了什么?这种时代哪家没有一点磨难,没有一点委屈?你得承认说这种话的人具有全局观念,具有领袖素质,显然是大政治家的合适人选,眼睛里永远只有历史的车辙辘,从不在意被车辙辘碾死的蚂蚁。也许一个家庭的苦难只是几只蚂蚁的苦难,只是时代苦海里的一滴,但就这一滴,已足够将一个人淹死,或者腌制成历史的标本。母亲就是一个标本。

不知道有没有人观察过动物园里的熊?熊刚被关进笼子里是很狂躁的,会沿着铁栏不停地来回走动,似乎有着走完一生一世的坚强决心。可是后来绝望了,不走了,在饲养员的威逼利诱下变得温顺,因为只有温顺才能吃到小鱼。再后来，不仅温顺，而且学会了善解人意，懂得跟人合作表演走平衡木，踩跷跷板，这样可以吃到更多的小鱼。于是有一天，这头熊出现在了马戏团的舞台上。

是的，它不再想逃跑，眼睛也不再露出凶光，它的大脑里已经没有原野，只有小鱼，因为它已经不是原来那头熊了，而是一头患了抑郁症的熊。可是在人的眼里，它变乖了，变成了一头好熊，应该得到更多的小鱼，所有的小朋友都愿意喂它吃小鱼，甚至亲它的嘴，摸它的毛。

思想的命运跟马戏团里的熊非常相似。你会发现总有一只无形的手想捉住你。要是你不幸真的被捉住了，就会进入上面的那个循环过程，由狂躁到不安，由绝望到乞怜，最后被彻底驯服，流着口涎出现在世人面前，这时代表黑夜的那个阴沉男人，就会露出笑脸，夸奖你终于成为一个好人。面对黑夜这道长城，这堵大墙，二十世纪的许多中国人，都变成了马戏团里的宠物。

母亲也是这样，所不同的是，她比别人更痛苦，因而表现得更独特。为了吃到小鱼，别的熊驯服了，或者装出驯服的样子，把野性深藏在心底，只待有朝一日大墙坍落，再欢呼着奔向无边的旷野。她却不是这样。沿着墙根走久了，她的大脑深处发生了质变。她从来不把父亲的死归结于权力的更迭，而认为那是几个卑劣小人策划的报复阴谋，好像人生确实如戏剧，在舞台上四处走动的只有身边几个人，至于阳光大地，山川原野，都只是虚拟的舞台背景。

她相信世上总是有坏人，总有人想害死别人，想害死她，三个人当中，必定有一个人袖筒里藏着剪刀。假设孪生的姐姐依然活着，她或许不会这样？这是一个谜。不会有谁解开这个谜了，姐姐死了，妹妹虽然活着，但灵魂已经有别于旁人。她生命的另一半远在彼岸，无时不在呼唤着她，揪扯着她，似乎希望归来，又似乎希望她去，所有孪生的欢乐都已被灵魂的分裂所替代。

从此花朵不再是花朵，姐姐死后，母亲成为一位彻底的超验主义者，会在黄昏或者午夜听见姐姐从彼岸传来的呼救声。她因为无法营救姐姐而痛不欲生，同时相信无形的凶手像暮色中的印第安人那样，正从四面八方向她袭来，在取走姐姐的灵魂后，还要来取走她的。

二、阴谋

▲苏

在经历了几次失败的夫妻生活后，她锐利的目光忽然开始切割丈夫。丈夫正在五七干校学习，所谓干校，组织解释说是干部的学校，学员们都明白其实是干活的学校，而且是干苦活的学校。丈夫每个周末回家一次，讲述自己在干校的各种见闻。她对他的叙述非常在意，可是在意的不是他喂猪食时，如何缺乏养猪的经验，一走进猪圈便被饿猪拱个四脚朝天，猪食溅满一身，连自己都差点成了猪食。

一个人自己都半饥半饱，如何拎得稳沉重的饲料桶，又如何经得住四五头陆川猪的同时冲撞？父亲叙述这类事情时，表情很开朗，不时发出自嘲的笑声。你也跟着笑。那时你还太小，以为笑就是笑，不明白笑除了可以表达高兴，还可以表达其他感情，更不明白笑声中的自嘲。如今回想那些往事，你不再想笑了。想到一个四十多岁的瘦削男人，捧着一个拳头大的小西瓜，走十几里土路回家给儿子吃，你能笑出来吗？

可是母亲在意的不是这些。她的思维方式是环形的，可以暂时想到别处，但终究还是会回到起点。你可以说这是执着，也可以说是固执，不管用哪个词，说的是同一个意思。她会重复说一句话，想一件事，像祥林嫂那样只记得被狼叼走的孩子，思绪无论飘向何方，最终还是会落到孩子身上。世上到处都是狼，到处都有坏人想谋害她。

一个人活在世上，是为了什么？当然不是为了吃，那是动物。人活着就是为了找出那些坏人，先把他们揪出来，再慢慢分析他们使坏的动机，有时候动机甚至是不重要的，重要的是把他们揪出来。只要发现坏人是谁，她的嘴角就会浮现微笑。

母亲并不关心父亲身边的猪，她关心的是他身边的女人，一个在他的叙述中偶尔出现过的女人的名字。那个名字一旦出现，就永远烙在了她的脑海中，成为背叛的同义词。从此一个女人的生活，因为另一个女人名字的出现而彻底改变了，或者彻底毁灭了。

那个姓苏的女人很漂亮吗？不知道。

也喂猪吗？不知道。

尽管她什么也不知道，可是她恨她。所有跟那个女人有关的话，都是从牙缝里挤出来的，似乎每个字都被嚼过后才吐出来，就仿佛把对方嚼过一遍一样。女人之间的仇恨本来并不难理解，无论是在古代君王的后宫，还是在普通街坊的院落，都可以找到这种仇恨。可是母亲的恨不一样，这也是她与众不同的地方。

对于母亲而言，苏是一个幻影，对她并不具有真正的威胁。真正威胁她的，不是那个女人，也不是别的什么人，而是她的丈夫。为什么呢？只因为丈夫距离她最近。丈夫是距离她最近而又没有血缘关系的人，这样的人往往最可怕。

死神在带走父亲和姐姐后,开始觊觎她。它无孔不入,无处不在,弥漫在空气中,散布在食品里,尽管她一次次把临入口的食物拿去化验,甚至变换名字拿去化验,找不到任何毒药的痕迹,尽管她严密注意邻居、同事的一举一动,也没能将投毒者当场抓获,可是她还是感到头疼,头疼,头疼欲裂,不时用手死死抵住太阳穴,双眼不知因疼痛还是亢奋而向外凸出。投毒犯有可能是谁?只可能是丈夫。

据说女人对世界的反抗,也就是对丈夫的反抗,战胜了丈夫,也就等于战胜了世界。从此她开始了对世界也就是对丈夫的不懈的反抗,把一生的精力都投入这场生死攸关的战斗中,所有能用的武器都用上了,唾沫、咒骂、牙咬、脚踢,甚至扯下丈夫的眼镜扔到窗外,让你举着手电筒,在没膝的草丛里久久寻找。她最喜欢说:

你到底想干什么?哼,又失败了吧!想害死我,没那么容易!

她诅咒他,直到他死,然后把这句话转送给别人。

▲针

夏日的午后,阳光烤着群山。母亲站在窗前,望着窗外枝叶繁茂的向日葵,陷入沉思。她忽然掉过头,很严肃地对你说:

儿子,我想清楚了。你姨妈是被别人害死的。

你的心陡然一惊。

记得吗，妈妈在姨妈家的桌子上放过一根针？那根针不见了。这说明有人进过姨妈家。姨妈肯定是被别人害死的。

你拼命回忆，但心中茫然。

是妈妈亲手放的。那根针不见了。

你睁大了眼睛。

这说明有人进过姨妈家，用那根针刺死了姨妈，一点痕迹也没有留下。

母亲的分析是对的，要是没人进去过，针怎么会不见呢？

妈妈打过针。针可以顺着血管进入心脏，一点感觉也没有，人忽然就死了，也不痛苦，好像犯了心脏病。你看看，多狠毒。针是肯定有的，我们看不见。要是不留意，就会被针刺中。

你问是谁进姨妈家，下这样的毒手。母亲一脸沉思，没有回答。可是，第二天她忽然说：

儿子，有人进过我们家！我在桌子上放了一根针，那根针不见了！我们家有毒气，闻出来了吗？嗯，你还小。这种毒气浮在半空中，高度在一米五到一米六之间，妈妈刚好能闻到。等你长大了，你就会闻到。

▲向日葵

夏天过去了，来到了秋天。

母亲眯缝着眼睛，望着门口的小路。她的眼角已经开始出现皱纹，由浅到深，穿过白发，慢慢爬向太阳穴。她满脸沉思对你说：

现在又有人想害死妈妈。看见马路边的那个坑了吗？知道为什么有人要在那里挖个坑吗？妈妈上夜班，晚上要从那里走过，他们挖那个坑，是用来埋妈妈的。他们想活埋妈妈。

虽然是初秋，你的心比冰还凉。

他们是谁？他们是坏人，很坏的人，跟你爸勾结起来，想里应外合，害死妈妈。你听，你听，有人在房顶上走，在栏杆上爬。闻到了吗，闻到家里有异味吗？那是毒气。外面有土坑，家里有毒气，装盐的罐子里还有砒霜，到了夜晚，门缝里会有眼睛。小心啊，外面有很多很坏的人，儿子，你脸色不好，去把那些向日葵的叶子剪掉，坏人都躲在向日葵下面，天色暗下来，他们就会爬出来。妈妈以后不穿高跟鞋了，遇上坏人会跑不动的。

说着她就从门后抓出一柄钢锯，锯掉了她那双黑色高跟鞋的后跟。

你的脸色当然不会好。有哪个孩子听见她那种阴森森的叙述，脸色还会好？还记得三岁半时听过的那个故事吧，一种叫魃的怪物守候在云开大山的某条山路上，等你路过时忽然跳出来捉住你的双手，接着便仰天长啸，可以从黄昏叫到午夜，一直叫得你肝胆俱裂，才把獠牙伸向你的咽喉。母亲说聪明的山里人，出门前会在胳膊上戴两节竹筒，这样一旦被魃捉住双手，就可以趁它大笑时抽身逃走。

不过跟四岁半时听到的那个故事相比，魃不算什么，真不算什么。比魃可怕的是人，是人中的坏人。要是你不听妈妈的话，一个人上街乱走，就会被坏人逮去，他们剪掉你的舌头，打折你的腿，扒掉你的皮，再套一层毛茸茸的狗皮，把你卖给马戏团。每次上街表演，观众围得水泄不通，可是他们并不知道这是一个小孩子，以为是一条小狗。后来你在观众中看见了妈妈，她也以为你是一条小狗。你想叫妈妈，叫不出来，只有眼泪大滴大滴地在毛茸茸的脸上流淌。

知道了吗，坏人有多么坏？现在坏人都躲在向日葵下面，去把那些叶子剪掉吧。

执着的母亲为了说服你剪掉向日葵叶子，又把这些话写成文字交给学校，让老师再交到你手上。她懂得什么事都要通过组织。学校就是你的组织。你至今记得老师把信交给你时，脸上那种惊惧的表情。你还没有被吓着，可怜的女老师先被吓着了，平日在讲台上口若悬河，此时一句话也说不出来，眼神空洞而恐惧。

你心爱的向日葵，叶子最终都被剪掉了，但剪刀手不是爱德华，也不是你，是母亲自己。你们见过被剪光叶子的向日葵吗？所有的葵花都只剩下茎秆，可葵花依然向着太阳的方向。但是因为失去枝叶，无法进行光合作用，那些葵花子都是瘪的。

葵花下面光溜溜的，不可能再隐藏什么坏人，于是母亲的注意力开始转移，转移到低矮的篱笆墙、楼梯拐角、门背后甚至床底下。她每晚睡觉前都会拿着铁钳在门口守候好几分钟。你仿佛看见母亲身穿白大褂，脚蹬高跟鞋，孤身走在一堵残破的土墙上，风将大褂高高撩起，如同轻盈的长裙，远远看上去，不知怎么大褂下面忽然没有了腿，只有光光的向日葵秆。那堵墙一直伸向湍急的河中，她就在风的护送下走向墙的尽头。

社会总是把母亲塑造成慈爱的形象，女人一旦成为母亲，也愿意往那种形象靠拢，可是有谁想过，那种形象像贞女牌坊一样，同样也给女人带来重负？母亲的天性注定她不想成为慈母。世上不想成为慈母的女人是很多的，可以从梦露、杜拉斯，数到溺死五个孩子的美国妇女耶茨。每个女人都有不想成为贞女的理由，也有不想成为慈母的理由，除了贞女和慈母，女人还可以扮演许多角色。如果社会不允许，她们就挣扎，挣扎的结果有的死了，有的失常了，不过大多数还是得走上归顺的路。

不想成为慈母的女人，想成为什么呢？她还是可以成为母亲的，只是她的孩子得学会自己长大，自己嚎叫，得明白世上最伟大的爱，不一定是母爱，有可能是情爱，或者性爱。母亲更关心的是，什么颜色配什么颜色，会变成什么颜色；什么线条连什么线条，会成为怎样的线条。如果她生活在一座除了花朵还是花朵的庄园里，兴许她会实现绘画的梦想，谁能说她不会成为中国的克里斯蒂娜·罗塞蒂或者二十世纪的蔡文姬？她就愿意走在树荫下，看看绿色的叶子，闻闻风中的花香，有时盯着一簇花看半天，然后告诉你：

  这是荷兰玫瑰，有三层花瓣呢。这种花瓣最难画了，要趁墨湿时，一层一层地染，叶子最后才画上去。

她只要说起画画，眼里就会放出另外一种光。那是一种圣洁而热烈的光。

可是这样的时光并没有持续太长，不久她忽然很诡秘地告诉你，每天晚上都有一胖一瘦两个男人，站在路灯下监视她。你说你在家里，他们怎么监视？

  这你就不懂啦，你没有当过兵，你爸当过，他就懂。他们主要是观察我在哪间房活动，在哪间房活动的时间最长。不过我也有对策，我总是开亮一间房的灯，但是在不亮灯的房间里活动，这样他们就弄不清我究竟在哪里。

  儿子，你脸色不好。知道吗，那些人想干什么？他们追踪谁，就在谁的窗户外面种向日葵，向日葵的叶子很大，他们就躲在叶子后面监视你，到了晚上，还会靠近窗台，偷听你说梦话，你晚上梦见什么，他们都是知道的。别以为梦里的事他们不知道，他们都知道，他们什么都知道。记住不要去想剪刀，剪刀是锋利的，他们会以为你想杀人，破门进来先杀了你。菜刀也不要想。还有针。

你插话说那爸呢？要是爸还活着，会不会也躲在向日葵的枝叶下面？她狐疑地看了你一会，脸色忽然一沉，厉声说：

你为什么不相信我说的话？我跟谁说谁都不相信！你们为什么都不相信我说的话？你这头蠢猪！全世界的人都明白的道理，就你不明白！你就只相信那个小妖精！

她指的小妖精，叫肖。她的感觉是对的。同样是女人，可是你更愿意亲近你的情人，因为她不怀疑空气，不怀疑阳光。一个女人只要不怀疑这些，你就已经很满足。

▲ 鸡汤

你又一次看见母亲的眼睛里闪过灵光。这时父亲已经去世十几年，荒芜的庭院长出了茂密的野草，可她的防御体系变得更加坚固。她接收了父亲的许多遗物，那些厚重的书籍堆放在靠近门窗的地方，使她小小的居所显得坚不可摧。你上她寡居的小屋去看她。小屋虽然在楼上，但为了防止有人从空中窥视，她将所有的窗户都蒙上了白布。那些布在风中飘荡,看上去如同招魂的白幡。

你身后跟着肖。肖像许多在洞庭湖边长大的姑娘一样,体态丰腴,步态妖娆,有着葱白一般光洁的肌肤,是那种不论近观还是远看都很漂亮的湖南女子。

儿子,你脸色不好。

母亲一边说,一边打量着肖,眼睛因为有新的发现而熠熠闪亮,嘴角同时现出微笑。岁月的流逝并没有在她身上留下多少痕迹,除掉耳旁多了几根白发,她的目光依然坚定,话语依然沉着。

我知道你为什么脸色不好,要小心哪,吃饭时不要单独吃,不要吃别人不吃的菜,也不要单独喝汤。有一种无色无味的药,可以溶在鸡汤里。看见鸡汤上那些白色的泡沫吗?什么东西会形成泡沫?要好好想想。不要喝鸡汤,别人是有解药的,不要看见别人喝汤,自己就跟着喝,别人喝汤会胖,你喝了,只会更瘦,变成骷髅。不要以为鸡汤有营养,就跟着别人喝,啊?

她的眼睛里忽然闪过一丝怜爱,用瘦削的手紧紧抓住你的臂膀。

要是换在十年前,你会很在乎她的叮嘱,去细细体味她话中的含义。可是现在不了。你仿佛看见一头衰老的熊,在墙内缓缓爬行,尽力伸长颈脖向铁窗外张望。它已经不可能望见什么了,那些云都离它很远。你只是看着她。

你去给你爸上坟了吗,看见那两个男人了吗?他们猜到你会去上坟,就守在坟头,但是会装出抽烟的样子。我晓得他们的阴谋。我不去。我在家里给你爸烧纸钱,这样他们拿我也没办法。我对付这些坏人,是很有经验的。

她说完,冷冷地看了看肖。肖也看着她。虽然你事先已经跟肖说过,说母亲是一位超验主义者,可她还是满脸惊讶,因为紧张而抓住了你的另一只臂膀。

母亲在你身前,肖在你身后。

你无数次想象过,你的姑娘遇见母亲,会有怎样的反应。你希望她不要太害怕,但又不希望她太沉着。你希望她会发现里面藏有一种被毁灭的美,就像透过烧焦的经卷,看见里面残存的醒世箴言。

可是有几个少女能够参透老妪的命运?能够从别人的命运中找见自己未来的影子?

肖姓肖,不姓苏,也不信邪。她很快就适应了眼前的一切。

三、肖

——超凡的能力不会消失,会隔代相传。肖在电话里说。

你的心一惊,仿佛看见肖的脸上呈现出女巫的某些早期特征。

她好像洞穿了母亲的一生。母亲的一生对于母亲已足够痛苦,对于你则更是倍感凄绝。若干年后你读到娜阿米,读到娜阿米光身在儿子面前跳舞，这种感觉忽然膨胀开来，巨大的创痛充满了你残存的每个细胞。

——你是说，要是我们有孩子，也会是超验主义者？你说。

——我没说你，我说的是我自己。我觉得你妈很可怜，年轻时没有遇到真爱她的男人。女人没有爱，会害怕这世界。我不想变成你妈那样。她不是生来就那样的。

你好像看见肖的眼睛里闪过一丝光，虽然很微弱，很迅速，但是你看见了。你像母亲捕捉别人的罪恶那样，捉到了那丝稍纵即逝的亮光。那是她内心掠过的一丝恐惧。

——女人没有爱，会害怕，害怕孤单。很爱，也会害怕，害怕失去。女人总是生活在害怕中。你说。

——所以，我想走。肖说。

你第一次发现电话机上的数字排列是有规律的，以前你从来没有注意到这一点。有很多别人已经很明白的东西，你都没有注意到，因为你像母亲一样，已经习惯于去注意那些别人看不见的东西。

——我预感我和你不会有结果。我希望有结果。我是个平凡的女人。我害怕我的孩子，以后会嚎叫，像你说的。她说。

——我还是决定走。她又说。

她在电话里说了很多。你一直听着，从她说要走，一直听到挂电话的声音。中间有很长的停顿时间，你们都没有说话。

见过母亲后，肖就给你来电话。

她说我们一块走吧，这样对你也有好处。

你问那我妈怎么办？

她沉默不语。在说了一些别的话题后,她忽然说出了那席话,就是超凡的能力不会消失,会隔代相传的那席话。她还说,你总不能跟你妈过一辈子吧?

你承认她是对的,可是你做不到。走是一个动词,意味着游动,意味着转移,意味着行进,还有灵魂的动荡不宁。很多人走了,很多人没有走,无论走还是不走,都各有自己的理由。

肖走了,去了海南,去了那个长满椰子树的地方。她后来又离开椰子树,去看紫荆花。看过紫荆花,她就去了枫叶的国度。如今肖已经成为加拿大男人的情人和你喝茶时的记忆,而母亲依然在暮色中仰望星空。有一天深夜母亲打电话给你,说她发现其实月亮很狡猾,也在跟踪她,但她及时躲开了月光,所以月亮的阴谋没能得逞。

(原刊《收获》2004 年 2 期)

云　儿

一

我和林玉离婚两年多，仍然经常见面，我经常能见到她，但见不到云儿。她不让我见云儿。我和她住在同一条老街上。当初我们就是因为住在同一条老街上，才经人撮合相识结了婚，如今离婚了还住在同一条老街上，平日难免会相遇，相遇打招呼嘛没意思，不打招呼也不自在，总觉得旁人在看着你，盼着你们这离婚的一对儿，当街出点什么洋相才好。一般离婚的夫妻，是不会出什么洋相的，离了就离了呗，各过各的，谁也不招惹谁，关系处得好的，离了也是朋友，有事还可以给个援手，可我们不一样，我们是不一般的夫妻，所以会给人带来盼望。

婚是她提出要离的，一开始我有些怨恨，可后来是她越来越恨我，我倒慢慢习惯了。再后来我遇到了余，一个未婚的年轻护士，觉得那婚离得真值。余受过正规的护理训练，是正宗的女护士，不是那种随便穿上白大褂就敢给孩子扎针的护理员。口罩和船形帽是余的行头，她戴上口罩上班的样子，好神气，比医生还像医生。我就是看见她戴着口罩才爱上她的，总觉得那口罩里藏着我的幸福。如果第一次见面时她没戴口罩,就不会有我们的今天。当然那是不可能的,我要么见不到她,只要见到她,她必然戴着口罩。余是不错,错的是我,要是我没结那该死的头道婚,我们真会过得很幸福。

离婚后住在同一条街上,听着好别扭,其实也没什么,这年头虽然不断盖房子,可盖房子的速度赶不上离婚的速度,离婚的人那么多,还有离了婚住在同一个屋檐下的呢,相比之下我算好的了。我住在老水家隔壁,林玉住在拐角边上一家馄饨店的楼上,两地住处相距几百米,中间隔着花店、洗衣店和影楼,还有一段长满牵牛花的铁栏,里面是一幢老宅。那馄饨店女老板大概知道一点我和林玉的事,每次见我去找云儿,都朝旁人使眼色。

办完离婚手续后没多久,林玉就后悔了,想方设法要整我难过,最厉害的一招,就是把云儿藏起来,不让我见。其实要说难过,我结婚期间真是好难过,先是林玉病了,整天要陪她上医院,可不管吃什么药,吃多少药,连草药也吃过了,还有瓦片下原配的蟋蟀,都吃过不止一双,但都没用,病总不见好,这没什么,我是男人,扛住了。后来检查出她不是身体有病,是脑子有病,说白了吧,就是得了精神病,难怪吃一般的药,根本不管用,于是只好送她去一个叫萝卜桥的地方,也就是精神病院,我都不好意思对人说。

为了陪伴她,我在萝卜桥住了一个月,也算见了一些世面,有人会忽然朝你笑,露出发黄的烂牙,牙缝间还咬着一张字条,想用舌头递送给你;还有人会不声不响走到你跟前,摸出一枚硬币,很严肃地对你说,这是来世的路费,你要不收下,下辈子就别想投胎。这些都算好的了,不好的也看不着,关闭在一些结实的房间里,只能隐约听见遥远的叫声。

所谓不好的，就是打人咬人，或者自伤自戕，这些都要受到严厉的约束。

林玉住院以后，先还比较配合治疗，后来就不行了，说医生要害死她，护士要害死她，隔壁床的病人要害死她，病人的家属要害死她，除了骂医生，还骂我，骂我良心被狗吃了，说整个世界的人，都是坏人，当中数我最坏，是日本鬼子和江青的爪牙，专门派来害她的。这没什么，真没什么，我是她丈夫，扛住了。等到她出院，立马就闹着要跟我办离婚，说自己真是瞎了眼，怎么就遇上了一个狼心狗肺的男人呢？想到整天这么吵，可怜了我的云儿，虽然不情愿把云儿判给她，但还是同意由她抚养。法官说把女儿判给女方天经地义，我觉得法官的话等于放屁。

本来说好每个礼拜可以看云儿一次，可有一天她忽然说，她上当了，根本就不应该离婚，便宜了我这个坏人，她真想下耗子药药死我，没机会下药，就耗死我。我问她怎么个耗法，她说你放心，我算过了，有办法治你，你等着吧。我没等几天就明白了，她把云儿藏了起来。打那天开始，我就没再见过云儿。我真的见不到她了，我的女儿，她那么小，什么都不懂，可她妈妈成天告诉她，爸爸是世上最坏的人。以前我什么都能扛住，觉得自己的肩膀挺硬的，像个男人，如今见不着云儿，我扛不住了，因为我是父亲。见不着云儿，是另一种痛，随着日子一天一天过去，这痛越来越厉害，跟这痛相比，前面列举的那些难过，真算不了什么。

我跟云儿在一起的时光非常短，短到像一场梦。两岁以前都是林玉带她，我插不上手，到三岁时我才开始跟她讲故事。别人家喜欢去找什么安徒生呀，格林童话呀，或者就是什么大林和小林，讲给自家孩子听，我跟别人不一样。云儿最喜欢听的一个故事，是我自己编的，说的是我小时候的事情，当然加了一点工。我说我小的时候，爸爸要我去背米，米好沉啊，我背在背上一步一步往家里走，忽然不小心绊到了一块石头，扑通一下趴在地上，被米袋压住动不了，只有两条腿踢来踢去，踢来踢去。我一边说还一边模仿，每每讲到这里，她就咯咯咯地笑，讲一次，笑一次，讲一万次，笑一万次。我见不到她，就会想起她咯咯咯发笑的样子。

从萝卜桥出来后，林玉不住馄饨店那边了，房子租给了别人。她人虽然不住在这里，可影子时时都在。一天我在一家杂货铺的屋檐下避雨，忽然看见林玉从街上匆匆走过，连忙叫住她，但她没反应，只顾继续在雨中行走。我冲到她跟前说，我叫你呢。她头也不抬地说，总要找个避雨的地方，才好停下来。走到煤场边的一棵树下，她不走了。

我问云儿呢？她说打过针，吐血了。

吐血？我惊问，眼泪都快出来了。

她说是啊，我跟医生说过，打针要吐血的，可医生还坚持要打，果然被人害了吧？你说我能不怀疑有人想害我吗？先把云儿害了，就来害我。

我问云儿得了什么病？

她不说，从口袋里摸出一枚一角的硬币，放在手心上转起来，口中念念有词：国徽，菊花，国徽，菊花。我以前没见她有这种举动，不禁有些恐惧，问她：

你这是干吗？

国徽！她一把按住旋转的硬币，看看朝上的那面说。

我就知道今天会在这里碰见你，你看，是国徽吧。她接着说。

我又问云儿得了什么病？

她说你别装了，你最清楚！

说完她又把硬币转起来，口中念念有词，国徽，菊花，国徽，菊花，这次硬币忽然从手中跳了出去，蹦到地上，一直滚到一堆煤灰里。她追出去把它捡起，情绪忽然激动起来，回头对我说：

你骗不了我，你这骗子！说完也不顾雨越下越大，就跑了。

我冲她后背大喊，你整天在街上闲逛，放着女儿不管，云儿有个三长两短，我把你杀了！

她从雨中回骂一句，我先把你跟那骚婆娘都杀了！

二

一场好端端的婚姻变成这样，真是想死的念头都有，可我已经是孩子的父亲，没有死的资格。罗马不是一日建成的，林玉也不是一天就变成这样的，在没有云儿的日子里，我们一直过得还好。黄梅戏里唱道，你耕田来我织布，我们没有田也没有布，我们做别的，她做饭，我洗碗，她看央视六套，我看央视五套，节目的时间不一样，也不抢电视。我们的婚姻听起来轻松，其实也不是那么顺当的，林玉的母亲听说我喜欢看足球，就不同意女儿嫁给我，专程从湖南老家赶来，苦口婆心地劝阻女儿，要女儿慎重，回去后还不甘心，接连写来好多封信，历数嫁给懒惰男人的种种坏处，说懒惰男人有两点最可恶，一是不负责任，这叫懒；二是不专一，这叫堕，堕落的堕。她父亲还好，只叹气，不说话。

林玉把其中一封信拿给我看，那封信是关于懒的，记得上面有一段话，说你想过吗，他连电表都不会弄，莫过没电了，你自己爬上去弄？老太太来那几天，碰巧有一天保险丝烧了，我折腾了好半天没弄好，结果被她逮个正着。说我不会修电，我没话说，可能是中学物理没学好，我一直对电心存恐惧，不懂它从哪来，又到哪去，可是把喜欢看球也拿来说事，就不公平了，喜欢看球就不能成为好丈夫，这是哪门子的逻辑？不过林玉把信拿给我看，我倒也没生气，只是告诫自己，老了可千万别糊涂成她妈。关于堕的信，林玉没敢给我看。

我自己没事，可林玉有些忧心忡忡，毕竟是母亲的话，多少会给她留下阴影。后来她怀上了云儿，经常闷闷不乐，腆着大肚子生气，等到生下云儿，她开始叫唤太阳穴发痛，不时用手捂着脑袋哼哼。以前的产妇都要用块毛巾包住头，说是抵御风寒，莫非是因为我们没用毛巾裹头，导致她患了偏头痛？看她无心打毛衣，我也无心看球赛了，每天有洗不完的尿布，哪有心思去关心小贝和利物浦。一回到家，就等着听她数落我，说我碗没洗干净，尿布也没洗干净。

终于有一天，林玉看见我跟邻居水嫂打招呼，病情忽然加重了，一下子晕在了床上，我赶紧送她进了外科病房，可不管吃什么药，吃多少药，连草药也吃过了，还有瓦片下原配的蟋蟀，都吃过，都没用，病总不见好。她总是跟医生抱怨头痛，医生也没办法，治不好这种无名病痛，只好给她吃镇痛药。都说现在的医生水平不高，就知道头痛医头，脚痛医脚，这算不错了，要是碰上更差的医生，头痛医脚，脚痛医头，那才惨呢，我们不知要白交多少医药费。吃了镇痛药，好歹缓解了她的痛苦，一天早上一大群医生护士来查房，她当着他们的面，突然质问我，你到底跟水嫂睡过几次？这时我和医生才意识到，她不是身体有毛病，是脑子有毛病。

水嫂就是林玉说的那个骚婆娘。水嫂是个婆娘,这没错,但一点都不骚,胖乎乎的,喜欢坐在门口嗑瓜子,见谁都会吆喝两句,哎,老王,下班啦,晚上过来叉叉小麻将啊!或者老李,今天买这么多菜,来客人啦?晚上过来叉叉小麻将啊!要是有谁应和两句,她就缠住人家说个没完,东家长,西家短,从她的嘴出来,多半要变形,普普通通的事,都会被她嚼出馊味,一般人也知道她这副德行,点点头就走开了,不给她嚼舌头的机会,由她一个人嚼瓜子去。说我跟别的女人通奸,我都好受些,说我跟水嫂,真是天大的侮辱,好像我成了饥不择食的癞皮狗,连隔壁的胖婆娘都不放过。更何况人家都成嫂了,我怎么可能跟水嫂睡?还睡几次?坦率地说,我是择食的,宁可不食,也决不乱食。

不过话又说回来,我也是因为长期守身如玉,没见过什么世面,第一次婚就没结好,弄成现在这个样子,虽说自己并不认命,可在别人眼里是很失败的。对了,叫她水嫂,是因为她老公姓水,水浒的水。老水是个老实人,在这条街上住了几十年,四十多才娶到水嫂,快五十得了一个宝贝儿子,现在满足得很,见谁都一副笑脸,根本没想到有人会把通奸的罪名栽赃给他老婆,也幸好他不知道,要不没准会把林玉给剁了。

三

我跟余认识,也是因为林玉。那时林玉在综合医院住院,我给她送饭,每天晚上都要去一次。时间久了,护士们都认得谁是谁的家属,自然也认得我是林玉的家属。她第一次招呼我,我正提着保温饭盒,低头匆匆走过病房的走廊。走过那走廊的人都知道，两边都是病房，里面都是同样的病人，不到这里来走走，你还真不相信，世上有那么多的人都患了偏头痛。

她说哎，林玉在阳台上晒太阳呢，说着指了指阳台的方向。

她没叫我的名字，大概也不知道我的名字，只叫我哎。

我谢了她，到阳台上一看，林玉果然坐在阳光下的一把椅子里，手上放着一枚硬币。那时她只是拿着，并不旋转，硬币亮晶晶的，在她手里闪烁。她望着远处的树林，本来神情很舒缓，眼神都是亮的，看见我进来，一下就变得好紧张，目光也阴沉下来，唰地站起身，摆出女民兵握枪的姿势，好像要跟我一决雌雄。

那次林玉当着一大群医生护士的面，质问我，你到底跟水嫂睡过几次？余当时也在场，就在那群护士当中。她说她当时看着我惊慌的样子，觉得我好可怜。她说明眼人都看得出来，我惊慌不是因为真的跟谁通奸，而是在那么多人面前蒙受屈辱，自尊心受到了伤害。我不记得我是怎么应付那个场景的，但余记得。她说你当时一句话也没说，只是走过去默默地给林玉垫枕头，掖好翻起的被角，这个动作感动了好多年轻护士，出门后有两个护士姑娘议论起来，一个小姑娘说，做男人也挺不容易的；另一个小姑娘说，谁知道真相是什么呢，不过如果他真在外面乱搞，哪还有心思在这里守老婆？

实际上守一下老婆，不算什么，真不算什么，哪怕老婆有点不正常。最不容易的是什么，旁人并不知晓。最不容易的事，是见不到云儿，在无望中苦熬。我养了一只小狗狗，叫小黑。离婚后有一段日子，我和小黑相依为命，我吃米饭，它啃骨头，黄昏来临没事可干，就各自早早睡觉，我睡床，它睡地。

　　一次我先睡，它东转西转了一阵，也趴在地上睡着了，黑黑的四肢侧着摊开，像个影子。这时从窗外跳进来一个亮点，是一束电筒的光。那亮点东晃西晃，照照床，又照照地。恰好我起来小便，拎着裤子就冲到窗前，喝问是谁？小黑也一跃而起，连叫了两声，谁？谁？结果发现是林玉。她说你在家啊，我以为你不在呢。我问云儿呢。她摸出一枚硬币，放在手心里转，转着转着叫了一声菊花！就把硬币按住，打开一看，嘿嘿笑起来。我又问云儿呢。她这才把硬币藏好，说云儿，出来吧。我撩开窗帘，看见云儿从她背后闪出来，脸色不太好，眼里也没什么神采。我大叫一声云儿，眼泪就上来了。

　　你怎么了？余拍拍我的肩膀，看着我眼角上的泪。

　　我说做了一个梦。

　　梦见什么了，吓成这样？她问。

　　我说睡吧，没事，是枚硬币。

　　她说你这点不好，有什么心事，不愿说。说完翻身睡过去。

　　我冲着她的背说，不是我不说，梦见的事好怪的，说也说不清楚。

　　她背对着我说，你是一个很难捉摸的人，远远看见你，想接近，真的接近了，又觉得隔。跟你在一起，心里不踏实。

　　我没再吭声。

　　余说得对，我是有心事，不想让她知道，那心事就是云儿。

　　都说男人的梦，跟现实是相反的，梦见云儿脸色苍白，我倒放心了，估计她还算健康。云儿是我心中的隐秘，我从不对任何人说，说出去人家也未必懂，可能还会引来嘲讽，说我一个大男人，怎么会被这种事弄到哭？更何况我跟余的关系又不稳定，要是她知道我心里整天惦记着云儿，她会不会离开我呢？真是很难说，所以只要是跟云儿有关的事，我都藏着，要么沉默，要么顾左右而言他。

我也知道，我经常被心事缠绕，不能专心跟她好，这是不对的。如果头道婚姻关系到的，光是林玉，倒也没问题，我会淡忘掉，可我忘不掉的是云儿。云儿怎么能忘掉呢，她像我头顶的一片云，我走到哪，她跟到哪。

我不是木头人，看得懂余对我的关心，知道那关心里，藏着同情。第一次看见她，我就注意到了她的眼神。她常在总台值班，不怎么去病房，整个人都藏在帽子和口罩里，只露出一双眼。可能什么样的病人都见过，见得太多了，她对病人冷冷的，倒是对待病人的家属，还有一点怜悯。

后来她对我说过，病人有什么呀，躺在床上，生死由天，可怜的是病人的亲人，老担心被旁人说没感情，老要做出好有感情的样子，时间久了，都一副憔悴相，感情都被榨干了，病人还没死呢，自己去了半条命。

我说你这样说话有点残忍。

她说随你怎么想，反正要是轮到我死，我不想给人添麻烦。

林玉转到萝卜桥后，我不时还见到余，每次都是她主动招呼我，脸上挂着温和的笑。这张笑脸跟林玉的脸相比，反差大了。林玉很少笑，要么忧伤，要么气愤，要么满脸狐疑。别看一座城市好大，其实住在里面的人，是可怜的。如今回想起来，我跟她结婚，完全是因为我和她都住在同一条老街上,我和她都没别的朋友,旁人稍微撮合一下,就认准对方是自己的另一半,红着脸进了洞房。这样结合的夫妻,双方都没见过什么世面,日后遇到一点风雨,自然会大惊小怪,这不,我还没跟哪个女人有来往呢,只不过跟水嫂说了几句话,林玉那颗忧伤的心,就碎了。要是林玉知道跟我离婚后,我和余有多好,她一定会疯掉的。

好在林玉不会知道了,在知道这些事情之前,她已经疯掉了。从萝卜桥出来后,她的思维就冻结在某个时段,仿佛形成了一个小小的圆,她只有能力关心那小圆内的事,对圆外的一切都抵触排斥,现在哪怕看见我和余走在一起,她都无所谓,更关心的是水嫂今夜会不会来找我。当然这只是我的想法,还有另一种可能。都说女人的感觉异常敏锐,她可能从余的眼神里感觉到了一些什么。她感觉到了什么呢?余能够给予我的,她不能够给予,这是她害怕余的地方,要是换了水嫂跟我一起走,她早骂开了。

女人对女人的敌意有多种,其中最强烈的一种,针对的是性诱惑,所以性感的女人,常常被其他女人疏离,因为有危害性,会危害到自己身边的男人。女人一旦有了自己的男人,就不爱再搭理性感的女友。林玉大概认为我被水嫂的一身肥肉所吸引,所以一边憎恨她,一边也鄙视我,视我为饥不择食的狗。余就不一样了,冷冷的,有时冷到近乎无情,这样的女人,林玉好放心,也懒得去关心。她甚至觉得余对我没有任何诱惑,我和余就像自行车与鸟,根本不是同类,只是偶然碰上一场雨,躲到了同一棵大树下,过不了多久就会分开,自行车没人骑,鸟叫没人听。有一次她凑上来对着我的耳朵说,你别太得意,你们成不了,我算过了。

四

余上班时戴着口罩,下班后把口罩摘了,我反而不习惯。说实话我更喜欢她上班的样子,可她也不能为了我的喜欢,就整天戴口罩呀,再漂亮的演员,在朝夕相处的男人面前,也有卸妆的时候。看见她不戴口罩,我也只好忍受。

好在她做护士,还有另一个习惯,也是我喜欢的,就是洗手。她一天不知要洗多少次手,在医院上班不用说,无论碰了哪,都要洗一下,一般人没事不会去医院,既然去了,身上肯定有毛病,毛病就是长毛的病菌,如今病菌的种类那么多,谁知道哪个过往的人身上,会不会有致命的病菌?别说霍乱、鼠疫、艾滋什么的,就是沾上流感也够麻烦的,一病就是一礼拜,所以多洗手,也应该。她把洗手的习惯带了过来,按说自己的住处就没必要了,我又没出去乱搞,不会沾染什么病回来的,可不知为什么,我喜欢她这个习惯,看她把十指洗得白白的,觉得好优雅。

一次我把这种感觉告诉她,实在是想讨好她,以为她听了会高兴,不想她根本没反应,拿了一本破杂志,蜷缩在沙发上,过了好一阵,她忽然说,哎,你有没有想过,你有时说话很傻?

她现在还叫我哎,叫得我也习惯了,听见哎,就知道是叫我。

我说怎么傻了,我真不知道。

她说不知道就算了。说完继续看那本破杂志。

又过了好一阵,她才说,你有没有想过,做护士多辛苦,常年泡消毒水,手上都没几块好皮肤?

我承认没有想过。我说我只注意到，女排队员的手是破的。

余不喜欢小黑，说小动物身上病菌多，容易传染疾病。这事让我有点伤心。离婚后的漫长日子，我都是跟小黑过来的，要是没有它的陪伴，我指不定要多承受好多苦难呢。想想看吧，门外出现陌生人，谁提醒我？小黑。我一个人坐着发愣时，谁拱在我的腿上？小黑。所以余提出把小黑送人，我还是挣扎着表示反对。小黑也反对，它用敌视的目光看着她，低叫一声，那是狗表示轻蔑的声音，相当于人说出来的呸。

余倒是不坚持，只说那我以后少来就是了。这话说得怪轻松的，其实蕴涵着无限的威力，我马上就妥协了，说那好，那好，我把它送给隔壁老水家吧。小黑是通人性的，这回轮到它朝我低叫了一声呸。在它看来，人真是很卑鄙的，不就为了方便苟且吗，就容不下它栖身的那点小地方，其实是害怕它在旁边瞅。

小黑走了，余果然经常来。

一天我拿起一枚一角的硬币，开始琢磨硬币的两面。这枚硬币是我趁林玉不注意，偷偷从她口袋拿的。我原以为拿掉她的硬币，她就没办法旋转了，后来明白世上有多少硬币，她就有多少，随便在哪拿到，她就可以开始旋转，开始猜测这个世界。我拿不走她的硬币，就像我摆脱不掉她的眼神一样，可是我还是好想知道，为什么她一掷硬币，我就恐惧。

硬币这东西，我经手过无数枚，没认真注意过上面的图案，原来新版的一角硬币，一面是国徽，一面是菊花，林玉把它当骰子掷了，也不知道在她的心里，哪一面代表正义，哪一面代表邪恶，或者两面都代表邪恶,只是其中一面的邪恶要轻一些,或者两面都代表正义,其中一面的正义要弱一些?再或者还有更玄妙的含义,只有她知道?她又是从哪里知道的呢?一定是离婚以后知道的。离婚以后她有过些什么遭遇,我还真不知道,也不想知道。我正瞎琢磨呢,余来了,照例洗过手后,她坐下来,看着窗外。窗外什么也没有,只有云。

她说她换科室了,不在外科病房,换到了手术室。

我说哦,换了科室,工作是辛苦一些呢,还是轻松一些?

她说差不多,手术室一般不上夜班,但做手术时,还是蛮紧张的。

我问手术不多吧?

她说忙起来一天排得满满的,要预约呢。

啊?连做手术也要排队?我吃了一惊。

你想吧,人生下来要做手术,临死前也要做,能不排队?

活着真够麻烦的。我说。

所以我说过轮到我死,我不想麻烦别人。

但也不能有病不治呀?我说。

我在医院见过许多事,有的病确实是没法治的,吃吃药,打打针,不过是给点心理安慰罢了,反正病人不懂,病人家属也不懂,看着盐水葡萄糖输进身体里,就盼着发生奇迹,哪来那么多奇迹啊,能减少一点死前的痛苦,就算是医学的进步了。她淡淡地说。

我跟她这样随意地聊着,其实并不用心,说的都是口水话。

过了一会儿,她忽然说,我有件事想问你。

我一惊,心想一定是问云儿了。

你有没有想过，我们以后怎么过？她说。

我说我们结婚吧。

虽然在一起的时间也不短了，我是第一次说这句话。我说得很突然，也很自然，在那一刹那，好像唯有说这句话最合适，要叫我事先酝酿好情绪再说，反而说不出口，因为害怕被拒绝，想逃避那种被拒绝引来的尴尬，而此时说出来，哪怕她不答应我，我也没白说。我算得也够仔细的。

她说要是结婚，结果会怎样？

这话刺中了我，因为我是一个有过坏结果的人，何况还有云儿。我无言。

我心里怎么想的，你知道吗？她问。

我承认我不知道，我整天为云儿担惊受怕，没精力去关心她想什么，但我没吭声。

你有没有想过，为什么你的女人不快乐？她接着问。

都不快乐？她又问。

听见这话，我一下愣住了。

你是说，都是因为我？林玉得病也是因为我？我惊问。

我没说都是因为你，可这些日子过来，我真的觉得，我捉摸不透你的……心思，你是一个心思很多的人，我吃不准，因为吃不准，心里空落落的。我已经得到很多了，你有的，我拿不走，而我有的，你不需要，所以我们还是分开好，做个朋友。她说。

再不分开，萝卜桥离我也不远了。她又说。

我们还是分开吧，做个朋友，对了，你不是一直想见女儿吗？上午小儿科的王护士告诉我，云儿生病住了几天院，前些日子被外公外婆接走了，回湖南老家了，外婆还哭了，说不听老人言，吃亏在眼前，可能是说自家女儿吧。孩子交老人抚养，对你也好，就算你见到了女儿，又能做什么呢？

她一连说了这么多话，说得很平静，眼睛也一直看着窗外。窗外什么也没有，只有云。她提到云儿时，我一阵颤抖，像是心脏中了一颗子弹，知道自己的时日不多了。她什么都明白，只是不说，等到说出来，也就没有了挽回的可能。就算我见到女儿，又能做什么呢？我双手捂住胸口，好像这样能捂住淌血的窟窿。她等候了一会，见我手上握着一枚硬币，又说了一句，尽量别碰那东西，硬币上病菌多，容易传染疾病，说完起身走了，临走前又洗了一次手。

（原刊《山花》2011 年 12 期）

剪　刀

一

在玉成的记忆中，妈妈的每句话都是很特别的，都深深地嵌进他的脑子里，任岁月的流水怎样冲刷，也冲刷不掉。玉成的妈妈和子生的妈妈是姐妹，不但是姐妹，而且还是孪生姐妹，长得像极了，一般人都分不清谁是谁。当然，玉成是分得清的，自己的妈妈嘴角有粒痣。

玉成的妈妈和子生的妈妈长得像，但玉成和子生却不像，一点都不像。子生的脸是方的，眉毛粗，鼻子大，眼睛也大，像他爸一样俊。玉成呢，个子矮小不说，还挺黑瘦，好在眼睛炯炯有神，看上去倒也不傻。当然这是玉成和子生长大以后的样子。两姐妹的孩子相差这么大，可能得归结为两姐妹嫁的男人不同吧。不同的男人，当然会生出不同的小男人。子生的爸爸是军人，应该说是军官，虽然只是个小小的连级军官，但个头很高大，戴上绿色军帽，把风纪扣别好，眉宇间也透出一丝英武。玉成的爸爸就没那么气派了，只是一家制药厂的采购员，成天在外面风吹雨淋，当然要黑些。

两姐妹是孪生，两家来往自然是很密切的。玉成的妈妈晚出生十几分钟，算妹妹，但结婚却比姐姐早，所以玉成也就比子生早出世，要早四年多呢。在玉成的记忆中，姨妈是很喜欢他的，每到周末就会跟妈妈一道，把他从人民医院的托儿所领出来，逛商店，逛公园，与各种各样的叔叔们见面。那些叔叔真是很奇怪，明明不怎么喜欢他，但为了讨好姨妈，有时也会抱抱他，甚至让他骑在脖子上，嘴上说"玉成真聪明"，"玉成真乖"，眼睛却瞟着姨妈的脸，要是姨妈高兴，他们好像就放心了。那些叔叔长得高高大大，看上去都挺精明的，可是经常分不清谁是姨妈，谁是妈妈，从来也不知道妈妈的嘴角有颗痣，有时把送姨妈的花，送给了妈妈。

　　玉成觉得自己是个小孩子，都能认出妈妈脸上的痣，那些叔叔长那么高大，却认不出，就知道痴痴地看着妈妈和姨妈，真是好傻。一次有位姓郭的叔叔请妈妈和姨妈下馆子，用自己的筷条夹了一大块肉给玉成吃。玉成不吃，说叔叔的口水臭。大家都笑了，姨妈也笑，用手捂住嘴，脸还有点红。后来郭叔叔和其他的叔叔都不见了，只剩下一个戴绿色军帽的军官叔叔常来。再后来，那军官叔叔就成了姨父。姨父是那些叔叔当中个子最高的。

　　姨妈给玉成买过各种各样的东西，有纸包糖，有水果，有图画书，这当中玉成最喜欢的要数金橘，哪怕就是酸金橘，玉成也喜欢。姨妈每次买来金橘，都用一个口袋装着，她提着口袋，往床铺上一倒，顿时满床金橘乱滚，一片金黄颜色，这时玉成高兴得几乎要跳起来，但他总是不跳，只让心在里面跳。他喜欢金橘，更喜欢姨妈倒金橘时的神情，她的眼睛里会升腾起一种似水的东西，望着他，把他罩住，不断地往他手里塞金橘，有时还喂他吃。姨妈买东西给玉成吃，一直买到玉成满四岁，那年子生降生了。

别看只先出生四年,玉成可早熟了。

子生出世三天后,妈妈带着他去产房看表弟,她一边哄着婴儿,一边说:

——玉成,妈妈以后再给你生个妹妹,叫玉兰,好不好?

有个妹妹,当然好啦!

玉成心里很高兴,但他嘴上不说,小小年纪就懂得克制自己。

他只是装出很淡然的样子问:

——爸爸同意吗?

他这样说,把妈妈逗乐了,姨妈躺在床上也笑得合不拢嘴。

爸爸有什么同意不同意的呢,那男人经常在外面跑,联系采购珍珠粉,湛江、北海、合浦、防城都去过,好不容易回家几天,也没什么话说,就知道守着收音机听戏,跟他说什么,他都会点头,这么重要的事,他哪能不同意呢?他不会也不敢反对。

玉成懂得要想得到什么东西,最好的办法就是装出不想得到的样子,这样会更容易得到。这种道理他是从金橘那里学来的。金橘在床上四处乱滚时,他的心是快乐的,但他总是克制自己不要叫出声来,姨妈把金橘往他手里塞,他也总要扭捏一下才接住,非得等怜爱注满了姨妈的眼睛,才会开始吃。当然这种办法也并不总是奏效的,他吃到了许多金橘,但并没有盼来玉兰。

妈妈和姨妈都是很洋气的,只是两人爱好不太一样。

妈妈比较文静,喜欢画画儿,而姨妈喜欢跳舞,还拍过化妆跳维吾尔舞的照片贴在窗户旁边呢。照片上的姨妈扎着长长的大辫子,胳膊高高扬起，好像要摘葡萄，旁边有一个男的在弹冬不拉，那男的不好看，嘴上那撮小胡子一看就知道是贴上去的。姨妈还在墙上贴了另外几张跳舞的画片，当然是别人跳舞的画片。玉成记得画片上是些外国阿姨，都穿着白色的裙子，露出两条光光的腿，用脚尖顶着地，也不知道她们的脚指头疼不疼。后来他才知道，那些外国阿姨是俄国阿姨，俄国阿姨用脚尖跳的舞，叫芭蕾舞。

妈妈就不一样了，因为喜欢画画，眼光都跟别人不同。别人看菊花像花，她觉得像萝卜丝，别人看云像云，她觉得像绸子。当然这也没什么，玉成也不觉得有什么，只是觉得妈妈说话有时很好笑，比如说爸爸的头发像"鸡窝"，秃顶的姨父"头顶一只荷包蛋"，等等，无论看什么，都会看出形状。画家嘛，看东西当然跟一般人不一样，要都一样，怎么能画画呢，据说在凡·高眼里，向日葵还是阳光的颜色呢。

妈妈画的画可多了，都用一只木箱子装着，有树，有桥，有小鸟，当然还有玉成。不过玉成总觉得妈妈的画有点怪。妈妈喜欢把人的脑袋画得扁扁的，眼睛像柳叶一样细长细长的，身体飘飘的，说是人，其实看上去像一片云，或一块绸，来一阵风，就会吹走。当然这是玉成心里的感觉，他从来没有说过。只是他长大以后，才知道这叫"变形"，只有很伟大的画家才会这样画人，比如毕加索。

妈妈笔下的玉成，胖乎乎的，光着一双脚，脚丫扁扁的，像鸭掌。嘴巴也有点扁，手里还拿着一柄椭圆形的大蒲扇，正在追赶一只大蚊虫。玉成认为不太像自己，他看过镜子，觉得自己虽然年纪小，眼睛还是很大的，也很好看，但妈妈告诉他，画旁的那行字是妈妈给这幅画取的名字，叫《我的乖孩子》，玉成听了，倒也有些得意，世上能有几个妈妈，会画自己的孩子?

五月是变化的时节,豆蔓会疯长,人的脑袋也会生出各种奇怪的想法,就在扁豆的藤蔓攀上院落篱笆墙头时,姨妈忽然死了!

那时姨父已经从部队转业,安排在家乡县镇管仓库,距城里也不远,一星期可以回来一次。姨妈一直在市郊的纺织厂做厂医,有了子生后,就带着子生住在厂区宿舍。玉成对姨妈家很熟悉,哪里放连环画,哪里搁罐头鱼,都清清楚楚。房间是很小的,可是窗户很大,差不多占了半面墙,旁边就贴着姨妈跳维吾尔舞的照片。透过窗户可以看见田野、烟囱和公共汽车站,玉成和妈妈就经常在那里下车,沿着蜿蜒的田埂抄近路走进厂区,再走上楼梯,敲开姨妈房间的门。

玉成总是抢在妈妈前面去敲门。

——姨妈,我来了!

有时敲一下,门就开了。但也有这样的情况,敲了好几下,喊了好几声姨妈,姨妈才探出头。原来姨妈喜欢睡懒觉。这时候她的头发往往有些乱,松松地挂在额前,但玉成觉得也很好看。

妈妈喜欢把纺织厂的阿姨叫作纺织娘娘,玉成也跟着叫。有一次玉成来找姨妈,敲得手都痛了,姨妈的房门也没开,妈妈急得想爬上窗子往里瞅,后来还是隔壁阿姨出来说姨妈可能加班去了。于是妈妈带着玉成又穿过蜿蜒的田埂,去厂区找姨妈。到了纺织厂大门口,妈妈叫玉成等着,自己进去找。也不知过了多长时间,忽然响起了铃声,成千上万的纺织娘娘从各个门洞拥了出来,她们都戴着白帽子,围着白裙兜,成群结队走出厂门,一下就把世界染白了。

玉成生怕姨妈也夹在里面，赶紧一个一个辨认，还问：

——纺织娘娘，看见我姨妈了吗？

她们都冲他笑，有的还掐掐他的脸。他不喜欢她们掐他，总是避开。她们的手指跟妈妈不一样，都很粗糙。那天真是不容易啊，那些纺织娘娘看上去都差不多，有的娘娘还戴着口罩，要睁大眼睛细看，才能看清楚她们的面庞。他看得太累了，不但没看见姨妈，后来妈妈走到面前，他都没认出来。

姨妈家的窗户真的很大，夏日打开窗子，风就呼呼往里吹，把窗帘和门帘都吹得飘扬起来。换到冬天，窗子是绝对不能打开的，不但不能打开，还得用胶布把上下缝隙都贴住，贴牢，堵住那些四处乱钻的寒风。姨妈在医务室工作，胶布倒是不愁。

姨妈就是从那扇窗户掉下去的。

她为什么会从那扇窗户掉下去呢，没人告诉玉成，连妈妈也不说。妈妈只是说姨妈不会自杀，是被人害死的，死得好惨。妈妈还冲着纺织厂门口白乎乎的人群说：

——她跟厂长能有什么关系？你们逼她干什么！

说完妈妈就哭了。

玉成没有哭。他拉着妈妈的手，回头看那些纺织娘娘。她们还是老样子，都戴着白帽子，系着白围裙，有的还戴着白口罩，但眼神并不快乐，跟背后飘在烟囱上空的烟一样，灰灰的。

姨父戴着洗白的军帽从县城赶过来，浑身是泥水，佝着背，也哭了。后来他抱着一岁半的子生，回到了家乡。过了许多许多年，玉成和子生才又见面。

二

这些日子妈妈很少画画,经常锁紧眉头,对着墙角发愣。这时候她的眼神是很专注的,仿佛能穿透一世,看见别人看不见的东西,看见别人的内心,要是忽然有一丝亮光闪过,那就是又有新的发现了。以前她看着花朵呀,云彩呀,会有这样的眼神,现在看着墙角,眼中也会有亮光掠过。

有一天妈妈突然掉过头:

——玉成,姨妈肯定是被别人害死的。

玉成一惊。

——上次去姨妈家,妈妈在窗台上放了一把剪刀压窗帘,还记得吗?

玉成一阵茫然。

——是妈妈亲手放的。那把剪刀不见了。

玉成睁大了眼睛。

——这说明有人进过姨妈家。

原来有人进过姨妈家,他想起了那些灰色的眼睛。妈妈的分析是对的,要是没人进去过,剪刀怎么会不见呢?

玉成问是谁进过姨妈家?

妈妈一脸沉思,没有回答。

妈妈在医院病房工作,负责给病人扎针量体温,隔三五天就要值夜班。夜班是很辛苦的,玉成陪妈妈值过几次,他自己好几次从睡梦中醒来,看见妈妈还在灯光下要么给病人分药,要么在清洗各种器具。这倒不算什么,要命的是有时三更半夜,会从过道上走过来一个人,直愣愣地看着你,什么话也不说,问他怎么啦,他捂住胸咳嗽两声,又走开了,只留下嘀嗒嘀嗒的钟摆声。这样的事情,在病房里是经常发生的,玉成早就听妈妈跟爸爸讲过。

可能是因为经常上夜班吧,妈妈晚上的精神格外好,她常常在黑暗中坐着,一言不发。玉成看不清她的脸,只能看见侧影。妈妈的侧影是很端庄的,像剪纸一样印在月色明亮的窗户上,鼻子嘴巴的轮廓都很分明。只是妈妈在想什么,他不知道。

夏天过去了,渐渐有了些凉意。

一天妈妈在择菜,择的是蕹菜,菜茎是空心的,特别脆嫩,青青绿绿像春草一样,用两颗蒜米一炒,特别好吃。择着择着,她忽然说:

——玉成,过来。妈妈跟你说一件事。

玉成搬只小凳,坐到妈妈跟前。

——看见马路边的那个坑了吗?

玉成说看见了。

——知道为什么要在那里挖个坑吗?

玉成想了想,一下没想出来。

——妈妈上夜班,要从那里走过。懂了吗?

玉成睁大了眼睛。

——他们挖那个坑,是用来埋妈妈的。

玉成一下子站了起来。爸爸这段时间又去北部湾采购珍珠粉，也不知什么时候才回来，只能由玉成来保护妈妈了。

玉成问妈妈，他们为什么要埋她。

妈妈没有回答，一边择菜，一边又陷入了沉思。

——妈，不要怕，我守着你！玉成说。

——嘘，小声点，他们躲在向日葵的叶子下面，会听见的。

院墙外面种着一片向日葵，此时正长得枝繁叶茂。

第二天玉成像小兵张嘎一样，猫在土坑旁的一堵矮墙后，观察了一整天。张嘎发现了汉奸，玉成也有自己的发现。傍晚回到家，他很有把握地对妈妈说：

——妈，不用怕，我查清楚了，那个坑不是埋你的。

停了一会，他又说：

——我看见他们在那里，种上了一棵树！

三

——我们家有毒气，闻出来了吗，玉成？

玉成吸一口气，摇摇头。

——嗯，你还小。这种毒气浮在半空中，高度在一米五左右，妈妈刚好能闻到。

玉成有些迷惘。

——等你长大了，也会闻得到。

——妈,谁向我们家放毒?

妈妈警觉地四下望望,轻声说:

——隔壁那家人。

——他们为什么要毒死我们?

——想霸占妈妈的画。

玉成虽然不太明白隔壁人家为什么要霸占妈妈的画,但还是点了点头。隔壁住着三户人家,左邻是个寡居的老太太,右舍是一对中年夫妻,带着两个小姑娘,其中年纪小的那个还挺漂亮,老靠在家门口朝他抛媚眼。对面人家很少开门,说是到乡村种地去了,三五个月才回来一次。谁会往我们家放毒气呢?玉成觉得老太太的可能性比较大一些,虽说她行动不便,但喜欢东张西望,眼神有些诡秘。

他开始防备那老太太,时时都守住那只木箱子,守住那些画,特别留意那张《我的乖孩子》,以防被隔壁坏人拿走。

——玉成,有人进过我们家!

一天妈妈忽然对玉成说。

——我在桌子上放了一把剪刀,剪刀不见了!

玉成明白了,默默走出家门,坐在院子的门槛上。家里已经很久没有剪刀。自从姨妈死后,不管是剪刀,还是刀,都被爸爸藏起来了。为什么要藏起来,爸爸没有说。

四

——玉成,你看,门缝上有眼睛在动!

妈妈用画笔指着门说。

(原刊《钟山》2003 年 4 期)

手　感

要是有一天你什么事也不做，像那棵杉树一样，独自立在黄昏的河岸边，这时你会想些什么呢？你兴许首先会想到，杉树可能也是有思想的，只是我们忽略了它们。它们看着人在下面爬来爬去，有时渴望接近谁，有时又躲着谁，觉得人真是很可怜。很多人爬着爬着就死去了，没有接近想接近的，也没能躲开想躲开的，什么也没有留下，连爬行过的痕迹都没有，甚至还不如一粒蜗牛。一粒蜗牛从树下爬过，还会留下一些晶亮的痕迹。

当然人可能并不这样认为，很多人自我感觉很好，觉得自己还是留下了一些东西的，有的东西还很晶亮，比如名声，比如金钱，比如漂亮的后代，但是在杉树看来，这些都不稀罕。杉树更关心的是，活着时你快乐吗，是否像松涛那样雄壮？或者如柳叶那般飞扬？

杉树更关心的是这个，所以总是站在河岸边思考。

要是从杉树的角度看问题，你就会明白，我们其实只是命运的玩物，我们的一生，无论轰轰烈烈，还是平淡无奇，都只是在命运的手掌上跟自己的影子捉迷藏，捉来捉去都从未跳出命运的掌心，就如同眼前的河水,无论湍急,还是平缓,都淌不出命运为它划定的河道。为什么说是捉迷藏呢?这是一种婉转的说法。如果要说得更为直白些,那是命运在拿我们取乐呢。

我们不知疲倦地在掌心的纹路上爬行,揣摩每一个分岔,却并不知道那些纹路通向哪里,更不知道那些纹路构成的是一个环形世界,一座迷宫。在局外人看来,迷宫只是一幢房子,有点古色古香,可是对于在里面行走的人,它比沙漠更没有尽头。你看重的,命运总是藏匿起来,而把你不看重的,呈现在你面前,并且装饰得异常美丽,吸引你,诱惑你,转移你的注意力。于是你一生都在迷宫里寻找,不断遭遇那些猜不透的面具,因为猜不透,要么与愚蠢拥抱,要么与幸福失之交臂,哪怕就是听见头顶传来无言的叹息,你也依旧无知,依旧混沌,依旧在树下爬行。

这不是什么新鲜的想法。这种想法到处可见,尤其是在这个时代,随便翻开哪本书,都可以找到这样的文字。傍晚的河边极其安静,所有的树木,包括杉树、榕树和其他不知名的树,都在月色中沉思,想一些人不明白的事情。你可以听见汽车从远处的大桥上急速驶过,电车打出的嘶嘶声,有如老人的咳嗽一般暗哑。

在昏黄的灯光映照下,你看见了自己的手。

那只手挪开凯留下的那瓶香水,伸向了一本黑封皮的小书,封皮上立刻就现出了几个指印。这本黑封皮的书,是一本《圣经》,在西方很流行,家家户户都有,每个小孩子都能说出一两个从《圣经》中听来的故事。但是在我们这里,这本小黑书并不多见。

我们以前见过小红书,没见过小黑书。小黑书是一位假装热爱中国文化的美国传教士送给你的,你当时假装喜欢,就收下了,扔在沙发上。

凯住在这里时,心情很不好。她喜欢音乐,或者说那时只能喜欢音乐,要么放磁带,要么打开电视机,随便调到一个播音乐的频道,把声音拧到最大,然后就站在窗口发呆。等自己听累了,或者站累了,才回到沙发上,拿起这本小黑书翻翻。

凯翻这本书,并不是为了信基督教,只是想了解一点基督教常识,比方什么诺亚方舟呀,伊甸园呀,蛇与苹果呀,等等,至少要达到西方小孩子的水平吧。那时你并不知道她是想去英国,还以为她很好学。不过她只翻过几次就厌倦了,起初抱怨译文拗口,后来又说故事太平淡。小黑书后来就被扔到了台灯后面,再也没谁触碰过。她把注意力放在更轻松的事情上,比方收集戴安娜和贝克汉姆的逸闻,看看本尼·希尔的轻喜剧,或者读读狄更斯的小说,熟悉一下两百年前的伦敦东区也好呀。

由于有关英国的资料读得很杂,她有时会提出很怪异的问题。有一次她听莎拉·布莱曼的歌,听着听着忽然说,乔伊斯肯定是受《斯卡保罗集市》这首歌的启发,才写出小说《阿拉比》的,还问你同意吗。《斯卡保罗集市》是莎拉·布莱曼唱的一首歌,也是那盒磁带里最好听的一首歌。

你一时语塞,不知如何回答。两部作品写的都是小男孩逛集市,表达了少年的孤单,但二者之间有什么关系,你确实不知道。你更不知道她为什么会那样想,会由莎拉·布莱曼想到乔伊斯。你有时觉得她的思维很跳跃,像青蛙一样难以捕捉。

你说你不知道。

她说肯定有关系，英国人怎么会不受英文歌的影响？何况那首歌那么好听。

你说乔伊斯不是英国人，是爱尔兰人。

差不多吧？她说。

你说还是有差别的。

那点差别是不是像广东人和广西人？

你承认你无法反驳她的比喻。

我觉得孤独的孩子，比谁都孤独。大人的孤独是欲望得不到满足，可孩子有什么欲望？孩子很无辜。她说。

那时凯的手臂还很光洁，还没有出现针孔，但回过头来推算，可以确定她已经怀孕了。但那时你并不知道。你和她依然做爱，动作很大，空气中总是飘荡着肉欲的腥咸。在听了一个礼拜的英文磁带后，她忽然改变了兴趣，开始踩踏家里所有的乒乓球，白的黄的都踩，一边听小球爆裂声，一边吸着鼻子说赛璐珞的味道真好闻啊。

再后来，她变得很沉默，喜欢站在窗口看风景。

窗外也没什么风景，除了往来的人，只有一座桥。

你也没有读完这本小黑书，它像所有的书本一样，只有部分章节可以为你所用，而且不同的时期有不同的用途。许多书本在成书的过程中，总是希望能构建完整的体系，让阅读者相信，只要读完这本书，就会看见世上所有的光明。这只是一厢情愿罢了，如今没有哪个阅读者会把一本书奉若神明，他们总是拣自己需要的部分阅读，至于其他部分是不是很重要,没谁关心,也许作者认为很重要,那只是对作者重要罢了,谁会在乎?

千万不要以为书本是没有生命的东西,烟缸果盘晶莹透明,未必有生命,哪怕有,也很脆弱,掷地即碎。书本看上去灰头土脸的,里面却藏着勃勃生机。你别看一本书被长期遗忘在哪个角落里,封皮蒙尘,书面泛黄,似乎无声无息,可一旦有谁触摸它,尤其是翻动它,它就会施展无限魔力。

这时候的书有点像木乃伊。我们都以为木乃伊是用死人做成的,抹上油裹上布就行了,但实际情况远非这么简单,在这里死亡的只是肉体,灵魂只是被裹住了而已,当你一层层剥开裹尸布时,那是最危险的,剥到一定程度,剥到第九层或者第十层,这里只是假设,因为谁也不清楚究竟是第几层,也可能是第七层或者第八层,第十一层或者第十二层,这时木乃伊的灵魂就开始进入你的体内,慢慢将你的肉体变成木乃伊。

那些往来于尼罗河两岸,深入金字塔内部探寻斯芬克斯之谜的英国人,不太明白这种道理,他们为了查看木乃伊的面目,揭开了一层又一层裹尸布,结果都死于非命,至死都还以为自己运气不好,患上了什么沙漠怪病。英国人自以为生性好奇,爱好冒险,其实对灵魂一无所知。他们不知道木乃伊有灵魂,这也就罢了,那些东西毕竟被那么多层布包裹着。奇怪的是,他们居然不知道赤裸的雪山也是有灵魂的!

那些英国人看见锥形的山峰就想往上面爬,尤其喜欢攀爬喜马拉雅山脉的那些雪峰。藏族人都知道雪峰是有灵魂的,一座雪峰就是一位女神。他们长期住在雪山脚下,平日膜拜都来不及,从来没有想到过爬上去。可是英国人不懂这种道理,蹬着蹄子就往上爬,结果要么当场死了,要么落下一身怪病,可是哪怕就是这样,他们仍然只是抱怨自己运气不好,把灾难归结于雪崩或寒冷。

一个人对灵魂无知到这种程度,说什么也是没有用的,难怪藏族人从来不做解释,他们为了超度自己,只管埋头走朝圣的路。

当然那都是上个世纪初的事情,上个世纪的英国人,多半都是无神论者,世上最彻底的无神论思想家,就是从他们国家的图书馆里诞生的,虽说那是一个从欧洲大陆流亡过去的德国人。到了二十世纪末,英国人似乎终于有些明白了,不过他们又走到了另一个极端,似乎又变得格外多疑。撒切尔夫人到中国,心里想着如何保住远东的那块殖民宝地,连长城都不去,觉得还是待在平地上吉利些。可是天安门广场够平整了吧,那位尊贵的英国妇人还是差点在那里摔了一跤。

这时候的英国人,好像又有点过于相信灵魂了。

哪种信仰能够解释他们当时的行为,他们就笃信哪种。卖鸦片时,他们说鸦片好,等到要交回香港,他们又说香港还是不交回好,总有好多理由。唉,这些英国人,怎么说他们才好呢?不过好像世界各地的人,都这样。

凯想去英国,但她不想知道这些。她宁愿不知道这些。

那么为什么说书本很像木乃伊呢?因为你一页页翻动书本时,就相当于一层层剥开裹尸布,也是非常危险的,里面的灵魂也会不知不觉进入你的体内,按照它自己的模式,修理你的灵魂,这就是你抛下它走开时,心里有时快乐有时不快乐的原因,那时候你想抛也抛不下,因为你的灵魂正在经受修理的过程。书本是怎样施展魔力的呢？它跟女人搔首弄姿不一样，不，它绝不追求艳丽，用的完全是朴实的方式：不同的文字组合。组合的方式越朴实，威力就越强大。

那些文字看上去很渺小，密密麻麻的，如果不留心还以为只是一些干瘪的蚁尸，可是它们也是有灵魂的，或者说它们就是书本的灵魂，只要换个方阵，就可以变化出无穷的威力，直接进攻你的内心，可以让你哭，让你笑，让你去嚎叫，这一点似乎与原子或中子的结构很像，结构不一样，释放的能量也就不一样。最厉害的时候，它们会像成群的非洲食肉蚁，以密集的队形扑向你，把你的灵魂咬得只剩下一具骷髅。

也许有人还是不以为然，认为这种描述夸大了书本的魔力。书本当然不是魔术师，何况就是魔术师，也有玩不转的时候。胡迪尼是魔术师吧，不但是魔术师，还是魔术大师呢，他表演水下挣脱紧身衣，有时挣脱了，有时也没有挣脱，只要有一次没有挣脱，就会被淹死。他后来就被淹死了。上帝对我们是很苛刻的，连一个错误都不容许我们犯。本来我们每个人的生命轨道都直接通向天堂，可因为不断犯错误，结果有的人进了地狱。就是进天堂的那些人，心中也充满了愧疚和感激——自己的灵魂这么卑微，也能来到这里，主真宽容呀。

书本的魔力是不可捉摸的，就单举书本与光的例子吧。我们都知道，西方人以为光是从上帝那儿来的，上帝说光，世上便有了光，可是我们又知道，一个人若是从来不看书，他的眼神是迟疑的，混沌的，黯淡的，就跟上帝创世以前的情景差不多，看过书后眼神就亮了，仿佛被注入了光，为什么呢，这就是书本施展的魔力，将一种光泽抹上了读者的眼睛。

不过事情也不是那么简单，一个人若是读书读多了，眼睛又会失去光泽，重新变得迟疑，混沌和黯淡，这又是为什么呢，还是书本在施展魔力。书本见你读得太多，整天着迷于那些蚁尸般的文字，甚至忘却了周围的世界，便开始抹掉你眼睛里的光，于是你的眼睛又黯淡了。究竟读多少书，眼睛才最明亮，这始终是人类苦苦思索的一个问题。有时他们想得太苦了，忍不住又去翻书。

还是不说眼睛，说手吧。

前面说到你的手在昏暗中伸向了一本黑色封皮的书。它把书打开，翻到中间的某一页，又翻到某一页，翻着翻着，手忽然开始发抖，显然被里面的某个文字方阵击中了要害。那些密密麻麻的黑色蚁群，忽然变成了千军万马，开始围剿这只闯进来的手，并顺着手爬得更深更远，爬向你的灵魂。

里面有一个方阵这样写道：正当尼布甲尼撒与众人欢宴时，墙壁上忽然出现一个手指，手指写出几个字后，便消失了。那是几个古怪的字，别人是看不懂的，只会哄笑，尼布甲尼撒自己也不懂，去请先知来解释。等到先知把话说完，所有人的笑容都凝固在脸上。世上的事都这样，其实每件事都有来由，都有预兆，可是一般人看不懂，对凶兆视而不见，只觉得蹊跷或可笑，耸耸肩便走开了。谁也不会去深究，为什么有的人终日沉默，有的人脸上挂着古怪的笑容？

手抖动了一阵后，慢慢平静下来。出于自我保护，它把尼布甲尼撒那一页合起来，又把黑封皮的书放回原处，然后取出一支烟。这一切都在悄无声息中进行，谁也没有看见，看见的只有空气和光。空气和光跟人一样，不会明白人为什么有时会开心，有时会黯然。人不明白是因为懒惰，空气和光不明白，是因为对世界的感知方式不同。

我们不会明白，空气为什么有时变潮了，光线为什么有时变暗了，宁可用科学进行解释，把这些现象归结为什么湿度啊亮度啊，好像有了这些归结，世界就属于人类了。空气和光对人的行为，也有自己的理解，只是它们不说，或者它们之间说了什么，人不明白。它们也不需要人明白，反正彼此隔得很远，谁也不碍谁。所以人做什么，从来也不回避空气，不回避光，哪怕有时候避开光，也仅仅是因为不想被同类借助光看见自己。

如果人与人的关系，能跟人和空气和光的关系一样纯粹，一样自然，那就好了。这只是梦想。要真是这样，那只翻书的手就不会抖动，四周就不会出现猜疑的戒备的和嫉妒的眼神。很多人一生的行为，都是为了迎接一些人，躲避一些人，为了让一些人看见自己，让一些人看不见自己，为什么呢？因为一些人可以给自己带来快乐，另一些人则会带来不快乐，人一生都努力接近前者，回避后者。可是努力归努力，并不是所有的愿望，经过努力就可以实现的，如果经过努力依然无法实现，眼睛就会在黑暗中湿润，手就会在暮色中颤抖。

凯从来不明白，平和意味着永久，平和中蕴藏的东西，会很丰厚。她不明白。她总要掀起波澜。那种汹涌的浪涛，看上去很壮观，但只能维持片刻。汹涌过后，依旧是平和。空气和光同样看见了凯的疯狂。

凯那年二十三岁。二十三岁的女人是不可捉摸的。她忽儿渴望那只手，忽儿又想躲开，在渴望和躲避间来回奔跑。

凯说你想平平和和，我不能接受，我要你把全身心都给我，不能有任何保留。我把全身心都给你了,你为什么不给我?

她的语气很激烈,里面有焦虑和悲哀。她知道这是不可能的,因为你不会屈从于谁的指令。连上帝的暗示,你都经常不予理会,哪怕为此吃尽苦头。但是她还是要说,说出来心里会好受些。你也知道这是不可能的,因为你喜欢的是她的肉体,但你不想说。于是当你们在一起,最经常的情况就是,要么她说很多,你沉默;要么你做很多,她沉默。

她的手很光洁,握在手里凉凉的。有一次她在窗前沉思,你过去握那只手,它刚握过一只放了冰块的酒杯,像冰块一样冰凉。

凯把你的沉默归结为你心中有所保留,没有把全部身心都给她。起先你觉得好笑。你从来没有把心给过哪个女人,从来没有这种愿望。你跟女人交往,不是为了把心交给她保管,你从来不把女人当作托儿所的保姆或者托心所的阿姨。其实她们更像是孩子,更需要得到照料,精神和肉体都需要。

你喜欢抚爱她们,抚慰她们的灵魂,抚摩她们的身体,在抚爱中获得快乐。这就是这个时代的爱情。以往那些艰难岁月所倡导的爱情观,在这个时代是派不上用场的。没有关山阻隔,何来牵肠挂肚?未曾遭遇乱世,何以考验忠贞?如今连书信也没几个人写了,除了电话,就是电邮,分手后连一点痕迹都没有,好像一切都是一场春梦,所以相处时多温存,多做爱,是这个时代最显著的爱情特征。

不过后来你发现,她的说法也不无道理。你的心中确实有所保留,但这跟其他女人无关,只跟那只手有关。它习惯了自己的方式,在没有女人时代替女人,更重要的是,它还可以做许多别的事,比如在黑暗中取烟，在灯光下写字，握拍跟同事打乒乓球，等等。因此它可以取代女人，而没有哪个女人可以取代它。

在看了几天风景后，凯开始用针往手臂上扎，在肘弯和手腕之间留下一排排殷红的针孔，想用肉体的疼抵消心灵的痛。你的手想阻止她的手，但很徒劳，因为这不是手的事情，与手无关，只与心有关，但你的心无法阻止她的心，也没有很强烈的愿望去阻止。面对哭泣的女人，你总是感到无奈，也不想接近，只想走开，但又不能走开，因为哭泣本身是想留住你，走开会让对方流更多的泪。

你走到她经常伫立的窗户前。

远处一位妇女推着婴儿车缓缓从桥上走过。

那只手夹着烟，就着烟头的火光，可以看见手指很瘦，很长，食指和中指被烟熏得焦黄。明眼人一眼就能看出，这是一只辛劳的手，虽然骨骼不粗大，不曾握过锄头和铁锹，但枯瘦的指头表明，由内心源源送出的忧虑，已将这个人的生命逼向墙角，正逼迫他做出抉择。那种枯瘦正是灵魂拼命挣扎的征兆。同时明眼人一眼也能看出来，它不是生来就喜欢摸那种小黑书的。每只手都有自己的命运，注定要终生做一些事情，或者拉琴，或者掌勺，或者执教鞭，或者握听筒。但是这只手很古怪，看上去似乎有富贵命，实际上始终都在劳作，总有做不完的事在等待它。

它原来最喜欢抚摸的，当然是女人光洁的肌肤，那只沾满尘埃的空香水瓶可以做见证。它解开女人前胸的纽扣，松开后背的搭钩，拂理额前的秀发，然后开始轻柔地抚摸光洁的肌肤，一切都做得天衣无缝，仿佛生来就会，仿佛这只手是专为女人而存在的。

它喜欢在那些浮凸有致的瑰宝上逡巡，欣赏或饱满或丰腴的景致。在它的细心抚摩下，不同的肉体会有不同的反应，哪怕就是同一具躯体，不同的时候也会有不同的反应。有的肉体刚开始是骚动不宁的，甚至反应很激烈，仿佛在进行殊死抗拒，但最终都敌不过它的耐心，慢慢变得温和、顺从，然后身心敞开，眼神充满渴望，身体柔软而圆润，乃至因焦虑等待而显得略微贪婪，像盼望施洗那样盼望它的到来。

随着动作节奏加快，那些娇嫩的肉体在呻吟中一阵阵痉挛，如一波波涌向礁岩的浪涛，最终淹没岩石，达到快乐的顶点，而这时空虚也随即在你的心中蔓延开来。那是一种任何东西都无法填充的空虚，与女人无关，只与灵魂有关。为了逃避内心这种空旷的感觉，你有时会本能地放慢动作，或者动作依旧进行，但思维已处于停顿状态，或者神游于万里开外，显得心事浩茫，好像那样时光就不会流逝，波涛就不会退隐，夕阳就不会沉落，你因而也就可以在永恒中生存。

香水瓶属于凯，但它最喜欢抚摩的不是凯。当然每次抚摩凯，你都说她是你最喜欢抚摩的。它欺骗凯。它欺骗所有它抚摩过的女人。她们的肌肤都很光洁，很柔滑，有的还带着一丝凉意，像华贵的绸缎，盛夏的黄昏尤其容易感觉出来。要是你和她们在河岸的杉树林下幽会，手指从那些敏感的肌肤上轻轻掠过，她们马上就会发出轻微的叫唤。要是路人不谙世事，就会把那种短促的声音，误认为是晚归的小鸟发出的欢叫。

为了取悦这些娇媚的小鸟，它对谁都给予最温柔的抚摩，对谁都说你是我的最爱。她们也不是傻瓜，也知道它有所保留，它有时会忽然有些心不在焉，在那些肌肤最渴望抚摩时停顿下来。可是它为什么停顿，为谁而保留，她们并不知道。

这只手最喜欢抚摸的，并不是她们当中的谁，而是它自己身上的某个部位。它从少年时代开始就习惯于抚摸那个部位了，这是她们不能明白的。她们总以为它想念着她们当中的某一个，于是纷纷前来，以为自己就是那一个，随后又纷纷离开，以为那个女人是别人。其实不是这样的，谁都不是，可是她们不能明白。在女人看来，一个男人不能全身心爱她，必定是因为爱着别人。

那些女人离开了它，或者说它离开了那些女人，离开了那些清凉的肌肤，反而觉得自己安全了。它仿佛看见凡·高的灵魂，带着从耳朵和胸口淌下的血滴，飘向浓郁的向日葵丛中，并永远凝固成一片灿烂的金黄。那是一片与女人毫不相干的颜色，只与绝望相关，与灵魂相关。它知道自己的灵魂不是金色的，不知道是什么颜色，但肯定不是金色。金色太高贵了，它可望而不可即。可能是紫色吧。

紫色比较俗，但也比较真实，介于红与黑之间，符合你一生的追求。红色是不可能了，已经没有那份激情。黑色也不可能，承受不住那种沉重。无论小红书，还是小黑书，离你的心都很远。还是紫色吧，如同那个叫凯的女人说的，宁可留一些想象，也不要轻易揭穿那个谜。

要是今生你能活到先知的年龄，你想写一本小紫书，封面是牵牛花的那种颜色。至于里面是什么内容，你现在也不知道，但一定会与灵魂有关。

凯是它欺骗的第一个女人。她长着如花的面容和如柳的身段，一对眼睛秋水盈盈，好像总是带着盼望。她说她身上最好看的部位是唇。你承认她的唇像花瓣一样精巧，但在你内心深处，你迷恋的是她身上叫同样名称的另一个部位，只是你不想说，怕说出来她的脸色会变得潮红。

一个年轻女人就像潮汐刚过的一片沙滩，你只要见到，就忍不住想去玩水，想在沙滩上留下脚印。你留下了脚印，但又不想终生守候那脚印，怎么办呢？

凯看着那只手在她光裸的乳房上来回抚摩，问：

——你爱我吗？你最爱我吗？声音幽幽的。

这时你的心情很复杂。你知道你喜欢的是她的肉体，但是不能说。

为了掩饰，你只好反问：

——你说呢？

凯看出了你的掩饰，眼神有点黯然，但仍硬撑着说：

——好吧，就当是一个谜吧。

说完，她就把你的手轻轻挡开了。

这是一只善于欺骗的手。凯是它欺骗的第一个女人，但不是它欺骗的唯一的女人，甚至也不是它欺骗的唯一的东西。它还欺骗过别的东西，比如笔。它跟笔的交往可以追溯到童年，那时它喜欢握蜡笔，用五颜六色的蜡笔画自己看见的东西。

白天你骑在父亲的肩上，看红旗飘扬，人头攒动，气球在阳光下飞行。

那个时代的气球比人头还多，尤其是从五月开始，几乎每个月的头一天都是放飞气球的盛大节日。那些气球密密麻麻地飘飞在城市上空，在太阳眼里宛如五颜六色的泡沫，从这块干涸的土地上升腾起来。

晚上你就趴在幽暗的灯光下，画白天看见的人、树和气球。

大人们并不知道，从那时开始，这只手开始学会欺骗了。

杉树的叶子是细密的，在阳光下闪闪发亮，画起来很麻烦。它偷懒画成一朵朵波浪，再把波浪涂成金黄，里面涂几根黑线，就算做杉树的枝干。大人并不明白这是它的欺骗行为，反而夸它画得好，说是像达利。

还有呢，谁都知道人的神态最难画了，尤其是五官，画得不好跟鬼似的，会吓着小姑娘。为了掩饰自己画不好，它索性不画五官，只画脑袋和身体，而大人却说这样更像，好像丰子恺的画呀。好在大人多少受过教育，知道这世上有达利、丰子恺和齐白石。换了父母是农民，你的屁股早被打烂了。当然换了父母是农民，这只手会是另一种命运，不一定会握笔，但也会很辛劳，整日握镰刀。

至于气球，它画得就更随意了，画几个圆圈，下面拖着一根小尾巴，要不是旁边还有几朵云做陪衬，别人会以为那不是气球，是蝌蚪。可是父母并不这么看，父亲会说：哦，像齐白石。不管你画什么，画成什么样，他都会说你的画像哪位大师。可是这种称赞没给你带来好运，如今你到了大师的年龄，连临摹大师的勇气都没有了。

你已经记不清楚，它是从什么时候开始，喜欢抚摩那个部位的，可能是从十三岁的那个夏天吧。那年夏天你不再喜欢父母的家，整日在街头游荡，头一次发现，漂亮女人的肉体是那么婀娜，影影绰绰地在半透明的衣裙里扭动，好像潮汐过后的沙滩，诱惑着你去亲近，去抚摩。但是你知道你是不能随意去亲近，去抚摩的，要想实现这个愿望，有一段漫长的路要走，很可能要走好多年。于是你感到紧张，感到逼迫，似乎有什么东西在体内漫涌。那种东西犹如岩浆一般炽烈，左右奔突着，想寻找喷薄的出口。

你那时只有十三岁，自己也不知道，为什么看见漂亮女人会感到逼迫，更不知道火山口在哪里，只是忍受着体内的波澜，任那波澜日复一日地撞击你，而你就在这撞击中渐渐长出淡色的胡子。最艰难的时候，你甚至因为过于紧张，不愿去看那些浮凸有致的女性躯体，仿佛只要再看上一眼，身体就会发出嚎叫。有谁会想到，那种本来为生殖而设置的功能，会把人折磨成野兽？

就在这个时候，就那么很不经意的，它触到了那个部位，一阵巨大的快乐忽然席卷全身，它再去触动，快乐依然，于是你恍然明白，那些岩浆是有出口的，只需那么稍稍抚慰一下，岩浆就会喷涌而出，把体内的紧张和逼迫全都带走。你感到快慰，为自己终于找到了解脱的方式而欣喜。

然而这是一种欺骗，是这只手玩弄的又一种伎俩。它在欺骗那个部位，它用各种指法欺骗它，让后者以为已经贴近了女性肉体，已经触及并已深深插入，于是变得蓬勃，并在蓬勃中爆发。这种欺骗与戈培尔的伎俩如出一辙，千遍过后竟可以让人信以为真，有时甚至比真实的做爱更动人，以至连凯都能感觉出来，要是不增加一点辅助力量，她感受不到强烈的冲撞，似乎她那光洁身体的诱惑力，还不如那只手。

凯说既然你不在乎我，我也不会在乎你。我不曾拥有你的过去，也无法拥有你的将来，又如何能拥有你的全部身心？我们谁都不能拥有谁的全部，我们拥有的，永远只是一个拥有的梦，所以，我不想伤心，你也不用伤心。

那是一个多月以后的事。她消失了一个多月。在这一个多月里,你也学会了看风景,看窗外的那座桥。有一次你甚至想,她不会走到那桥上,然后消失在水里吧。

后来她打来电话,在电话里说了上面那段话,语气很平静,仿佛去地狱旅行归来,什么都见识过了,全然没有一点创痛的痕迹。她没有去地狱,去的是西藏,从青藏公路进,由滇藏公路出,其间经历了什么,只有她自己知道。

你问她什么时候走。

——走?去哪里?她反问。

——你不是说要去英国吗?

她说是啊,可是去不了,英国佬不给我办签证,好像丢了香港跟我有关似的。

——你运气不好。你说。

她说他们问我结婚了吗?有什么特长?有个英国男人说我身材不错,问我会跳舞吗?能跳一个给他看吗?

——你跳了吗?你问。

她说我让他跳,去跳楼!

你在电话这头笑了。这正是她跟别的女人不同的地方。

——还说英国人幽默呢,我这样说,那白种男人的脸马上就白了,更白了。

你不由得笑出了声。

——你说我运气不好,我觉得是那英国佬运气不好。平时我火气也没这么大。

——那你还是回我这里吧。你说。

电话那头隐约传来音乐声和别人的笑声。她显然正坐在哪家酒吧里,身边有一群热闹的朋友。音乐很热烈,好像还掺和着非洲鼓点。

她说我们做朋友吧。

——难道,我们,一直不是朋友?你自己都觉得这句话别扭。

——我们心气都很高,谁都不愿受委屈。她说。

——我,心里的感受,你并不全知道。你说。

——我们成不了爱人,只能做朋友。你听见了她的叹息。

叹息声很轻微,但她并不想掩饰。

——要是我心情好,我会去看你的。我对你并无怨恨,真的。她又说。

——要真是朋友,心情不好时,更应该来。你说。

——人活在世上,无论遇到什么,都要学会自己扛住。这是你教会我的。以前我觉得这样很残酷,现在我明白这很现实。她说。

——我们把男人看得太强大了,其实男人也是人,有些东西,女人扛不住,男人就更扛不住。她又说。

你有一种不好的感觉。

——我把胎儿打掉了。她说。

你的手在黑暗中一阵颤抖。她说得越轻巧,你颤抖得越厉害。

你在这幢古色古香的迷宫里度过了一生。那是一堵堵阴冷的墙,成环状将你囚住,每天都在缩小,虽然速度很缓慢。你盼望在自己的有生之年,能遇上这幢迷宫倒塌的那一天,这样自己就会死于意外,既缩短了徒劳走动的煎熬,又避免了自杀给亲人带来的创痛,同时也符合酷爱古老建筑招致的必然结局。那是一座衰朽的建筑物,像石头一样沉默,在九月的风中充满了秋意。你承认它没有生机,同时你也承认它让你着迷。

是什么东西让你着迷呢?是一种典雅的死亡气息。那不是普通的死亡。那种死亡通向永恒,所谓永恒,就是死了以后,可以永远仰望恒山。恒山离这里很远,遥望不到,那就望望近处的衡山也可以吧。可是这幢迷宫会倒塌吗?墙是用巨石垒就的,看上去没有缝隙,也没有裂痕,像山峦一般严丝合缝。要是真有那么一天,这些墙倒塌了,你会很欣慰。你的手不想再去触摸原来碰过的那些东西,什么笔呀,经卷呀和女人的肌肤,你都不想再去触碰。你什么也不想碰。你的手只想久久浸泡在清凉的水里,只有水能给它们安慰。

后来你猛然意识到,这些墙不是柏林墙,不会在某一天倒塌。它们跟长城一样在大地上延伸,通向永恒。你不会活到它们倒塌那一天。那一天在遥远的历史尽头,眼睛是看不见的,只能凭脑袋想象。一般的脑袋也是想象不出来的,只有非凡的脑袋才有可能。一个人能够明白这一点,说明他的内心已经有深厚的积累,已经对这个问题思考了很久,所以才会有猛然。千万不要以为猛然是一种偶然,不,它从苦痛中产生,是只有在寂寞的海底才会飘然升起的气泡。

你在猛然意识到这一点的同时,也猛然意识到,你不会看见它倒塌,但是你会看见它消解,看见它融化,就像高大的城堡在风沙中蚀散,庞大的冰山在春风中化为乌有。这不是某一天忽然发生的事情,它每天都在发生。它其实已经发生着,只是我们的感受力太钝,太弱,看不见这些变化。我们看不见,但是空气和光看得见。空气和光看得很清楚,但从来不说。

你后来看见凯,已经又过了大半年。那是一个秋意浓浓的黄昏,人行道上翻卷着枯黄的落叶,那都是一些锥形的叶片,一团一团麇集在台阶的缝隙里。她站在一扇橱窗前,在看几件白色半透明的衣饰,旁边站着一个男人。

那男人比你高,但比你年轻,甚至比她年轻。他伸手护住她的腰。

就在你看见她的那一刹那,她似乎被什么东西触动,回头看见了你。她跟那男人说了几句什么,然后朝你走过来,步态还是那么敏捷。

——你怎么留胡子了?她问。

你说到了一定的年龄,就要有一定的形象。

她笑了笑,表情很友好。

——是不是听见哪个女孩说你不够成熟,赶紧蓄须明志啊?

你问那是你男朋友?

她点点头。

你也点点头。

这时那个男人朝这边看了看,正好看见你点头,以为是冲他而去,于是他也点了点头。

这个世界真是很文明啊,你暗想。

——我们,下礼拜四,结婚。她说。

你猛然明白橱窗里那些白色半透明的东西其实是婚纱。

你说好啊,但有点晕。

——你会来吗?她问,眼睛没望你,望着台阶下的那些落叶。

你没有回答。

她抬眼看着你。你相信她看懂了你。有一丝光从她眼睛里闪过，不过很快就消失了。

她握了握你的手，然后走向橱窗旁的那个男人。那男人并没有朝这边看，但她刚一走近他，他就伸手挽住了她的腰，好像挽住的是一件失而复得的瑰宝。没有谁注意到你的眼神在暮色中黯淡下去了，这世上注意到这一点的，只有空气和光。

（原刊《花城》2005 年 2 期）

三种口味的包子

一

　　雨从天上飘下来，晶晶亮亮地穿过大楼之间的缝隙，落到地面和他的车窗玻璃上。透过雨刮器不停闪动的间隙，他看见一个体态婀娜的年轻女子，用手遮住头，踏着碎步急匆匆斜穿马路，闪进了一扇玻璃转门。她的裙子是黑色的，湿淋淋地裹着臀部和大腿，看上去格外性感。李小楷承认自己如今对爱没什么兴趣，只对性有兴趣，或者简单地说，对女人心里怎么想没兴趣，只对女人的身体有兴趣。看着街上川流不息的人群，他会留意年轻女人的臀部，留意那些翘翘的臀部，有时留意久了，会觉得跟它们有一种隐秘的交流，似乎那些起伏的曲线后面，藏着一个个等待叙述的故事。

　　看见有的男士拉着女人的手，一副心满意足的样子，在明晃晃的橱窗前慢慢走，李小楷真的感到纳闷。那些女人要么太胖，要么太瘦，或者很黑，他是不会喜欢她们的，岂止是不喜欢，一点兴致也提不起来。他觉得女人就是要漂亮，不漂亮的话，在他眼里就不算女人了，在这一点上，他跟别的男人似乎有些隔，不懂得他们为什么会喜欢她们，喜欢不漂亮的她们,喜欢她们的什么。太胖或者太瘦或者太黑的女人,在他看来是中性的,可是他们照样喜欢她们,那有什么办法,只能说人与人不一样,男人与男人,更不一样吧。

李小楷喜欢性,不喜欢中性,依照这样的喜欢,他看中了许雯雯。有的人总抱怨,说自己找不到意中人,他可不这样认为,他觉得自己喜欢什么样的人,世上就会有什么样的人,自己的喜欢,是可以因不同的对象而变化的。性感跟漂亮是两回事,许雯雯说不上有多漂亮,甚至谈不上匀称,但是五官特别,细长的眼睛与小巧的嘴巴合在一起,有一种狐媚,当然了,重要的还是后臀,如小天鹅一般微微上翘,说不出的奇妙,格外刺激他的情欲。跟雯在一块,他做得多,说得少,沉浸在无言的满足中,可能雯对他也是同样的感觉吧。不过他近来发现,雯这两年也渐渐胖了。原来一个人对爱没兴趣,会渐渐胖起来。

李小楷也不是生下来就对爱没兴趣,只对性有兴趣的,就像没有哪个女人生下来,就有恶婆婆的脾气,还不都是岁月熬出来的。本来他的经历中,有一些故事,要是雯愿听,他也乐意慢慢说,可是雯压根儿就没兴趣,她要是说起过去,她就会打岔,要么议论邻居——邻居其实很普通,一对小夫妇养着一个孩子,要说有什么奇特,是那小男孩有点奇特,经常拿根笛子自个儿对窗外吹,吹各种电视剧插曲,吹完神雕侠侣,接着吹雪山飞狐,吹累了,就吹口哨。雯喜欢那小男孩,见到他就笑。那小男孩不太喜欢她,见她笑,就躲开。

雯曾经问李小楷,这是为什么。李小楷说你化的妆太浓,吓着小朋友了。雯听了倒也不气馁,笑笑说看来我哄不住小男生,只能哄老男人。李小楷说你不是说我吧?

他要是说起过去,她就会把话题岔开,要么议论邻居的小男孩,要么就说说小白脸——那是她的一个中学同学,中学时就爱慕她,现在依然爱慕,时不时嘟的一声给她发封短信,嘘寒问暖,或者发个粉色笑话,逗她一乐。她说小白脸这人还是不错的,就是整天在社会上闲逛,没点根基,要是有份体面的工作,没准她真愿意跟他呢。李小楷说整天向你献殷勤,你当然觉得他不错,不过他要真发达了,就不知道眼里还有没有你了。他很纯情,对我是真心的,我知道。雯很有把握地说。

她似乎有一种天赋,能够穿越时光看到过去,李小楷虽然没说什么,可他以往的生活,她总能猜到几分。这比他的叙述更可怕,如果别人要通过你的叙述,才了解你的过去,那么你说了什么,没说什么,心里是有数的,可如果不是这样,你什么都还没来得及说,别人就都知道了,那种感觉不太好,好像自己没穿衣服,被人看得清清楚楚。化妆太浓会吓着别人,不过人总要有一点伪装的,一点伪装都没有,也会吓着人。

许雯雯终于出来了,拎着大包小包,一路小跑穿过停车场时,长发上沾了细密的雨珠。她一头钻进车里,边抖头发边说:

——碰上打折,你猜这款 LV 包多少钱?A 货哦。

如今的商场,学美国的做派,商场正面辟了开阔的停车场,车子进去如果没找到好的车位,进出就得走一段距离,当然也有地下停车场,可里面黑乎乎的,空气也不好,要不是万不得已,李小楷一般不到下面停车。他喜欢停在露天,晒晒太阳,淋淋雨,都不错,还可以看来往的年轻女人,平时要是面对面相遇,他是不好意思正面注视对方的,但在车里就不一样了,隔着深色的车窗玻璃,你可以看见别人,别人看不见你，你可以注视漂亮女人，却不会吓着她，所以说汽车也是一种伪装。他甚至见过有人在旁边的汽车里做爱，做爱的人大概以为旁边的奥迪里没人，发出一阵阵喘息，脚板都顶到了车窗上。

他没吭声。他和雯也喜欢在汽车里做，当然是在郊外，在淅沥的雨中，在夕阳照耀的树林里，绝不会在城市中央的停车场，这样太过分了，只有小青年才会那样做。他是成年人，不想冒这种廉价的风险。不过看见旁边汽车里这种事，他也理解。谁都年轻过，况且他年轻时比别人还叛逆呢，所以他不吭声，直到那辆标致307走开。许雯雯买些什么，他不太关心，只是等在汽车里，看美女，听音乐，有时也听收音机，听收音机也是听里面的音乐。她买的通常都是她自己的东西，香水、口红、面霜、高跟鞋、长筒袜、耳环、发卡、胸罩、三角裤等等，都是他用不上，只有她才能用上的东西。本来也可以说都是男人用不上，只有女人才能用上的东西，可是略加思索就会发现，这样说不准确，她买的有些东西，节俭的居家妇女是不会买的，比如超薄杜蕾丝。

——这包才400，划算吧？平时要卖1200呢。对了，我的洗面奶还没买到，我们去中心大厦看看吧。

她的手机嘟地响了一声。她赶紧掏出来瞧上一眼，一边偷笑，一边开始查看大包里的小包，像凯旋的将军检阅自己的战利品。这时雨忽然下得更大了。

这样的日子，他和她已经过了快三年。早上他开车去一家公司，同时捎她去另一家公司。三年里她已经换了三家公司了，不过换来换去都是公司，她也都是做一个公司里的小职员。到了晚上，两人就去逛商场，这座城市的大商场，不管在哪个角落，他们几乎都去过，大商场里的每个角落，他们也不会放过。这是前两年的事了，大概从半年前开始，李小楷忽然对商场感到厌腻，不再陪她进里面逛，只在车里等候她。他也不明白自己为什么会厌腻，不明白是厌腻商场呢，还是厌腻自己眼下的状态。他只是觉得随着一幢幢大厦立起来，自己变得渺小了，跟马路边竖着的垃圾桶，也没什么两样。

他很熟悉这座城市，记得这些大楼盖起来前，城市是什么样子。城市以前的样子，在停车场做爱的小青年，是不会知道的。当然他们也不想知道。这些年人在变化，城市也在变化，变化的速度，有时人快一点，有时城市快一点，我们都希望变化快的是城市，似乎这样时间拖长了，我们的生命也得到了延长。可是有时变化快了，也会出现烂摊子。前一阵子城市忽然失去了耐性，加快了拆迁的速度，不但拆倒了古城墙，就连他那住宅小区门口的小巷子，也推倒了不少房子，可是推倒后又不收拾，像一堆堆巨兽的骨骸倒伏在地上，长出的小草如发霉的绿毛。

这里的住宅是庭院式的，外墙贴上了仿古的方砖，还挖来大树，做出很风雅的样子，号称高尚住宅区，似乎只要住进来，就可以成为一个高尚的人。自从推倒了那些房子，他每次出门，都得驾车从倒伏的骨骸间小心穿过，开始还不习惯，忍不住会骂几句粗话，骂贪婪的开发商，先把地占了，不修路，也不盖楼，真想把临时搭建的工地围墙给砸了，后来开着开着，发现在缝隙中慢行，也有慢行的乐趣，那砸的念头也就渐渐消失。

人就是这样一种惯性动物，刚开始失去某种惯性，会觉得不自在，不安全，待到新的惯性形成，又有了新的安全感，这时候要是没了门前的围墙，反而觉得别扭。跟许雯雯过日子，也是一样，开始真的紧张，面对她微笑的双眼，微翘的后臀，总担心自己力不从心。后来经过磨合，倒也其乐融融，一时间谁也离不开谁。

所谓中心大厦，本来有别的名字，学香港人的叫法，叫什么昌大厦或者什么茂大厦，但因为竖立在市中心的繁华地带，大家都习惯叫中心大厦。大厦也真够大的，里面有一条精品街，精品街上全是各种名牌的专卖店，比如什么阿迪达斯、耐克、柯达、索尼、西门子、诺基亚等，当然也混了不少假名牌。名牌是真是假，只对生产厂家有意义，对顾客是没区别的，尤其是新一代年轻人，穿得舒服就好，管他真真假假，假名牌还便宜呢，反正也没几个人认得出来，所以这条精品街上，总是挤满了年轻男女。李小楷不算年轻了，但他觉得自己的心还是挺年轻的，一个人只要年轻时拥有过浪漫时光，心就老不起来。陪许雯雯从精品街走过时，他忽然想到干吗不为自己买点什么呢？他想到了鞋。

一个体面的男人，穿着可以不讲究，但一双脚上的鞋，是不可以不讲究的。这是他固守的原则。说起来有点奢侈，这些年来他只穿耐克鞋，倒不是耐克这两个字有什么特别，也不是那一勾有多漂亮，只是觉得脚舒服，穿着穿着就有了依赖性，不想再试别的品牌。这也是一种惯性。他在网上查过耐克的今春新款，并复制打印下来随身带着。网友的评论是很有意思的，一边说耐克鞋好，一边骂耐克鞋贵，真是爱恨交加。如今的新一代，确实不把钱放在眼里，不像他年轻时，一分钱都要掰成两半花。他们只要喜欢上什么，就会不惜代价买下来，这种气派还真让他有些害怕，也不知道他们的钱，是自己挣来的，还是从父母口袋掏来的。

他原来一直穿一种白鞋面加气垫的篮球款式，是传奇后卫约翰逊做过广告的那种,都穿习惯了,可那该死的耐克公司,每年都大批大批地换式样,原来的老款不再生产,所以穿惯了也没用,该换鞋时就得换新款。新款如同新欢,该换时还得换,根本不许你恋旧。好在他对耐克的这种做派,也蛮能适应的,换就换呗,不就一双鞋吗?问题是网上推出的新款,专卖店不见得马上就有卖。这座城市毕竟不是广州、上海,有的鞋得去订,店家才进货。

李小楷这段时间看中的一款新运动鞋,跟麦蒂有点关系。麦蒂是谁?世上总有一些这样的人,因为跟巨人沾边,所以被人记得,麦蒂就是其中一位,要不是因为姚明在火箭队与他搭档,有几个中国人会记得那个黑小子?这种沾巨人光的老外,说起来还不少呢,美国人麦蒂沾姚明的光,有一个叫藤野的日本人沾鲁迅的光。

麦蒂是这款鞋的代言人。李小楷在互联网上收集了不少图片,喜欢得不得了,早就想去耐克专卖店碰碰运气了,现在碰巧路过精品街,趁着许雯雯在化妆品店里选洗面奶,他走了进去。店内人不多,一个女孩在试一只粉色背包。她先在镜子前左右端详一番,然后喊道:

——哎,拉丁,你看这包怎么样?

李小楷径直走向摆放运动鞋的那面墙,开始没在意,心想天下的女孩都一样,都喜欢买包,也不知道买来那么多包,有什么用。许雯雯的包不下十个了,鞋更多,堆满了柜子,跟伊梅尔达·马科斯也差不多了。后来他忽然一愣。

拉丁?拉丁?

——挺好的啊。

这时一个十五六岁的少年,在角落里应了一声。那少年长得清清秀秀,下巴上有一颗痣,坐在一把椅子里专心玩游戏机,椅子周围是一堆装鞋的纸盒,摞到腰那么高,李小楷进来时没看见他。

——好是好,就是贵了点。女孩说。

——没事,钱不是问题,只要你喜欢。

——真的啊,我还想试试那顶遮阳帽呢。

女孩指了指挂在高处的一顶宽边白色帽子。她够不着。那少年放下游戏机,站了起来。他个头高挑,一伸手就把帽子摘到了,递到女孩手里。李小楷看着少年侧面的轮廓,心头一阵疑惑。

——还记得上次在三亚吗?把我晒蔫了。女孩戴上白帽子,又在镜子前扭来扭去。

——记得。白天蔫,晚上可不蔫,好来劲。

——你说话小声点!这帽子不错。哎,拉丁,那胖子老盯着你看。

两人都朝李小楷看过来。他以为他们说的是别人,看看身旁没人,才知道说的是自己。胖子?我胖吗?他有点吃惊。不过转念一想,来耐克专卖店的,哪个没有一副好身材,相比之下自己显得胖,倒也不算冤枉。他满脸和气地走上去,指指少年身上的T恤说:

——这是湖人队的球衣,科比的。

——你也喜欢NBA?我还以为只有年轻人才喜欢呢。

李小楷又愣了一下,不过也只是转念的瞬间。

——我喜欢大鲨鱼,也是个胖子。

这回轮到那两个年轻人有点不好意思了,女孩装作换帽子,躲到一边去了。李小楷见状,又说:

——我来看看有没有新鞋,麦蒂穿的那种。

少年一下变得好热心，放下手中的游戏机，撇下那姑娘，陪他一起走向那面鞋墙。

——其实吧，看来看去，我还是喜欢乔丹，乔丹才是最伟大的球星。人是因为喜欢球星，才喜欢他代理的产品的，不管他穿什么，我们都喜欢，对吧？你喜欢麦蒂？

李小楷说谈不上，只是觉得那款鞋还不错。

——那你跟我们年轻人不一样，嘿嘿，可能这就是年轻人和中年人的区别吧。我可是冲着偶像买东西的，偶像穿什么，我就穿什么。

——哎，找你半天，你怎么在这里？这时许雯雯出现了。

——我随便看看。

——他想要麦蒂的鞋。少年插话说。

——卖什么地？你没跟我说起过呀？许雯雯一脸纳闷。

——你看 NBA 吗？少年问她。

——我只知道 DHC，护肤的。许雯雯说。

——那跟你说也没用的。是个球星。

李小楷和少年交换了 QQ 号，答应在网上继续谈论火箭队的防守问题。他和雯刚出店门，那女孩就转出来对少年说：

——拉丁，那胖子的老婆还挺性感。

二

李小楷跟屠佩认识，完全是件偶然的事。那时她已经结婚，嫁了一个什么人。那男人究竟是个什么人，李小楷至今也不太清楚。人对自己没兴趣的东西，是记不得的，没兴趣的人，也记不得，放着屠佩这么有意思的女人，却拢不住，不是脑子有病，就是性功能有问题。她解释过好几次，好像说老公是教员，又好像是文员，反正是个什么员，做抄抄写写的事。他仅见过那男人一次，那天天空蓝得发紫，一朵云也没有。他记得那天，不是因为那男人，而是因为那天天上一朵云也没有。

前面说了他和佩认识很偶然，确实很偶然。他去医院，她也去医院。他去牙科，她去的也是牙科，只不过他去镶牙，她去做牙齿矫正。后来他对她说，幸亏他去看的，是她也有的东西，不然怎么能相遇？屠佩说那倒也未必，人是有命的，不在这里相遇，就在那里相遇，不在此时，就在彼时。她本来并不打算去口腔医院，只是偶然从那里路过，想到自己有颗牙有点翘，就进去了，不想在里面遇见一双纯洁的眼睛。她说平日看她的眼睛多了，她早就习以为常，不会在意，但是在医院里遇见的这双眼睛，还算纯洁。

她说你那时就那样看着我，也不避讳。

他说避讳？避讳什么？

——你不怕别人笑你？

——没想过。笑什么呢，我也没做什么。再说去看牙科的人，不是这里痛，就是那里疼，谁还有心情笑？等到真想笑，嘴巴已经被医生撑住了。

她嘿嘿一笑，侧过脸。她不知道她侧脸的样子最迷人。

在口腔医院见过后，他记下了她的手机号。当时只是出于礼貌，两人交换了号码，他也不知道她留下的号码，是不是真实的。他一直没试过那号码，总觉得那是一串符咒，要么没什么用，可一旦起作用，就会有什么事情发生。一个多月后他从影院门口走过,看见一张电影海报,那是一部叫《乱》的日本影片,海报上的女演员,有一张清秀的脸,从侧面看尤其漂亮。他想到了她。

她从正面看,不怎么显眼,只是端庄,但从侧面看,就能看出女人的魅惑,不知道她身边的男人,懂不懂得这样欣赏她。有的女人,只有从侧面才能看见她的内心。没想到那个日本女演员的侧面剪影,把她从他的记忆中勾了出来。他翻出那串号码,望着面前川流不息的路人,发了一阵愣,还是鼓不起勇气,给她打电话。他害怕被拒绝,哪怕是婉转的拒绝,也害怕。我们都害怕被拒绝,越有身份越害怕,年纪越大越害怕。他没什么地位,年纪也不大,但也害怕,害怕什么呢?害怕失去。只要没有被明确拒绝的东西,总还有得到的可能,一旦真被拒绝了,就什么也没了,连梦也没了。

李小楷想到了短信。短信真是个好东西,不管对方收到或者没收到,回复或者不回复,发信人都不会丢面子。他打了一条短信,真够短的,只有三个字:"乱,看吗?"也没署名,然后按了发送。他想要是她还记得,也不用署名,记不得就算了,署名也没用。他也懒得在乱字前后打书名号,她要够聪明,怎么写都能读懂,要是不够聪明呢,那不懂也罢。他不知道她在哪里。他想象这条短信在空中飞舞,满世界去寻找那个侧面姣好的女人。

才过了几秒钟,回复就过来了。只有一个字:看。

真的只有几秒钟。他抬头看看天空,似乎她一直在冥冥中注视他,只待他稍有表示,她就会迫不及待地热烈回应。他还在回味,又一条短信唰地一下过来了:"现在吗?在哪里?"

电影是什么内容，记不清楚了，那个日本女演员，也不像海报上那么好看。他只记得佩从出租车下来时的那份惊艳。那是四月一个周末的下午，她穿了一件粉色高领毛衣，下面是一条黑色呢裙，像一朵华贵的牡丹，朝他袅袅走来时，吸引了周围所有男人的目光，包括一个擦皮鞋的小男孩。

在电影院里，他端坐着，她也端坐着。出来走在街灯下，他走得很直，她也走得很直，两人都没碰一下。后来他邀她上他的小屋子喝茶，发出这个邀请时很紧张，害怕被拒绝。她看着远处闪烁的霓虹灯，脸上露出微笑。

——放心吧，我不会因为看了《乱》，就乱来的。我不会做你不喜欢的事。他以为自己还算幽默。

——就怕你不做我喜欢做的事。她掉过头来看他，眼神幽亮。

她不是他的第一个女人，但这是他第一次遇见一个戴紫色胸罩的女人。只要你愿意，你总能在不同的女人身上找到第一次。乳房的形状有多种，他以前喜欢碗状的，自从认识了佩，他觉得梨状的也好看。佩的就是梨状的。轻抚梨状的乳房，对他也是第一次。

李小楷从来不问她丈夫是什么人，有几次她想说，他把话题岔开了，宁可相信她是一个单身女子。他与那个男人素不相识，发生这样的事，不是他的错，也不是他的错，只能说他的运气好些，那男人的运气不好。他们约好要么周二见面，要么周五相聚，周末她通常是出不来的。这样交往了大半年，一个炎热的周五下午，他去车站接她，忽然看见一批下岗工人拥上街头，阻塞了交通，公交车全都停开了。他正想着怎么接她过来，她的短信就过来了：

"他发觉了,我不能过去了。"

"我能做什么?"他发。

"想着我。"她发。

"想着你。"他发。

李小楷茫然地跟着那群工人往前走。工人走到了中心大厦,他也走到了中心大厦。那时中心大厦还没盖起来,只是一片空地。工人们的要求是很明确的,他们在空地上盘腿而坐,要求工头兑现拖欠的工资。他也坐了下来,但不知道想要什么。后来天色暗下来,工人们陆续散去,他在暮色中给她发了一个问号,意思是没事吧?她没有回复。

跟屠佩分手,自然有点伤心,但他的生意却出奇地好起来,做买卖的人都知道,钱是想不来的,等你不想钱时,钱才会滚滚而来。大概过了一年,一天他正在银行的 VIP 窗口办贷款,准备开一家家居装饰公司,忽然接到她的短信:

"我想让孩子跟我姓。"

"好主意。男孩?"他发。

"是。叫什么名字好?"她发。

他想都没想,回了两个字:"拉丁。"

李小楷曾经设想,要是他先有一个女儿,就取名叫拉丁,接下来再拉一个壮丁弟弟出来的意思,跟招弟差不多。拉丁跟拉丁语没关系,跟拉丁舞也没关系,只跟壮丁有关系,是女孩子的名字,不过这名字用在男孩身上,也挺浪漫的,似乎跟格瓦拉沾点边。

别小看名字,名字跟命运是息息相关的哦,比方有个人生下来后取名叫冕,就是皇帝加冕的冕,多气派呀,可人家派出所的同志不识这个字,报户口时把冕写成了晃,结果那个人后来果然晃荡了一生,一事无成。李小楷本来只是随口说的,没想到佩还挺当真,用上了那两个字,真叫儿子拉丁。拉丁会是什么命运呢?是不是真的有个小弟弟?他忽然觉得那少年的命运与自己有关,心里有些隐隐不安。他不知道自己是不是那少年的生父,佩始终没说,也没有任何暗示。他觉得不是,但也只是觉得。不管是还是不是,那少年过得好,或者过得不好,他都得关心,尤其是在那个无云的下午送走她之后。

女人一旦见过一点世面,就很难再满足于过居家的日子。什么叫世面?世面就是世上别的男人。如果碰上一个男人,思考的方式,做爱的方式,都比家里的那个强,她无法不出墙,要是再加上挣钱的能力也厉害,那就没哪个女人能抵挡,更何况还有一点叫作……爱的东西呢。爱这个东西,其实是最重要的,但一般人在讲述时,宁可放在最后面,因为最难讲述,讲得好,还好听,讲得不好,是一个笑话,笑掉好多人的大牙。

一个闷热的黄昏,汽车从窗外的立交桥上呼啸而过。立交桥越盖越猖狂了,欺负他没钱,居然盖到了他的窗户外边,每天都是隆隆的响声,阳光明媚的日子,也会以为外边在打雷。佩突然出现在他的面前。他感觉她有些陌生,肤色比以前黑,眼神比以前亮,十足一个黑亮的少妇,那黑亮中藏着渴望。他看见一对梨状的乳房在颤抖,仿佛听见她在暗夜发出灵魂的呼号。他以为她来,是为了告诉他一些烦闷的故事,可是没有。她看着穿梭的汽车,说:

——什么时候,你也能有一辆车?什么时候,你不再住这样的屋子？听这样的噪音？

李小楷有些意外。他想起有一次她躺在他怀抱里说：

——你样样都好，就是……

他当时马上截住她的话，说：

——别指望我有钱！

她问为什么，为什么他不能有钱？

——我至少不会太有钱，因为我懒得理财，人不理财，财不理我，就这么简单。他说。

——你为什么不可以理财呢？

——一个人整天想挣钱，哪来时间陪你？真到了那一天，你又会觉得我没情趣了。女人就是这样，有了浪漫，还想有钱。

——可是我多么希望你有钱呀，那样我们可以远走他乡，去遥远的地方，坐大轮船走。不过，你要是很有钱，还会这么……爱我吗？

——你说呢？

——我也不知道，但我希望你有钱。

那是一年前的事。现在她说出了同样的意思。

见他不回答，她又说：

——我是来跟你告别的。

前面说过了，如果一个女人在外面遇上一个男人，思考的方式，做爱的方式，都比家里的那个强，她无法不出墙，要是再加上挣钱的能力也厉害，那就没哪个女人能抵挡。这里说的男人，当然不是李小楷。李小楷没钱，并不代表所有的男人都没钱。这世上男人多着呢，况且佩那么漂亮。

——我下个礼拜去新加坡，别问为什么。她又说。

他知道她找了一个腆着肚子走路的新加坡老男人。

他以为从此与佩天涯两隔，再也见不上面了，不想只过了一个礼拜，他又见到了她。他第一次见到她，是在医院里，那次她是为了看牙齿，最后一次见到她，也是在医院里，这次什么都不用看了。她依然美丽，躺在雪白的床上，没有一点声音。头发梳理过了，但还是可以看见额头上的伤痕。换了在他的房间里，她总是不住地说话不住地笑。她只有一次没笑，就是最后见面那一次。

他第一次见到了那个传说中的男人，她的合法男人。那是一个瘦高个，戴副宽边眼镜，坐在抢救室的角落里，怀里抱着一个两三岁的小男孩。他想那孩子一定就是拉丁了。那男人大概察觉到了什么，看他的眼光有些怨恨。李小楷想，她既不忠于你，也不忠于我，你怨恨我干什么？但这念头只是一闪而过，什么也没说，也不可能说。在这个男人面前，他无话可说。

那个小男孩要轻松多了，睁着晶亮的眼睛在吮大拇指，对他的到来毫不在乎，大概以为他是一个叔叔。如果佩还活着，会告诉这孩子，这是一个叔叔，但不是家里的叔叔，是外面的叔叔。外面的世界很精彩，外面的叔叔很和蔼。他听说肇事的司机因为主动投案，获得了宽大处理，况且佩也有责任，她急于赶往机场，居然在红灯闪烁时穿越十字路口。她是那么喜欢汽车，却对汽车一无所知，以为汽车也像所有的男人，看见她都会礼让。

那天下午天空蓝得发紫，一朵云也没有。他从医院出来后，沿着铁轨一直往前走。这座城市没有地铁,也没有轻轨,有一条贯穿南北的铁路,为了避开城市中央的繁华地段,铁轨环城绕了一道弧,设了两个车站,南边的叫南站,北边的叫北站,他从北站走到南站,再从南站走回自己的小屋。

三

李小楷跟那少年的第一次 QQ 网聊,开始聊的全是火箭队的比赛。火箭队的季后赛打得很糟糕,球迷对主教练范甘迪不满,对姚明和麦蒂也有怨言。李小楷觉得问题主要出在教练用人上。那少年却有自己的看法,他打过来一行字:

——关键谁是火箭的核心?姚还是麦?

他说当然是姚。

——不见得。核心是要有组织能力的,姚只是个大,呵呵。

李小楷承认这话有点道理。聊着聊着,话题就变了。

——那天你女朋友叫你……拉丁?

——是啊。

——好古怪的名字。是你父母起的吗?

——不知道,我生下来就这样叫。

——我来猜猜你吧,有一个弟弟?

——是,这不算什么,碰巧猜到而已。还能猜到什么?

——你今年十六岁?

——这也叫猜吗?算了,我怎么称呼你?叫你……胖叔叔,你不生

气吧?（笑脸符）

——好啊,叫老胖也行。我真那么胖吗?

——第一眼看挺胖的。

——跟同龄人比,我不算胖吧?

——可能。胖叔叔喜欢玩游戏吗?

——玩一些。

——玩什么?

——连连看,打坦克,超级玛丽。

——太老土了,呵呵,也不怪你。知道我玩什么吗?

——?

——魔兽Sky,十二星战,熊猫祖玛,会玩吗?（得意状）

——不会,也没听说过。

——你肯定不会玩,跟我的同龄人比,我吧,算骨灰级玩家。

少年的口气里,明显有一种年龄优越感。

——我小时候有别的玩法。李小楷飞快打过去。

——玩蟋蟀?

——不。知道什么叫走资派吗?

——不知道。我只吃过苹果派。

——走资派不是拿来吃的,是看着玩的。听说过三自一包吗?

——三种口味的包子?

——知道江青是谁吗?

——好像是唱《青藏高原》的那个胖歌手。

——问问你父母就知道了。

——他们也不知道,我妈比我大不了多少。我不跟父母住,只跟女朋友住。

李小楷感觉头有点晕,手搁在键盘上动弹不得。

——知道我女朋友怎么说你吗?就是我身边那女孩。

——叫我胖子呗。

——呵呵,还有更重要的评论。

——??

——他说你的眼神跟别人不一样。

——怎么不一样?

——她说,她用了一个什么词,对了,她说你的眼神很特别。

——我觉得你女朋友很特别。

——呵呵,她比我大,父母离婚了。

——哦?

——这没什么。见得多了。我父母倒是没离婚,到昨天为止还没离。呵呵。(龇牙状)

——你说你妈……

——我妈是后妈。

——你真叫拉丁?

——真无聊,还要我怎么解释?

李小楷以为自己已经在那个无云的下午,完成了对佩的追念,可是在耐克专卖店听到的那声低呼让他明白,追念并没有结束,至少不像他想象的那样,已经成为过去。佩像一个幽灵,依然在冥冥中注视他,在他的头顶往来穿梭,穿梭于他与少年的对话中。她总是来得那么顽强,那么突然，一如她活着时，经常不期而至，出现在他的面前一样。他赶紧打字：

——我是说，我能猜到你妈妈喜欢什么颜色。我说的是你亲妈。

——我都不知道我妈喜欢什么颜色。

——她喜欢紫色。

——哦，可能吧，她留下来的一件毛衣，是紫色的。你怎么知道？

——瞎蒙的。你妈妈还喜欢兰花。

——我们家以前有兰花，现在没了。没人浇水，死掉了。你怎么知道？

——也是瞎蒙的。

——我越跟你聊，越觉得我女朋友厉害。

——？？？

——你是有点特别，胖叔叔。我女朋友很挑剔的，她说她不讨厌你，你身上有男人的温情，从她嘴里说出这样的话，不容易了。

——我也不讨厌你……们。

——我女朋友说我没什么温情，什么叫温情啊？我觉得我对她不错呀，她要什么，我就给她买什么。

——可能她想要的什么东西，没卖吧？

——你做什么的呢，胖叔叔？

——我什么也不做。

——哦，那就是做生意的，一定是做大生意吧？（大拇指）做大生意的人，才会这样说话的。我爸说我整天玩游戏，以后没工作，没饭吃。我观察过的，有工作的都是穷人，不工作的才有钱。我最崇拜你这种不工作的人了，你还这么有意思，呵呵。

——我喜欢火箭队，像你一样。

——我爸说我的命不好，从小就不好，如果不努力，以后会成为社会渣滓，我才不信呢，我有好多梦想。你说人真有命吗？

——有啊，我们都有自己的命，只是我们看不懂。别人能看懂，但不会告诉我们。命是这样一种东西，人常常看得懂别人的，看不懂自己的。

——我连你说什么，都看不懂，呵呵。（晕状）对了，我女朋友还有评价呢，她说你老婆真性感。

——跟谁网恋呢？

这时许雯雯走了过来。见他在电脑前折腾半天，她问了一句。

雯的脸上贴了白色面膜，跟印第安人的骷髅面具似的，每次都会吓着他，只是她自己不知道，还以为他那放大的眼睛，表达的是惊羡。

——勾搭人家小女生吧？雯又说。

——什么啊，在跟小男生聊球。

——我才不信呢，我还不了解你，只对女人感兴趣。

恰巧这时雯的手机嘟了一声，来了短信。

——又是那小白脸倾诉衷肠吧？他反唇相讥。

李小楷承认自己确实胖了，肚子开始发福，不像以往那样随时可以看见脚尖。他穿上那款新买的运动鞋，弯腰系鞋带居然有点吃力。都是开车惹的祸，成天坐驾驶室，屁股都坐大了一圈。如今他也开始像新加坡老男人那样，腆着肚子走路了。

有一次他又见到了那男孩。他坐在车里等许雯雯。她去买几盒抹脸的油,叫他等她。他看见那男孩从一扇玻璃门里出来,身旁走着一个鬈发少女,那少女不是在耐克专卖店叫他胖子的那个,换了一个,更高挑一些,也更时髦一些。他看着他俩。他知道隔着深色车膜,他俩看不见他。就在他俩从车旁走过后没多久,雯回来了,手里拎着纸袋。

雯一头钻进车里,对他说:那女孩漂亮吧?他说是的。她说我就知道你一定在注意她。他无声地把车开上了马路,转进一条树荫蔽日的巷子里,穿过巷子可以直接开到河边。他没有告诉她,他更注意的是那个男孩。他知道告诉她,她也不信,还会以为他虚伪。可是在那瞬间,他注意的确实是那个男孩,那个叫拉丁的男孩。

(原刊《上海文学》2008年2期)

六万分之一

一

船到码头时,天色已经暗下来。一个船工跳上岸,把绳索绑紧,用当地话吼了一句什么,舱门便打开了,从里面拥出一群旅客,依次顺舷梯走下来,一个一个上了岸。

子分拎着皮箱走出船舱,在踏上舷梯时,再次看了看船头。没错,是"太阳五号",他没有记错。尽管什么也没有发生,可是他想记住这艘船。人的一生似乎很长,可是值得记住的事情并不多,这些事情如同灵光闪烁的碎片,嵌在你的记忆里,因为它们的存在,你才能把不同年龄的遭遇区分开。子分想,要是下次再坐这艘船,他还想去甲板上寻找,虽然只是与那女孩相互凝视了片刻,但毕竟是一段记忆。可是什么时候才会再坐上这艘船呢,他也不知道。他坐上这艘船是偶然,离开也是偶然。

他一边走,一边回头看了看。他想他应该回头看一看。有一个声音告诉他,他应该回头。

暮色中果然有位姑娘,站在船舷上望着他,只是默默地望着,没有摇手,也没有说话。是她,正是那个米黄色的人儿。他放慢了脚步,想再看看她，可等他停下来时，那个人影却不见了，好像他刚才看见的只是个幻象。他知道那不是幻象，只是她过于羞怯，看见他停住，便躲开了，就像她在船上，躲避着他的寻找一样。

他在这里上岸了，可船还要继续驶往上游，她也还要继续行走，还要在那艘船上度过一个整夜，明天早上才能到重庆。但他不一样。他只是一个偶然的过客，如果命运没有很特意的安排，他不会再上这条船，哪怕就是再上了这条船，他也不可能再遇上她。生命中有很多偶然，那些超越偶然的遭遇，属于命运的安排，不是人能想得清楚的。他生活的地方离这条船很远，离这条江也很远。这里是长江。

他和她是长江里的两条鱼，两条擦肩而过的鱼。

他不知道她的名字，只好去记船的名字。这种做法也不是他的创造，古时候有人在河中掉了一把心爱的剑，却在船上做记号，后人以为那古人很傻，其实并不明白他的心情。此时此刻，子分明白了那掉剑人的心情。

"太阳五号"是一艘大型客轮，一年不分冬夏，按时在长江上来回行驶，从重庆到九江，又从九江到重庆，十天一个来回，如同恪守着命运托付的时间表。此时正值六月，五月的人潮已过，暑期的客流未到，因此船上旅客不多。晚饭过后，乘客三三两两散落在甲板上，有的吹风，有的看夕阳，有的望着岸上的树发愣。没有风，岸上的树也默默伫立着，望着船上的人。子分就在这时看见了她。

她穿一件柠果黄碎花丝裙，站在船尾的栏杆旁，旁边有一把椅子，但她没坐。

客轮逆流而上，风飘动着她的头发，也飘动着她的裙摆。她用一只手摁在大腿上,以免裙子被掀起来,动作很滑稽,有点像梦露。别人都各怀心事,望着不同的方向沉思,没有谁注意到这个细节,只有子分看到了。他不仅看到了,而且目光始终停留在她的身上。

其实他的目光只是朝向她的方向而已,他看着她秀丽的脸廓,完全陷入一种奇异的冥想中。这是一种前所未有的体验,他不知道该怎样形容,要是告诉别人,别人也不会相信。这种体验只能深藏于心中。

这时候那柠果黄女子扭头发现了他,似乎有些惊奇,两人相互凝视了几秒钟,她的脸上浮出一个笑,同时现出一个小小的酒窝。在这一瞬间,他觉得她真是美丽,从侧翼投过来的一抹金色余晖,落在她年轻的脸庞上,仿佛给她罩上了一层光环。

依照他的习性,他本来会顺着这微笑,上前跟她搭讪几句,笑着问她从哪来,去哪里,等等,可是这次不一样了,他忽然转身走回了自己的舱位,好像想躲开她,害怕她发现自己内心的秘密。

这天晚上他彻夜未眠,眼睛一直盯着在舱壁上晃动的月光。他想到了很多很多,想到了自己生命中出现的形形色色的女人,想用各种记忆冲淡眼前的景象,可无论想到什么,想得多远,最后在眼前闪现的,还是那个柠果黄的人影。他决心在第二天,无论如何也要跟她说几句话。

可是不巧得很,次日天空灰蒙蒙的,上甲板散步的人少了很多。

子分一次又一次地从船头找到船尾,又从船尾找到船头,还从底层找到顶层,都没有结果。他特别留意她是不是换了衣装,并从值班的小姐那里得到确证,客轮在行驶途中没有靠过岸。应该能找到她吧,他一边在船舱中间寻找,一边想。起初他还比较有把握,老想着见到她时,该说些什么,最好还是先说说对三峡的感觉吧,女孩子喜欢这个话题,当然也要相机行事,视情况决定说什么好。可随着时间推移,直到下午还未见她的踪影,他忽然明白了,这是命运跟他开的一个玩笑。他不仅不会再见到她,甚至连昨天的相遇是否真实,都很值得怀疑。

可临到下船时,她忽然又出现在船舷上。

一个小时后,子分离"太阳五号"已经很远了。他坐306路巴士离开码头,在城市东南角下了车。这片街区餐饮业比较发达,尤其是中低档次的餐馆,加起来有好几十家。顺着一只灯箱的指引,他走下长长的台阶,找到一家小旅馆。

生活中有个玩笑,总好过什么也没有。他一边想着,一边就走进了旅馆。这家旅馆是由七十年代的防空洞改造而成的,那时担心俄国人会来空袭,每座城市都挖了许多这样的防空洞。如今俄国人不会来空袭了,防空洞都派上了其他用场,大的改做商场,小的开了旅馆。这也是一个玩笑,是命运跟国家开的玩笑。

他闻到一股潮湿的霉味,同时看见门口有个登记处,一个戴眼镜的男人盘腿蜷缩在椅子上,手里端着一只杯子,正跟旁边一个不戴眼镜的男人聊天,说的是本地话。他能听懂个五六成。他们在说养鸟的事,说养鸟挺花钱,尤其是养漂亮的鸟。

那戴眼镜的男人懒得看他的身份证,只是上下打量了他一下,就扔了一张表格给他填。表格上的栏目,无非是姓名、性别、籍贯、年龄、工作单位和身份证号码,他这辈子已经填过无数次,就跟一加一等于二一样烂熟于心。他写得飞快,一口气没歇就填完了。在把表格递过去时,他听懂了他们谈话的内容。他们谈的不是鸟,是女人。

过道黑乎乎的，房间也很黑。他摸到墙边的开关，摁亮了灯。那灯贼亮，他都有点受不了，眯缝了一会眼睛，才适应这种大地深处的光明。天花板上有一层蜘蛛网，一只蚊虫由于受到灯光的惊吓，一下扑到了蛛网上，正扑扇着翅膀，进行微弱的挣扎。房间非常逼仄，一张床占去了三分之二的地方，剩余处放了一把椅子和一只茶几，茶几上什么也没有，只有一层薄灰，隐约可见老鼠爬过的痕迹。

子分为什么要选择住在这样的地方呢？当然不是因为喜欢这里。住在这里的人，都不会喜欢这里，都有自己的原因。他选择这家小旅店，有两个原因，一来这里靠近那些餐馆，二来便宜。其实便宜才是真正的原因，不过如果非要跟朋友解释，他总是会强调头一个理由。他在这片街区有一些朋友，都是推销酒时认得的，真要说起来也算不上朋友，只是生意上的搭档罢了。可是如今这世道，谁还有那种纯粹意义上的朋友？所有的朋友都因为可以利用，才成为朋友，连老青这样的兄弟，都喜欢谈论钱。子分也喜欢谈论钱，但有的时候，他真的觉得很孤单。

他站在床前，看着那只挣扎的蚊虫，感受着地下室里特有的宁静。没有钟摆，没有老鼠，什么也没有。因为什么也听不见，耳膜很绝望，开始感到疼痛。不过这只是初到地下室的感觉，待他稍微适应，他忽然分辨出，在这寂静中，还是有声音的，那是一种水流的声音，夹杂在细微的水流声中，还有一个女人在哼着小曲！

他循声走进过道，拐了三个弯，迎面飘过来一阵潮热，原来是洗澡房。澡房只有一间，男女住客都可以进去洗，墙上挂着热水器，水管结合处坏了，漏出来的水浸脱了好大一块墙皮。澡房里有个年轻女子，正弯身在洗一件粉色内裤,小曲就是从她嘴里哼出来的。她的头发湿淋淋的,显然刚洗过,上身穿了一件青花衬衣,上面的两颗扣子都没扣,一边肩膀上露出胸罩的吊带。下身是一条黑色短裙,短裙下是两条光裸的腿。见子分走过来,她也不闪避,一边就着水搓裤子,一边斜瞅了他一眼,嘴角微微一翘。他装作路过的样子,朝她笑笑,走开了。她也笑了笑。

他注意到她穿的是一双高跟凉鞋,前面露出一排圆润的脚趾,趾甲涂成了粉色。

凭着这些日子走南闯北的经验,他知道她是干什么营生的。这种女人在客店里很多,她们以客店为挣钱场所,客店也靠她们招徕客人,甚至还从她们的收入里提成。他回到房间,感到了一种诱惑,全身开始燥热,久违的欲望在身体内部蠢蠢欲动,逼迫他摸出了一支烟。他看懂了她的眼神,也明白她嘴角翘起的意思,在这方面他有很高的悟性。老青在聊起市面上的传闻时,说如今的导演挑选漂亮女演员,是这样跟她们谈话的,先让年轻女孩在自己面前坐下,然后抽出一支烟放在烟盒上,女孩若明白,就会把烟插回烟盒,表示同意导演的某种要求,双方在旁人毫无察觉下达成默契,于是接下来演什么角色,就容易确定了。翘起嘴角和插回烟盒,都是同样的意思,都表示对男人有所求,愿意用身体做交换。

可这毕竟是一个陌生的地方,得万分小心才是。这家旅店虽然小,不像星级宾馆那样,过道上安着摄像头,但到处也都有人监控,总有人在控制着整个局面,而且旅店越小,陷阱越多,客人进来得守规矩,稍不留神就会成为孙二娘砧板上的肉馅。

在这方面他是有过教训的,有一次在一座县城的小客栈,他只是朝一个花枝招展的姑娘吹了声口哨,那姑娘就笑嘻嘻走到他跟前,用手去探他的裤裆。他吓坏了,连声说对不起,对不起,结果一下钻出几条穿黑衣的汉子将他围住,要不是那姑娘见他长相不赖,轻言劝退了那伙黑衣人,还真不知道会不会挨一顿暴打。想到这里,他身上的燥热有所消退。

不过他刚抽完一支烟,那种燥热又漫上来了。这是一种奇异的欲望,有时需要时上不来,怎么努力也没用,可某种偶然的景象,又能让它熊熊燃烧。他的眼前老是出现高跟凉鞋里的那排圆润脚指头。他感到无论有多大的危险,都得再去会会那个穿黑裙的女子,否则这整晚他都会不得安宁。他走到澡房,那女子果然还在。她已经洗完了衣服,正把裤衩和胸罩往一只衣架上晾,见他又来了,便又朝他笑笑,这次笑得更大胆,还转身把胸脯迎向他。子分也不说话,引她来到自己的房间,关上门。

她马上蹲下去,拉开他的裤链,一手扶着床沿就开始服务,动作非常熟练。

子分这些日子东奔西走,是为了一个叫叙叙的女孩,不是为了去找她,而是为了离开她,离开她不是因为讨厌,而是因为爱,或者是因为某种他自认为是爱的东西。既然爱,为什么还要离开?道理很简单,因为爱而不得。叙叙人很漂亮,是如今流行的那种骨感美人,因为瘦,眼睛显得很大,也很亮,因为美,追求者很多,子分只是其中一个,况且在别人眼里,他的竞争力不算很强,希望比较渺茫。但是子分不这样想,他个子不高,钱也不多,但在所有追求叙叙的人当中,他觉得自己是最爱叙叙的,因而也最痛苦。

据说漂亮的女人都浪漫,叙叙颠覆了这种说法。她倒是并不沉默,平日说话很多,但这与浪漫毫无关系。浪漫的女人哪怕一言不发,也自有勾魂的魅力,要不然世上怎会有冷美人的称谓?叙叙喜欢说话,给人很热情的感觉,但说的都是平实话,跟日常琐事有关,跟情感无关,而且因为把热情都给了日常琐事,待到亲密接触,才发现已无话可说。

子分追求叙叙四个月后,事情有了进展。他们做爱了。他不是第一次,她也不是第一次,但他比第一次还兴奋,因为这是他追到手的女人。有一种女人寡言少语,唯有做爱时才灵感大发,什么话都会说,与平日判若两人。另一种女人则截然相反,平常说话滔滔不绝,但一旦上床,却不声不响,只是一味由人折腾,再折腾也不吭,也不知是在忍受呢,还是在享受。叙叙就属于后者。

她装出若无其事的样子,任他为所欲为,想怎么样就怎么样。他则如饥似渴地享受着她的每寸肌肤,从漂亮的脸蛋,到同样漂亮的颈项、乳房和大腿,竭尽全力,想给她快乐,可是很不凑巧,也许是过于激动了,他竟然才挺了几分钟,就没能再坚持住。好在叙叙也见多识广,没有责怪他,不但没有责怪他,反过来还责怪自己,说都怪自己不够主动,说着就伏到他的大腿上,开始用嘴安慰他。这一招果然见效,他再次努力,做得如鱼得水。

有了一次,就会有一百次。

她喜欢他抚摸她丰腴的小腹和大腿,抚摸她大腿间的菊瓣。他喜欢从后面插入她两个圆球间的那道缝隙,这样可以同时享受臀的形状和弹性,有时看见那些菊瓣无助等待的模样,他忽然明白,这世界要是没有男人,女人该多么寂寞,无论是手指,还是胡萝卜,都不能真正填充那道灵性的缝隙。它是有灵性的,只有感受到爱意,才会湿润敞开,收放自如，以涌泉相报，要是你这时候进入，你是尊贵的客人，否则你只是一截胡萝卜。

他想知道她此时的感受，但她不说，只把亮晶晶的眼睛朝向光明的方向，白天是窗户，夜晚是灯，实在追问得紧，她就把头一偏，脸上一副受难的样子。只有一次是例外，那次她特别兴奋，完事后还意犹未尽，喋喋不休跟他又说了好多话。

——想不到你这把年纪了，还这么有激情。她喜滋滋地说。

——我不老吧？你信吗，我时时刻刻都感到性饥渴。

——现在呢？

——只能说稍微缓解。要是有其他漂亮女人出现在面前，我还会冲动。

——你这哪是性饥渴啊，分明是好色，淫荡。她翻身背对他。

——不，好色是眼睛的事，许多男人好色，但来真格的，就不行了。我说的是身体的冲动，一种强烈的发射的欲望。

——那是兽欲，跟感情是没有关系的。哪有刚跟自己的恋人亲热过，马上又想占有其他女人的？这对我绝对不可能。

——所以我说，我时时刻刻都处于性饥渴中。

——你应该克制自己，做艺术家。

——你是说让性欲升华？你还看了不少书嘛。

——对啊，你见过没有性欲的艺术家吗？她又转过身来。

——没有。没有性欲，哪来艺术？

——那你就错了，现在的艺术家都阳痿，还要装出很深刻的样子。她说。

——那这样说吧，没有压抑的性欲，哪来艺术？一个人性欲旺盛，才有创造力。

——是啊,现在的男人都把性欲消耗在女人身上了,多可惜啊。所以这个时代,只有性欲,没有艺术。

——你说的也不是真话吧?每个女人都希望男人做爱时很强大,做爱后依旧很强大,再去征服权力和金钱,是吧?

——钱对女人,当然很重要,我就需要钱。她眨眨眼睛,看着窗外说。

——告诉你,这是女人的兽欲,也跟感情无关。他说。

她抚摩他的胸口,说:

——你是个明白人。以前我以为只有女人,而且只有精明的女人,才明白这个道理,没想到你也明白。

——明白又能怎样?女人把这种欲望藏得很深,深到连她们自己都经常忘记,还以为自己确实很纯情,一想到嫁人,就委屈得想哭。

——爱就是这么一种东西,和平时期显得平庸,只有战乱时,大家互相守望,互相挂念,才显得高贵。可又有谁愿意生活在战乱年代,去做乱世佳人?她说。

——我们心中的爱,其实是性欲。他说。

——那也未必。叙叙摇头,表示不同意。

——那你说,是什么?

她沉默了很久。见她没有回答,他又说:

——为了婚姻?其实婚姻跟爱一样,也是一层伪装。婚内的性,跟婚外的性,对我是没有区别的,但是对女人有区别。女人做爱时不但要拉上窗帘,还要披上婚姻的轻纱,又叫婚纱,心里才踏实。在窗帘和婚纱的共同遮盖下,想怎么玩,就怎么玩,对吧?性就是性,跟爱无关,跟婚姻也无关。

他觉得把一切都说透了,只有把一切说透,心灵才有交流。

——你以为,你很了解女人?不,你只了解某一类女人。她又翻过身,背对着他。

他想把对待叙叙的招式,用在这黑裙女子身上,可是做不到。

在这陌生的环境,面对一个陌生的女子,他不想抚摸,也不想接吻,只想快快释放体内的燥热。这女子也很明白这一点,蹲了两三分钟后,站起来宽衣解带,把衣裙扔在那把椅子上,上了床。

她轮番用各种姿势挤榨他,表情极其陶醉,眼神迷离,还不时发出呻吟,不到十分钟,就帮他解决了问题。

两人各穿各的衣服。他问她:

——你好像知道我的心思?

——这有什么,看你眼神就知道。

——我的眼神怎么了?

——帮一下。

她把背转给他。

——男人出门在外,有几个守得住寂寞?她的口吻很轻蔑。

说完,她套上黑裙,捋捋头发,也不看他,就开门走了。

二

子分跟叙叙,一度好到谈婚论嫁的地步,虽然没有具体提到结婚两个字,但他把钱全都交由她掌管,对于老百姓来说,这就等于把心交由她掌管了。子分的情敌们见状,纷纷溃散。可事情接下来又有了转折。

事情的转折是很偶然的。那天他接到老青的电话。

老青是他最要好的朋友,一张脸清清秀秀的,看上去像张国荣,脑子也好使,但就是运气不怎么好。先是大学没报好,读的是师范,但他不想做数学老师,毕业后就辞职出来做买卖。后来恋爱没谈好,娶了个不想娶的女人。从卖鞋开始,童装、女装、坤包、地毯,什么都卖过,没一项赚钱的,最近改卖法国香水,当然是假的,也还是亏。他对数学有研究,但挣不到钱。他对女人有研究,但也找不到合适的女人。别看老青学的是数学,但又挺喜欢写诗。有次他写了几行字给子分,子分一看就乐了。

> 子分捧着一颗破碎的心,
> 从女人当中走过,
> 只听周围传来私语,
> "他干吗要啃烂杧果?"

老青对女人的见解,都是书本上没有的,子分特别欣赏这一点,所以跟他成了朋友。自从写过那几行字,老青遇到他,常常开口就问:

——你还在啃烂杧果啊?

不过这次老青打电话来,提到的不是烂杧果,是钱,问子分借钱。

叙叙耐不住子分磨,本来已经答应了,但在去银行的路上,她忽然起了悔意，站在一棵树下，不愿再走。

——叙叙，走吧，再晚就关门了。

——关门就关门。

——不是说好了的吗，怎么又反悔呢？

——我还是觉得不放心。

——女人就是反复无常。

——什么话？换了别人，也会不放心。

——都跟你说过多少次了，人家老青是守信的。

——那他怎么不找别人，专找你这号老实人？

——别人有这么好的兄弟吗，我问你？

——兄弟？哼，我不觉得。

——要不是他，你我还不认识呢。

子分说的是实话。按他的性格，他是不可能认识叙叙的，虽然他早就注意到，这个姑娘很漂亮。有一次老青带他去吃巴西烤肉，饭馆里全是少男少女，个个吃得兴高采烈。这些新新一代不知道毛主席是谁，但是知道茅台酒和性。

叙叙跟一个梳小辫的男人坐在隔壁桌，老青跟她打招呼，寒暄了几句。子分见状，也跟她打招呼，还说了几句玩笑话，说得很开心，两人都笑了，但那小辫子男人没笑。子分平常不怎么跟人打招呼，但那天是个例外，他觉得必须跟她打招呼，否则以后就没有机会了。

那天叙叙记性格外好，一下就记住了子分的名字，以后再见面，她就主动跟他打招呼。

后来躺在床上，回想两人初次相识的情景，叙叙总是说：

——你那天说话好好笑哎。

但他根本就不记得自己那天说了什么，可能都是些傻话吧。

子分拉着叙叙往前走，她虽然不情愿，但还是挪动了脚步。

——你们男人有时候真是莫名其妙。

——做人要讲信用，否则会被人看不起的，懂吗？

——你讲信用，别人讲吗？怎么不见谁来帮帮你？

——跟你说了，老青跟别人不一样。

——当然不一样，看他那贼精的样。

——他这段时间是不太顺，可以后就很难说啦，兴许会发起来呢。

——你想指望他发起来？趁早死了这个心！告诉你吧，女人有女人的直觉，我从来就不觉得他会发起来。

——他人挺聪明的。

——都是小聪明。

——你凭什么这样说？

——说吧，你这次打算借他多少？

——两千……行吗？

——你这头猪！借两千给他，我们以后怎么过？房子还要不要？

——房子……当然要，可是……

——不行！

——那就一千吧。

——也不行。

——叙叙……

——最多只能借五百。

——五百怎么拿得出手？人家会笑话的。

——什么笑话不笑话，他上次借我们八百还没还呢，怎么就没人笑话？

两人走进银行，叙叙在取款单上填了500。子分接过单子，另外找了支笔，把5字加工成了8字。叙叙冷眼看着，没再说什么。子分也没说什么，但心里惴惴不安的，也不知是怕老青笑话，还是怕叙叙生气。

后来他跟老青去文化宫打气球，每人手握一支枪，瞄住花花绿绿的气球射击。他对准了就扣扳机，但很少打中。老青瞄的时间要长些，打得很准，十枪下来可以打中九个。老板娘虽然板着脸，但也没有办法。

——对女人你不要太在乎……哪怕心里很在乎，也要装作不在乎，因为只有你不在乎她们……她们才会在乎你，你若太在乎，她们就会把注意力放到其他男人身上，放到那些对她们不在乎的男人身上……女人虽然很聪明，但本质上跟小动物是很接近的，就像森林里的小鹿……你给它吃的，它会狐疑，怀疑你设了陷阱，总是离你远远的，但要是你朝它……放一枪……它会很惊慌，撒腿就跑……不管它有多惊慌，跑得有多远，它最终还是会回到枪响的地方。高明的猎手根本不去追，抽支烟它就回来了……女人跟小动物很……像，真的。

老青在说这席话时，一只眼睛一直盯着某个气球，等到说"放一枪"时，扣了一下扳机，对面的一只气球应声而碎。他紧接着又端枪瞄准了另一只。

——她为什么要回来？子分问。

——她为什么要回来？因为她是女人。

——要是她不回来呢？

——那就算了，说明她不属于你。

子分这时也放了一枪，还是没有打中。沉默了一阵，他问：

——可是要是我很爱她呢？

说这句话时，他的脑海里出现的是叙叙的影像。

——那也没用，她也不属于你。女人不会因为你爱她，就属于你。

老青答得很快，同时扣动了扳机。

听老青这样说，他有些黯然。

——你可以喜欢女人，喜欢许多女人，但不要爱，要不然你就得啃烂杧果。老青说。

他说这些时，眼睛并没有看他，只是专注地瞄着一只黄色的气球。

——准星是歪的，你要瞄气球的右侧，才打得准。老青又说。

老青比他大五岁，已经结婚七年多了，养了一个四岁的女儿，但每次提到妻女，他都很淡然，不愿深谈。他不喜欢待在家里，喜欢与朋友出外喝酒吃饭，每当吃到什么好东西，都会很兴奋。有次子分请他吃日本菜，他坚持要坐烤盘前的位子，津津有味地看厨师做日式牛肉和鲑鱼刺身，一边吃，一边看，不时喝两口清酒，说是要能学会这一招，以后自己就可以开餐馆了。

子分说你又不是日本人，怎么做得了？老青望着墙上一排排装饰纸扇，没有回答。那些纸扇上写着一些汉字，但表达的却是日本人才明白的意思。

那天晚上，老青喝醉了，对子分说：

——你知道吗，我其实并不想活成现在这个样子，我从来也没有想到，我会成这个样子。小的时候，我的志向很远大呢，我以为长大后，我肯定是个人物，要么是大作家，要么是大科学家，可是现在，哈哈，我不是人，只是物，哈哈。

寒冷的风吹乱了他的头发。子分打车送他回家，他一路往车窗外呕吐，上楼时摇摇晃晃，还是子分背他进了家门。老青后来去泰国寻欢，恰遇百年难见的大海啸，从此音讯全无。家人都认为他已不在人世，但子分不这么想。他太了解老青了，认为他不过是顺从天意，趁机摆脱了家人，此时正浪迹在世界的哪个角落吧。

三

对一个从小在象鼻山脚下长大的人来说，世上最可怕的事，就是看见一座委琐的土堆，自称为象鼻山，那种感觉就如同桂林人在北方看见桂林米粉店，或者天津人在南方看见狗不理包子店一样。眼下他就走在一座这样的土堆跟前。这座土堆很矮，像头猪，甚至像只老鼠，只因为也有一个洞，洞前有块鼻子形状的石头，居然也被叫作象鼻山！他好几次想逃开，可在纵横的田埂上找不到路，情急之下他拔腿就跑，结果一脚踹碎了酒柜的门，梦也醒了。

酒柜里全是假茅台。

自从离开叙叙，子分就干起了推销假茅台的勾当，东南西北也走了不少地方，像是九江、汉口、岳阳，他都常去。他喜欢往有水的地方而去，酒也是一种水嘛，况且住在水边的人吃得杂，推销假茅台也没那么麻烦。虽说这是一个虚假的时代，到处都充斥着假货，连处女都是假的，但真要推销假货,还是很不容易,得拿出做安利的嘴皮功夫,才能蒙住对方。看看北方的桂林米粉店和南方的天津狗不理包子店,你就会明白,假的就是假的,只能蒙人群里那些傻的。

子分推销的假茅台,是他以极低的价格,从一家民办酒厂批发来的。他知道这是假茅台,但不是假酒,喝不死人。酒是真的,只不过不是茅台而已。既然不是茅台,为什么要假称茅台呢,因为世上的人只认茅台,所以厂家只好把自己的酒叫作茅台。

如今的世上有真的东西吗?对这样的问题,他感到迷茫,不愿再去深想。叙叙看上去话那么多,他以为她是个热情的女人,是一朵热情之花,但上床后你才明白,她的心是冷的,你只有跟她亲密接触,才会知道裹在肉体里的那颗心,有多么冷。如今的世界什么都看不见了,一切都被包裹着,被商标掩盖着,到处都是广告和海报,要想知道一瓶水是什么味道,得先交钱,如果喝过后感觉不好,也不可能再换,再换得再交钱。

子分对这一切并不畏惧,只要他愿意,他是可以适应的。他当然知道自己推销的酒不是茅台,但他要让酒店和饭馆的人相信,他推销的是茅台。酒店和饭馆的人也知道,他推销的不是茅台——要想知道一瓶酒是不是茅台,其实是很容易的,看看商标喷码,或者拨拨防伪电话,就能查个水落石出,但他们不那样做,他们看他的样品做得很逼真,味道也是辣辣的,跟茅台也没什么两样,就砍掉大半价格,从他手里要上几瓶,去蒙那些吃喝公款的人。那些吃客倒是从不在意,喝醉了连是酒还是尿,都分不清楚,反正甭管是酒还是尿,脸儿红红,肚儿圆圆,花的都是公家的钱。

机会就是在这样的循环中产生的。你要喝真茅台吗,那你去贵州吧,去仁怀吧,除此之外的地方,你只能喝假茅台。也许有人会说,在这个循环当中,唯一的傻瓜是贪官,要是你这样想,那傻的其实是你自己。贪官才不傻呢,他们用假茅台取悦更贪的官,在酒足饭饱时签下更大的单,这就是假茅台的用途,也是他子分得以苟活于贪世的原因。

黑裙女子走后,子分睡了一阵子,就从假象鼻山的噩梦中惊醒了。他本应该一直睡到天亮,可并没有睡沉,翻来覆去睡不好。后来他想起了她临走时抛下的那句话,没错,正是那句话刺伤了他。寂寞?难道他面临的仅仅只是寂寞?

他又摸出一支烟,抽起来。烟是云南烟,很纯正,他的思绪随着一个个烟圈,飘得很远。

像许多受革命教育长大的中国人一样,子分的身上流淌着革命的热血,要是生逢其时,1919年他会火烧赵家楼,1934年他会踏上长征路,1966年他会奔走于大江南北,1989年他会绕行于纪念碑,可是这一切他都没赶上,他赶上的是一个艺术年代。

这个年代最流行的艺术,不是波普艺术,叫转换的艺术,比如角色转换,你可以由老百姓转换为干部,由干部转换为拿护照的公民,再转换为美国绿卡持有者,等等。再比如资产转换,你可以把国有资产转换为公司资产,把公司资产转换为私有资产,再转换为海外银行的存款,等等。子分没有这种艺术天分,他的那些热烈的才能,在这个冷静的年代是派不上用场的,所以过得很寂寞,至少他自己是这样想的。

于是他想到了结婚。这是他犯的另一个错误。在过往的时代,婚姻有可能是避风港，但是在艺术时代，所有的人都希望通过婚姻转换为更有钱或更耀眼的人，如果做不到这一点，要婚姻干什么呢？

他对叙叙表示过结婚的意思，叙叙睁着亮晶晶的眼睛问：

——房子呢？房子怎么办？

是啊，结婚需要房子，而且需要的不是一般的房子，不是一个单间或者一套破烂住房，至少得三房一厅或两房一厅，他连这么简单的事都忘了。叙叙算善良的了，只问了房子，还没问车子和欧洲八国游的旅行支票呢，当年八国联军来中国，如今我们有钱了，当然要去回访才对。

他想到了存钱。他也不知道要存多久，才买得起房子，懒得去算，算了会心寒。

后来就发生了老青借钱的事。他倒是不后悔，在这个问题上，他同意老青的观点，是你的，就是你的，不是你的，怎么努力也没用。他承认叙叙不是他的。尽管她喜欢他抚摩她的菊瓣，喜欢跟他无言做爱，但她不是他的。

那么谁是他的呢？在奔走于长江沿岸的路上，他时常看着熙熙攘攘的人群，想这个问题。有时当然还不仅仅是想，还会有一些努力。他才不是思想的巨人呢，也不是行动的侏儒，这两者他都不是。他介于这两者之间，所以才会有那么多曼妙的邂逅。

他不知道谁是他的。他不想知道。知道了就会很没意思。有时他会想，他的太太可能还没出生吧，假设现在出生，二十年后嫁给他，也很合适呀。有次他请一个饭馆老板吃饭，想说服他多要几瓶假茅台。那老板长得很黑，手指又粗又短，可是要求还挺多，吃完饭提出要喝茶，喝过茶提出要泡妞，伸出手指说就要一个，只要一个。

子分确实想找一个姑娘给他，可真是不巧得很，过来的那个姑娘那么秀气，一双眼睛水灵灵的，腰肢像柳条一般柔软，他不愿去想那粗短的手指攀折柳条的情景，就谎称没有好姑娘，结果那老板一声冷笑，说小气，撇下他就走了，假茅台的买卖自然也没做成。子分对此倒也并不难过，难过的是，他回头去找那小姑娘，发现她已经被一个更黑的男人带走了。那小姑娘不是他的。

　　他决意再去看看那个黑裙女子，看看她面对一个一小时前才亲热过的男人，面对她的男人，会有怎样的表现。她的男人？谁是她的男人？他是吗？他们是吗？想到这里，他自己都觉得可笑。她属于任何人。她也不属于任何人。她只属于钱，就像广告牌上的所有商品一样。黑裙是她的广告。

　　他穿过走廊，来到澡房前。这次澡房的门开着，里面却空无一人。他正发愣，忽然听见一个女子的笑声从更深的地方传过来。他往深处走了几步，停在一间客房的门前，透过薄薄的木板，可以清晰听见女子的声音。他又透过木板的缝隙往里看，果然看见了那黑裙女子。不过她下身并没有黑裙，只有两条光裸的腿。

　　这次她不是在哼歌，而是在调笑，轻飘飘的笑声弥漫在潮霉的空气中，仿佛因这空气而变得格外黏稠，粘在耳膜上便不再离开。

　　忽然那声音变了，她的嘴里好像被塞进了什么东西，只能发出断断续续的哼哼，此外还有一个男人的仰天喘息。子分仿佛看见了她的眼神，此刻变得极其缥缈。她对所有的男人，都会发出同样的叫声，闪烁同样的眼神。

子分承认，自己一直都被情欲所困扰，一生都被情欲所困扰。爱与欲水乳交融的情景，永远只在梦中闪现。在一个不鼓励女人婚前做爱的社会，独身男人要想获得关于异性的知识，就只有两种方式，要么私通，要么嫖妓，或者简言之，要么不道德，要么犯罪。两种方式他都尝试过，但都没能解除他的性饥渴。

虽说生意不太好做，但收入总还是有的，经济并不窘迫。这种困扰跟金钱没有关系，也不仅仅只跟肉体有关。都说现在的孩子早熟，小小年纪就已经懂得喜欢异性，其实他对这种事懂得更早，小时候没有朋友，没有书籍，很早就尝到了抚慰小弟弟的快感。只是那时不敢表达，不能表达，不能像现在的孩子那样如实诉说，说出来要么被塞进疯人院，要么被专政的绳索牢牢套住。

自从开始对女人有欲望，大概十三四岁吧，他就感觉到，自己的性欲，从来没有获得过充分的满足，生活中总是缺少些什么，有时也有快乐，但那快乐是短暂的，常常不待黎明到来，就已消失得无影无踪。如果光是这样说，别人会以为子分是头色狼，看见女人就会扑上去。这完全是误会。

可惜的是，他一直被女人这样误会着。

是的，他喜欢女人，喜欢女人的姿态、声音和表情，但是喜欢女人，并不意味着就喜欢与女人做爱，这两者相距远着呢，并不是每个女人都能勾起他做爱的欲望的，至于做爱与婚姻，那距离就更遥远了。有个写小说的男人，因为不能忍受自己心爱的女人居然会拉屎，所以一辈子没结婚，你看，婚姻是一件多么可望而不可即的事。老青曾经说过，其实并不是每个人都喜欢做爱,他就不怎么喜欢。老青还说,人做爱时很蠢,做爱后很快活,也很蠢,只有想做爱又做不到时,人才有智慧,他更喜欢那种状态,喜欢那时候的内心。在那样的情境中,人有多少美好的想象啊。

子分也喜欢这种状态,可是女人并不明白。许多女人一旦与他单独相处,比如在电梯里,或者在狭长的过道上,就会本能地提防他,离得远远的,好像他随时都会扑过去,像广东人说的那样扑野。遇上这种场合,他会觉得很好玩,善意一点呢,就保持绅士状,要想恶作剧,那就故意露出色眯眯的眼神,把对方吓得脸色发白。其实有的女人做出被侵害的样子,也是一种挑逗呢,是撒娇的另一种形式,那是他后来才明白的。

其实他只喜欢与某种女子做爱,某种女子是哪种女子?他也说不清楚。可能有时候是一个斜睨的眼神,有时候穿着黑裙,有时候又散发出新鲜柁果的香味。这样的女子很少很少,能被他碰到的就更少。如果这几个因素,同时出现在一个女人身上,他想他没准真的会变成一头狼,一头咆哮的狼。

他曾经给自己做过一个小小的计算。

受泱泱中华的文化影响,这辈子他不想找异族女子为偶了。肤色黝黑的非洲女子就不用说了——这并不是说他对黑人女子有偏见,而是确实不来电,就像蛤蟆不懂得欣赏鳗鱼一样,这是没有办法的事。金发碧眼的白种女人呢,虽说很好看,比如梦露,比如费雯·丽,但也只能看看,真要相处还是觉得隔,对方是学不会中文的,自己还得去学对方的语言文字,而且无论怎么学,吵架永远都吵不过她们,像是什么fuck, asshole, son of bitch 这样的词，如果不想办法偷着学，她们永远不会告诉你。

这样就只剩下我华夏女子了，但就是华夏女子，比他年长的，他也不乐意，从小就跟妈妈过，谁愿意再找一个妈妈呀。这样算下来，他的选择就非常有限了。

假使全中国有十三亿人，两性各占百分之五十，那么女性就是六亿五千万，其中十八岁到二十八岁的女子占十分之一，大约六千万。

看上去很多哦，但若再往下算，就不那么乐观了。先去掉性格、教养的因素，再加上容貌和身段的要求——有时候喜欢或不喜欢，完全是由细节决定的，一个女人无论多么漂亮，只要她尖叫或穿尖头皮鞋，他都会走开，也许有人会说，这也太挑剔了吧，可这的确是没有办法的事，有个哥伦比亚姑娘，仅仅因为不喜欢吃茄子，就跟对方分手了呢。

当然更重要的是，对方还得看得上他才行，他小眼睛大鼻子，只有很聪明，很聪明的女孩，才会从他这种长相中，看见自己幸福的未来。

这样左算右算，最后剩下来的，不会超过千分之一，也就是六万人。可是全中国有多少座城镇啊，六千个有吧，那也就是说，一座城镇里，他愿意与之做爱的女子，大约有十个左右，而其中有可能成为配偶的，有一个就不错啦。

一座城市里，只有一个女子，有可能成为子分的太太，这个计算结果让他很惊奇。

他的爱好不多，其中一项是看地图。他喜欢琢磨地图上的一条条线，一个个圆圈，想象有朝一日，那些圆圈如何在眼前变成一幅幅灿烂的景致。最难忘的要数西双版纳的橄榄坝了，在地图上那只是一个小小的圆圈,可一旦出现在你的眼前,却是花的海洋。这些年他走过的圆圈不少,但离六千个还远着呢。

六千?六千的十分之一就是六百,世上有六百个女子愿做他的老婆,想到这里他不禁觉得好笑,因为假设他娶了其中一个,那么还有五千九百九十九个女子有可能做他的情妇。

经过这些年的磨砺,子分已经不再相信神迹。从来就没有什么救世主,也没有神仙皇帝。六万分之一当然很渺茫,但是比摸"中华风采"彩票中奖的概率高多了。何况命运给每一个人,都提供过目睹神迹的机会,只是有的人看懂了,有的人看不懂。多数人都看不懂,所以多数人一生都在混沌中摸索。子分也看不懂。

有一次子分走在城市中央的一座湖边,那时刚认识叙叙不久,脑子里全是叙叙的面容。他透过繁茂的枝叶,看见金色的太阳,慢慢沉落西边的群山。这样的景致,他也不是第一次见到,但每次都很感动。

他停下来,站在湖岸上凝望。这时他无意间瞥了一眼湖水,看见了一尾鱼。

那是一尾色彩斑斓的鱼,两侧的鳍,由青绿渐渐变为紫红,鳞片闪闪发亮。他不知道那是什么鱼,但肯定不是鲤鱼。它摇曳着鱼尾,很优雅地从水底浮上来,也跟他一样,凝视着美丽的夕阳。等到夕阳沉到山背后,鱼才缓缓沉到水里。

这件事很平常,谁也不会在意,但这是一个神迹。那条鱼是水中的子分。

别人因为别的原因,没有在意,子分当时只想着叙叙。也没有在意。

后来回想起来,他才明白那是命运的一种暗示,要是那时他看懂了,他的命运会有什么样的改变呢?现在想到那条鱼,似乎有些多余。

什么叫神迹?有人说神留下的痕迹叫神迹。神说有光,世上便有了光,神说有水,世上便有了水,这就是神迹。但这只是针对神说的,说这话的时候,我们是在仰视神。如果针对人说呢,那么神迹会是另外的内容。

神没有提到叙叙,但世上有了叙叙。神也没有说叙叙会离开,但叙叙离开了。

一个人活在世上,会有各种各样的遭遇,有的遭遇是人的遭遇,但人又不能解释,只好归结为神。

▲非洲黑人看到雪,这不算什么,乞力马扎罗山上就有雪。可他们第一次触摸到白人带去的冰块时,却一边后退,一边惊呼:"天哪,好烫!好烫!"

▲土耳其牧羊人爬上高高的亚拉腊山,这不算什么,可他们在山顶见到一艘大船的化石,从此相信《圣经》描述的挪亚方舟确有其事。

▲《尤利西斯》古怪难懂,连爱尔兰人都读不明白,可居然成了英语经典,这已经够奇怪了。更奇怪的是,它把作者的另外一本平庸的小说集《都柏林人》,也带进了经典小说的行列。

▲肥胖症患者因为服减肥药,嗓音会发生变化,只能发出含混的声音,这并不奇怪。可后来其中的一位,竟然成为全球年轻人竞相模仿的歌星。

▲在地中海沿岸的洞穴里，藏着抄在羊皮上的《旧约》，这我们都知道，可旁边的另一个洞穴里，居然藏有唐三彩和唐伯虎的画。

▲子分随旅客走出"太阳五号"的舱门，走上朝天门码头时，一道阳光照在他的脸上，他的眼睛有点眩晕。他眨了眨眼，看见那个穿柠果色碎花裙的女孩，在阳光下款款走过，在即将拐上一排石阶时，忽然若有所悟，停下脚步，回头斜睃了他一眼，脸上现出了那个美丽的酒窝。

（原刊《花城》2005 年 8 期）

红苹果

我住在这座城市里,年复一年,看着那只红苹果,心中只有欢乐。其实我并没有什么可欢乐的,只是感觉不到痛苦罢了。我认为感觉不到痛苦,就应该称为欢乐。欢乐是什么呢,当然不是手舞足蹈放声欢叫。手舞足蹈放声欢叫是孩子的欢乐。成人的欢乐是无言。如果你曾经有过卧床不起的经历,如果你曾经仓皇如同丧家的母狗,就会明白独坐黄昏是一种多么宝贵的欢乐。我有什么可欢乐的呢,且让我慢慢告诉你。我没有妻儿,当然也就不会有妻离子散的痛苦;我没有家,当然也就不会有家破人亡的悲哀;我没有地位,自然谈不上身败名裂;我没有恋人,更不会因为失恋而痛不欲生。等等,等等。总之因为一无所有,于是连痛苦也就不再有。只有欣悦。只有欢乐。年复一年,我看着那只红苹果,心中只有欢乐。如果你的面前有一只红苹果,你也会感到欢乐。

我已经不记得它是什么时候出现在我面前的。对于过去的一切我都不再具有真切的回忆。我已经习惯于在遗忘中生活,因为唯有不断地遗忘,我才能确信今日的欢乐。按理说一个人一无所有,应该感到悲凉才是。无论是春风缱绻日化吐艳的时节,还是中秋月圆万家合欢的夜晚,你都只能跟你的影子做伴。你会很容易陷入伤感,想象别人多么快乐,而自己多么悲惨。可是我不。我觉得不是那么回事。确切地说，我先是有点儿伤感，后来觉得不是那么回事。那是一种幻觉。因为别人只是在过节的时候有那么一丁点儿快乐，而在那些不是节日的日子里，我却快活得日日如过节。我记不清楚这种感觉是从什么时候开始的，但是我依稀感到它与陈梅有关。

马路和马路上那些如甲壳虫般乱窜的汽车还有如逃荒的蚂蚁仓皇奔走的行人，已经距离我很遥远了。我曾经也有过仓皇如蚁的时光，我曾经也满怀欲望在马路上奔走，但那都已经成为如烟往事，我与世界的唯一联系，就是迎接每天下午从窗户右上角斜射进来的那束阳光。那束阳光逗留的时间非常短暂，因为太阳不可能只照耀我一个人。这一点我非常明白，从来没有过什么抱怨。我学会了在阳光逗留的时候充分享受它，一丝不挂地迎接它，让它暖暖地照射我的胸，我的背，还有我的臀和大腿。尽管许许多多的人终日在阳光下奔波，可是又有几个人能让它照射自己的臀部和大腿呢。为此我感到欣慰，因为它昭示了我与他人的迥然有别的人生。那些没有阳光的时间里，我就摇着轮椅一边碾压满地手无寸铁的书籍，一边低吟出如水的诗句，或者一边碾压一边什么也没吟出，只是充分享受碾压的快感。那些书总是很倔强地挡住我的去路，几本摞在一起还能让我前进不得。我对它们又爱又恨，这种复杂的心情只能用碾压来表达。适才我提到如水的诗句，这是因为它们确实如同流水一般哗啦啦一阵便没了踪影，绝不会印成铅字夹进书页里，或者刷成大字贴到墙壁上。我已经不再看重自己那些松松垮垮的诗句，特别是在认识陈梅之后，一个人一生悟懂的东西多着呢，印成铅字的毕竟是少数，而且印成铅字多半是废话或谎言。真理干吗要告诉别人呢。

住在书籍砌就的房间里，一开始很不甘心，总想像耗子啃书那样啃出一个窟窿，看看外边的世界还是不是蓝色。后来听说阿根廷有一位盲老人也生活在书斋里，生活得宁静而安详，于是赶紧引为知己。老人名叫博尔赫斯，是位博学的名士，我一般叫他老博。老博尽管对东方哲学深感兴趣，但并不认识一无所有的我。可是他的许多如蛛丝一样在天地间飘忽的诗句，是在我的帮助下才黏附在如唐砖汉瓦的方块汉字上的，因此我又在冥冥中与他发生了某种关系，总觉得他就在书斋附近的某个地方藏着，随时会出来会我。

跟老博相处久了，我也成了预言家，仿佛能一眼洞穿自己的命运。我预言自己一生都做不成想做的事，一生都娶不到想娶的女子。红苹果的出现印证了我的预言。据说一个人一生只有一次机会见到红苹果，见到后如果守不住它就永远消失。它一般在你二十岁左右的时候频繁出现，见不见得到就看你有没有慧眼。迟钝的人总要到三四十岁的时候才能认出它来。我就是这样。我见到它纯属偶然。好像所有壮丽景象的出现都纯属偶然。那天我百无聊赖地抽出一本脏兮兮的书，刚把书打开它就滚落出来，灿红灿红的样子，起先我还以为是太阳。我一看见它就恍然大悟。原来一个人的命运总在什么地方搁着，原来一个人的命运总在不起眼的地方搁着，找不找得着就看你自己的本事。原来命运总是以这种随意的方式露出它的脸。我偶然找到了它，偶然找到了自己的命运，好不欢喜。须知一个人一旦看清楚自己的命运，可以多做或者少做好多事情呐。我企图拥有那只漂亮的红苹果。只说这种亮丽的果子其实并不好吃。听说成熟的果实外表都很难看，跟成人一样。但我并不在乎。我宁肯拥有那份亮色。漂亮的东西只能拿来看，不能拿来吃。这是我同女孩子交往早就悟懂的道理。没想到这种道理对苹果也适用。

书砌的墙壁特别隔音。有书挡着你什么也听不见。听不见锣鼓,也听不见礼炮。只有宁静。只有安详。宁静如死水,安详如遗像。这就是我的欢乐。别人敲锣打鼓从街上走过,其实并不快乐。因为不快乐才想敲锣打鼓制造些快乐,可总是徒劳,回到家照样会因为钱包干瘪而与老婆争吵。而我安安静静地坐在轮椅里,心儿却像鸟儿一样自由。世界上的事情看似很多,其实有意思的不多。事情本来该怎么样就怎么样,可人们总想卖弄点小聪明从中作梗,逗得上帝哧哧发笑。而说我什么也听不见,这仅是一种比喻。其实我可以听见风声、雨声和小猫的叫春声。还可以听见种种传闻,只是觉得它们毫无意义,于是于我也就不存在而已。比如听说西瓜涨价了,涨到了三块五一斤;听说西瓜掉价了,掉到了三角五;听说西瓜又涨价了,涨到了五块八。这些信息对我毫无意义,因为我一年也就吃那么一两次西瓜,如果想吃倾家荡产也要吃。至于吃什么长肉吃什么减肥,抹什么肉白抹什么发黑之类的广告,更是让我深恶痛绝。现代社会的一切于我如过眼云烟,别人看来很轰动很震惊的事情,我看了却毫无反应,因为我生活在过去,生活在历史里。我的朋友都是古人。现今世界上的许多事情,他们都早已跟我讲过,因此即便发生了我也不感到奇怪。比如听说国家足球队又输了一场,你觉得奇怪吗?又比如听说某大作家不懂古文某大歌星不识五线谱,你觉得奇怪吗?如果你居然觉得奇怪,那是因为你的观念还太古典。我已经养成了对外界漠不关心的习惯,像老博一样埋首于发黄的纸堆中。那些故纸虽然古旧,却散发出智慧的酒香,每每闻到那些醉人的香味,我的内心就芬芳充溢。那是一种什么样的欢乐呢,就是有的人吃河豚死去时嘴角浮现的那种微笑。

说自己对这世界漠不关心,这也是一种比喻。每次收到陈梅的信,我都会欣喜若狂一番。其实陈梅的信一点也没有诗意,总是那么一两句话,说她已买好几月几日的车票要来我这里住住,仅此而已,如电报一般明晰。可是我每次读到这样的短句子都会怦然心动,因为我已经读过太多太多用形容词垒就的诗。我已经习惯于在黄昏的时候,去车站迎接从南方驶来的那列快车,有时候冒着绵绵的春雨,有时候迎着凉凉的秋风。我最喜欢挤到人群的前列,抓住出口处冰凉的铁栏杆,看那些筋疲力尽的旅客从身边匆匆而过,仔细端详他们的每一张脸,寻找鼻子左侧的那颗痣。我和她相处的时间不算太短,她脸上的每个部位都被我吻过,可是奇怪的是,每次想到她我首先想到的就是那颗痣。那颗痣本来长在梦露的脸蛋上,大概是因为我太喜欢的缘故吧,于是在陈梅的脸上也长了出来。我喜欢鼻子左侧有颗痣的女人。那颗痣昭示了她们的一生。每次我都紧紧抓住铁栏杆无比快乐地端详着每个过往女人的鼻子左侧,寻找那颗黑黑的痣,直到最后一条长丝巾从我眼前飘过,直到出口处大铁门被哐当一声锁得死死。那感觉就像探监时抓住监狱的铁栏杆一样,也不知道是我来探她,还是她来探我。当然每次她都没有来。她很忙。

我常常想我与陈梅的相识不过是命运开的一个玩笑。命运已经跟我结下交情,什么玩笑都敢跟我开,一点也不害怕我会受不了。我像二十世纪的所有中国男人一样,对命运开的玩笑特别具有承受力,从不反抗更不自杀,只是在黄昏降临以后,喜欢跟命运相对而坐,探讨它所设计出的种种游戏。刚开始命运总是仗势欺人,因为那时候我对它的套路还不熟悉。记得它曾经设置了一个圈套,让我以为自己马上就要结婚。那个圈套做得确实高明,把我套得好牢啊。我当时以为跟一个女子结婚是莫大的福气,一时被性欲冲昏头脑,结果钱包和脸颊都变得瘪瘪。结婚本来是像结果一样自然的事,到了一定的时节自然就会结。可是那时候我不懂这种道理,树儿刚露芽就想咬樱桃啦。那是命运跟我开的最残忍的玩笑,至今我还依稀记得它那张得意扬扬的脸。当然啦,久而久之我也熟悉了它的伎俩,偶尔也能识破一二并且反过来开它的玩笑。跟命运开玩笑可有意思了,你押上你的一生,自然格外惊心动魄,富于悲剧美。

陈梅就是一个玩笑,一个蓝色的玩笑。

我的记忆总是跟色彩有关。这大概是因为生活中色彩斑斓的景象本来就少,因此偶尔出现一两次便让人难忘。色彩总是跟欲望紧密相关。比如红色与高举的手臂,黑色与耷拉的头颅,等等。我特别记得那种暗暗的蓝。许多人都声称自己喜欢蓝色,也就是说许多人都声称自己具有忧伤。可是没有几个人见过那种蓝,那种暗暗的蓝。在它的衬托下陈梅的肉体白若浮云,因此异常清晰地留在了我的脑海里。那年我第一次去那座南方的城市。那座城市据说已接近一代人生活的理想。可是坦率地说,我不喜欢它。一点也不喜欢。要不是因为陈梅,我不会提起它。所有的人都如同流落街头的丧家犬在高层建筑的阴影下东奔西走,而且还不能随意走,到处都是铁栏杆和白漆线,指示你该往哪儿走或者不该往哪儿走。疯狂的汽车骂骂咧咧地左冲右突,如一头头试图寻找出逃狗洞的困兽,奔逃一天后还是爬回自己的老窝,瘫痪如同一条条死去的蛆虫。每座商店都朝过往的路人张开大嘴,稍不留神你就会被吞进去,然后被咀嚼成囊空如洗的残骸吐出来。其实所有的人都是满怀希望奔波一天然后无可奈何地溜回自己的窝,人人都仓皇而憔悴,却还要装出快活的样子，脸色发白地进出于一幢幢灰色的楼房。没有阳光。没有笑容。我从来也不相信那种如建筑物一般灰色的神话。我依然固执地钟情于绿色的大森林和金色的油菜花。

我就在那座城市里遇见了那种暗暗的蓝。那是一种我认为极不真实的蓝色，在窗外霓虹灯的映照下它宛若悬浮的油彩充满了整个房间，而陈梅就在那种幽幽的蓝色中如一朵流云飘然而至。在那样一座什么也不真实的城市里，你很难说她的出现是确有其事还是一种幻觉，也不会有谁居然傻到想去分清楚究竟是前者呢还是后者。我就更不会去那样做了，因为我知道这是一个玩笑。她没有说几句话便让我看到了身上雪白的景色，米色的绸裙被她的手轻轻一扬就飘落到蓝色的地毯上。在那个温软湿润的瞬间，我忽然感到有点儿悲哀，因为以前我总要花费许许多多的甜言蜜语，才能在别的女子身上实现同样的人生夙愿。我称赞了她脸上的那颗痣，说她有点像梦露。她反问我梦露是谁，是不是我老婆。我说我没有老婆呢。她定定地看着我，然后露出轻蔑的一笑，那意思是说这类谎言她听过很多。我感觉到在我的爱抚下，她渐渐变成了一朵五月的玫瑰。那天晚上她放弃了别的生意。

绿色的原野正被灰色的建筑所蚕食，如花的爱情也已经成了中世纪的梦。我感到在这座车水马龙的城堡里，我是最后一个守护玫瑰园的人，正背靠茅屋挺枪抵御现代文明的秋风。我常常如一头被捕获的大灰狼，摇着轮椅来回碾压满地的书刊。每本书我都看过，每本书都没看完，像受伤的麻雀躺在地上，风儿一吹纷纷扇动伤残的翅膀。我喜欢跟老博在一起，喜欢他那些蛛丝般飘飞的诗句。我也曾经试着写那么几行，可是总也飘不起来，大概中国的蜘蛛只适合于纺织密集的罗网。写不成诗我就写信。我喜欢给陈梅写信,就喜欢给她一个人写。我说我爱她。其实我知道我并不爱她,我谁也不爱。昔日情爱滔滔的心已经干涸如同老井。我说我爱她是因为我没人可爱,没有别的话可说。往事如同一条绳索,把玩不当会被它勒死。看一个人是否已变得达观,就看他是否能坦然承认自己的耻辱和谎言。我在信上说我爱她,这是一个谎言。但是每次她都感动得要命,说是某月某日就来看我。于是我每次收到她的信就到火车站去抓铁栏杆。我有时候居然也会被自己的谎言蒙骗。

　　我只给陈梅一个人写信。只给一个人写信就会写出很漂亮的信。我觉得我写给她的那些信很美。以前我也给好多人写信,尤其是那些爱好文学的女人,信上充满了春风啊秋雨啊之类的辞藻,收信人都称赞我文笔优美。她们比较喜欢虚幻的东西,最擅长在纸上跟你谈情说爱,来点实在的便被吓破了胆。这一点是我被汽车撞折腰之后悟明白的。那是一段遥远的回忆,比陈梅更遥远。那时候的我可跟如今的我大不一样。那时候的我衣冠楚楚,气宇轩昂,走起路来昂首阔步,目不斜视,好像已经成了国家的主人,当然也不会斜视马路上那些来回奔驰的红色甲壳虫。可是那种气派只是鼓胀的气球,被轻轻一撞就瘪了下去,瘫在床上可怜兮兮地到处乞讨安慰,还以为人人都会赶来拍我的背,整天眼巴巴地盼望着那个绿色的小邮差。信是这样一种奇怪的东西,你每天都收到很多,但总不见最想收到的那封。看似很多,其实没有一封能填补心灵的空落。那时候我最想收到哪封呢?当时以为是未婚妻的那封。她说她好难过,她说她不知道该怎么办才好,等等,好像需要安慰的是她而不是我。我完全可以想象得出她写那封信时怎样转动那双聪慧的大眼睛。绝望中我居然收到了期盼已久的那封。你大概已经猜到了是哪封。这是命运开的又一个玩笑。陈梅说她要来看我。唯有她说要来看我。她说如果我身边没有其他女人，她就来看我。

我最喜欢给陈梅写信。我觉得我的诗写得不怎么样，但是我写给她的信异常漂亮。奇怪的是多数人却认为我的诗写得好。他们喜欢优美的形容词。我什么都跟她说，也不管她爱听不爱听。我不知道她爱不爱听，也不知道她听不听得懂我的怪论。她每次回信都说几月几号来看我。按理说狼来了的故事讲多了我应该不信。可是我总也忘不了她送我上车时那种痴迷的眼神。那时候天空十分明朗，她扎着粉色的蝴蝶结靠在我肩上，我依稀感觉到她用乳房轻轻磨蹭我。来往的男人都用异样的目光打量我们，或者确切地说，都用色眯眯的目光打量她，因为那些色鬼一眼就能认出她是什么人。但我并不在乎，她也不在乎。她趴在我的肩头说她想有个家。我说是潘美辰想吧。她说她也想。我问她喜欢哪种男人。她羞羞一笑说给钱多的呗。还要潇洒，她又补上一句。如果你看见她的痴迷的眼神，就会对她的话具有更多的理解。我相信眼睛胜过相信嘴。相信眼睛胜过相信字。我觉得她内心其实有某种女人的盼望，或者说某种女人的盼望时时都骚扰着她的内心。当然啦，那时候我气宇轩昂，只是怀着优越感拍拍她的肩头给予安慰，就像日本人当年对待韩国慰安妇一样，从来也没想到有朝一日我还会给她写信，更没想到有朝一日我会只给她一个人写。

我当然也跟她说了那个红色的果子。写了好长好长一段，自己感动得要命，而且固执地认为她肯定也会被感动。她回信说真有那样的果子就给她留一个，她也想要那种果。陈梅回信通常只说来看我，很少提到别的事情，好像她给我写信就是为了表示要来看我。红苹果是唯一的例外，可是它对她也产生了影响。我甚至可以断定她已经在心中给它留了一个位置。我非常了解她。她很少看书，当然也就没有染上现代女人咬文嚼字的恶习。看见她的信我就能回想起她惯用的短句子和重重的鼻音。她说她忙。她说她要趁自己还年轻，多赚一点。她说虽然忙但还是要来看我。她说起话来并不文雅，有时候嗓门很大，特别是数钱的时候。我喜欢看她盘腿坐在床上，先捋捋披肩发然后数钱的样子，那是一种真实的表情。在其他人脸上你很难看见真实的表情。

我喜欢她这种简练的句式，一句就是一句，一句后面就一个句号。内容并不重要，重要的是形式。她来不来看我并不重要，重要的是她说她要来看我。她说她要来看我就等于已经来看了我，我就是这样理解的，管别人怎么想呢。人对自己喜欢的人总是特别宽容，何况她又不是那种意气风发的女革命家。后来我的文风也受到了她的影响，再也没有软绵绵的娘娘腔，写出来的诗句像炒过头的牛肉一样硬朗，不好好咀嚼还真咽不下去呢。我开始一句一句告诉她她喜欢听的话。比如我说我爱她。我心中其实早已经没有爱。什么都没有。其实我心中从来就没有过爱。以前以为自己有，后来才知道，那不是爱，是贪欲，是人人都有的贪欲。这是老博告诉我的。老博对这个问题很有研究，虽然双目失明却能一眼看透我。他说我骨子里好色，根本不明白爱是什么。我承认他说的有道理，我确实只想脸蛋亮丽的女人。我对陈梅说我爱她，意思是说我想念她，想念她那些迷人的蓓蕾与花瓣。我想念的其实是她的肉体，可是写出来的字却是我爱她。当然这也可以说是一种广告用语。我爱你就是两性关系的广告用语。如今这个世界处处都是广告，聪明的女孩子对我爱你这样的用语也不必过于当真。广告近乎谎言，但并非是毫无由来的谎言；我爱你也是谎言，一种并无恶意的谎言，英语叫 White Lie。反正我爱说你爱听，又何乐而不为呢。何况爱情本身就是一种 White Lie。我真希望听见有人对我说我爱你。可是没有。最后一次听见这三个字已经是非常遥远的事。遥远到如同中世纪的梦。现代人讲究速度，讲究效率，爱情这种需要精雕细琢的玩意儿一般人都把玩不起，因此人人都因为遭遇太多的突然而变得神情木然。我也一样。我已经习惯于接受那些不期而至的欢乐和突如其来的痛苦。因为已经习惯，所以总是坦然。你见不到我欢笑，也见不到我流泪，甚至见不到我脸上有哪块肌肉抽动。那张脸看上去如同遗像一般。

但是这并非意味着我已成孤家寡人。我的心是欢乐的，那是一种不必为外人所知的欢乐。我生活在书籍筑就的这间小屋里已近三年，已不再期望有谁会来看我。当然我也不去看望谁。为什么非要去看望谁呢。看望是一种浅薄的姿态，好像不看就会忘，好像不看不足以表达深厚的同志情谊，而且看的时候还要装出微笑的样子面朝摄影机。我从来没再去看望过陈梅，可是时时都在想念那颗黑黑的痣，而窗子下面那些匆匆而过的脸孔，我一张也不会记得。这就是红苹果神奇的地方。我说我欢乐，这是跟过去相比较。每当想起过去那种没有大欢乐也没有大痛苦的日子，我就感到如同旧社会一样可怕，而那时我居然还自以为那种平庸的生活就叫幸福。我时常遥想老博，还有老博的朋友老坡，不是苏东坡，而是长歌当哭的爱伦·坡。坡有坡的黑乌鸦，我有我的红苹果。坡有坡的寄托，我有我的欢乐。我时常在黄昏的时候，拎瓶美酒邀老博和老坡一同小酌，如同养老院里的三个老人，看黑色的蝙蝠在暮色中游荡，血色的云朵在群山间翻飞，共同怀念远在巴黎的醉鬼波德莱尔。我们是彼此永不背叛的朋友,虽然天各一方,分散在四块大陆上。

跟过去的人或未来的人结为知己非常安全。你不用担心被误解,更不用担心被出卖,时空的距离给这种友情罩上了绚烂的光环,这也就是我只与古人结交不与今人为伍的原因。这个社会的男人都是柔柔的嗓门和嗲嗲的笑声,见不到一双西部牛仔的腿。唯有女人的大腿还能让我产生激情。我喜欢陈梅。我喜欢她那张如同红苹果一般亮丽的脸。我知道那张脸和红苹果都不真实。你觉得只有我知道它们不真实。我知道它们不真实但并不在乎。红苹果是一个梦。陈梅也是一个梦。梦的意义也就在于不真实。梦的意义就如同陈梅的语言,虽然从未应验但依然可以安慰我的苦寂的魂灵。我无法想象如果有一天陈梅不再给我写信,不再答应来看我,我会陷入一种怎样的精神状态。我完全有可能把红苹果撕得粉碎扔出窗外,让它的红红的碎片纷纷扬扬地飘向窗下涌动的人头。我觉得我很可能会做出那种丧心病狂的事情。那将是一种比被汽车撞断腰要深重得多的创痛。

坦率地说这种可能性时时都在威胁着我,或者说我时时都有可能因为不再接到她的信而陷入癫狂。因此在一个雷声大作的初夏的夜晚我决定逃亡。这是一个艰难的决定。做出这种决定需要超人的勇气。我看着这座古城的平面图,图上的线条密密麻麻如同一张罗网。这是一座设计极为精巧的古城,有喷泉和假山,还有高墙和枪眼,是历代中国人集体智慧的结晶。我寻找着每一个可能的出口,设想出一幕幕自己在千军万马的围追堵截中披发奔逃的悲壮场面。我常常被那种场面感动得涕泗滂沱,仿佛自己是最后一名企图逃避那张罗网的叛逆者。其实我知道我不可能逃亡,因为这是我第十一次做出逃亡的决定。一个真正酷爱自由的人，一个真正经历过血与火的自由战士，哪怕十次被抓回牢笼，他也会开始策划第十一次逃亡。而我还未曾被抓获过，可是逃亡的计划屡屡由我策划又屡屡被我扼杀。尽管屡屡受挫但我出逃的决心从未动摇，时时都神往于地平线上那遥远的呼唤。那是原野的呼唤。丛林的呼唤。大地的呼唤。我是那么想逃，那么渴望逃离人，逃离书，带着我心爱的红苹果。于是我又开始研究古城的平面图，寄希望于第十二次阴谋，寄希望于下一个电闪雷鸣的雨夜。

暮色来临的时候我看见门缝里出现了一只灰亮的眼睛。它像一只背壳油亮的甲壳虫顺着缝隙上下移动。这是对我的一种暗示。那只眼睛表明我并不是孤孤单单一个人，表明我的思想的触角又一次碰到了命运的敏感部位。它注视着我，闪动着亮亮的光泽。那种光泽与日光不同，直接发源于人的内心，直接表达了一种灼热的关注，因而格外容易引起被关注者察觉，哪怕出现在你的背后，你也会感觉到它的烘烤。这种眼睛我并不陌生，时常能够在书本里见到。我很喜欢与书本里的人相互凝视，走进那一只只深邃的瞳孔，再由瞳孔进入一个个斑斓的世界。其实人世间最真实的东西都已经写在了眼睛上，眼睛之所以要闪动是想把真相掩藏。那只眼睛定定地嵌在门缝里，如同波德莱尔描述过的猫眼。我注视着它，相信自己以前肯定见到过它。人世间的一切于我都恍若过眼云烟，可是我对眼睛的记忆却异常清晰，因为我就是靠辨认眼睛来辨认人。我说过老博肯定在附近的哪个角落里藏着。他距离我不会太远，就像一位慈祥的长者时时都在注视我的所作所为。每当我陷入绝境将求助的眼光投向屋梁上的尼龙绳时，暗夜中就会出现他那只亮亮的眼睛。它总是像磷火一样在暮色中飘忽，从一个角落游荡到另一个角落，你的眼睛总也无法躲开它。那时候的我像精神病人一般敏感，总觉得它不怀善意。回想起来那实在是因为我内心藏着太多的私欲，害怕那些私欲被那种目光所洞穿，害怕自己内心那个小丑被那只眼睛捕捉住。后来我渐渐习惯了它那种淡淡的凝视，明白我所遇到的是世界上最深邃的一只眼睛。其实它对个体生命并不构成任何威胁，它所注视的是整个世界。我眯缝起眼睛注视着它。我喜欢在黄昏的时候注视它，看它如一只萤火虫在暗色中出现，又在暗夜中消失。来也悄悄，去也悄悄，神秘得如同命运的手指。可是这一次它没有消失。它跟另一只同样闪亮的眼睛一道出现在被无声推开的门口。门被无声推开的一刹那总是特别激动人心，因为伴随着光明进来的往往是你的爱人。于是我看见了那颗黑黑的痣。她像一个白色的幽灵翩然来到我的面前，那情景跟三年前我与她初次相遇时一模一样。还是那种定定的眼神，还是那种悄悄的步子，还是那袭米色的绸裙。她在脑后松松地扎了一个蝴蝶结，粉色的缎带若隐若现。脸蛋左侧的乌发很齐整地卡在耳后又顺颈项淌落下来，分明在进屋前用手捋过。脸上的微笑何等灿烂，如同五月时节怒放的玫瑰。我看见那颗黑痣在动。我看见她那如花的朱唇在动，不停地动。我很想听见她在说些什么，可是我听不见了。一点都听不见。在愈来愈浓的苍茫暮色中，她洁白得宛若一个少年的梦。

（原刊《上海文学》1996年2期）

一桶玫瑰酒

我一直认为为川是一个很平常的人，既不是才子，也不是疯子，只是一个很平常的人。而今我却宁可把他看作是一个才子，因为只有才子才会做出那些稀奇古怪的举动。如果为川不是才子的话，那如何能解释他眼下的精神状态呢。一个人要是被认为具有特殊的才能，做出一些怪异的举动，就不会让人大惊小怪，否则会被人认为精神有毛病。诸如物理学家蒸煮手表，数学家走路撞树之类的例子，不但不会被人认为可笑，反而是天资不凡的象征。可是如果走路撞树的是一个普通人，那定会被人笑掉大牙。在才子和疯子之间，我当然宁可相信为川是才子，尽管我也知道，为川拥有的并不是才子的才学，而只是才子的怪僻而已。

为川这些日子正处于走路撞树的精神状态，一种疯狂过后万念俱灰的状态。据说这种状态始于今年春天。在一个暖风熏人的夜晚，一位名叫林小妮的女子忽然离他而去。谁都不知道她为何离他而去，只知道她去得很远。有人说她去了深圳，还有人说她去了费城，反正她那年轻的身影再也没有出现在为川的身边。据为川说那小妮子走得很平静，既没有争吵，也没有流泪，好像只是出一趟门。但是走后便音讯全无，没有信件，也没有电话，好像死了一般，情人的价值就是一段情，那段情结束了，情人也就走远了。这件事对为川的影响显然很大，因为打那以后，他就对一切与所谓爱情相关的事情失去了兴趣。他避免与人谈起爱，就像阿Q怕光一样害怕听到这个字眼。他尤其对一支缠绵的流行歌曲极为反感。那支歌把爱比喻为飞来飞去的鸟，在今年夏天特别走红，无论走到哪个角落，都可以听见那种伤感的粤语曲调，仿佛整座城市的人都失去了恋人。为川当然不认为这只是一种巧合。他觉得这是社会对他个人生活的嘲笑。于是除了上班他不再出门，也不看什么电影电视，宁可终日侍弄后院的玫瑰，偶尔翻翻那小妮子的照片。

我对这种说法一直心存疑窦。为川固然很喜欢女人，但还不至于把某一个女人看重到这种地步，因为喜欢女人的男人，一般都不太看重女人，就像喜欢啃萝卜的人，看重的只是萝卜的滋味，而不是萝卜本身一样，啃过就算了事。当然这是男人之间心照不宣的秘密，一般很少让女人知道。我和为川因为玩牌偶然相识，情同手足，至少我自己是这样认为的。一般来说结交朋友的方式，大概可以分为两种，一种出于偶然的原因，比如邻居、同学或者同事，等等，在日常生活中长期相处，结下友情，这种友情因为具有相当大的偶然性，因此也很容易随着环境的改变而淡漠，比如我现在遇见昔日的邻居或同学，至多只是相视一笑，绝不会有泪水涟涟的感觉。另一种友情则要来得更为稳固而持久，它建立在共同的志趣之上，只要志趣存在，友情就会地久天长，哪怕日后相隔万里，也会彼此遥遥祝福，我和为川的友谊，大概就属于这一类吧。我和为川的共同志趣是玩牌，为川的牌技很高超，这主要是因为他精于算计，时时能判断出对手还剩下什么牌。相形之下，我就差远了，我打牌完全凭感觉，虽然偶尔也能打出几副好牌，但通常都是输家。我有时候很怀疑，为川喜欢跟我打牌，是不是就因为我老是输。

我倒是并不太在乎牌桌上的输赢，而更看重我和他的友情。我长着一脸胡须，笑起来嘎声嘎气，而他眉清目秀，又喜欢戴一副珐琅架眼镜，显得格外斯文。我们经常双双出入于歌厅舞场，我嘴上叼根香烟。他两手插在兜里，故意做出潇洒的样子，专找漂亮的女孩打情骂俏。那些女孩子对我俩总是心存戒备，涉世不深地以为我粗俗可怕，而见多识广的却从他身上看出了某种诡秘的阴影，因此不管我俩走到哪里，都可以引来女性复杂的目光。当然总的来说他的形象并不邪恶，人们一般都认为长相端正的人，品行也会比较端正。

为川和我待在一起时，常常会说起他童年时候的事。记得有一年春节，我和他一起围着火炉聊天，他说小时候遇上这样的日子，他就会被父亲拉着到动物园门口，去跟母亲和姐姐见上一面，有时候她们的身边还会站着一个陌生的男人，跟姐姐见面的时光总是非常短暂，才玩几分钟就会被父亲催着赶紧离开，临走时抱着姐姐塞过来的玩具，一步一回头。当然这样的往事他只是偶尔有所透露，他跟我谈论得最多的还是女人。我们尤其喜欢交换对年轻女人的看法，这当然是因为那时我们都是单身。他说他发现如果一个年轻女人对你有好感，眼神就会有些变化，瞳孔里会闪烁出一种飘忽不定的光泽，像闪电一样迅速，这时候你对她也就拥有了支配的力量。

那时候他并不把女人放在眼里，尤其瞧不起那些喋喋不休的姑娘，认为那都是一些浅薄的小孩，不会懂得爱，更不会懂得性。他有一种奇怪的观点，认为爱叫的狗不会咬人，爱说话的女子只会纠缠人，不会体贴人。他说爱应该是一种无言的东西，用眼神和体态就可以表达，他喜欢那种用眼神和体态表达爱的女子。为此他还引证了一个爱情故事。他说世纪初有一位名叫邓肯的美国女舞蹈家，疯狂地爱上了一位比自己小十来岁的俄罗斯诗人，尽管两人言语不通，但是凭舞蹈家的体态和诗人的眼神，就足以表达热烈的爱情，因此他们的爱情也就成了本世纪[①]最动人的爱情。他说他就喜欢用体态表达爱的女人。我从书本上得知，女舞蹈家后来被一条红色的围巾勒死于巴黎，但是也不知道是有意还是无意，为川在跟我讲述这个爱情故事时，隐瞒了这个结局。

  我认为为川的怪僻有着更为深刻的内心原因。为川当然有一些才气，尤其喜欢吟诗和饮酒，很有一点魏晋名士的味道。诗和酒是他生活中的两大嗜好。他说过他最欣赏的诗人当数李商隐。他还说李商隐其实应该叫李伤隐，因为他的诗道出了男人心中隐隐的忧伤，诸如"海外徒闻更九州，他生未卜此生休"，"中路因循我所长，古来才命两相妨"之类伤感的诗句，就时常悬在他的嘴边，而"相见时难别亦难，东风无力百花残"一句，更被他书写后置于案头，可见喜欢到什么程度。他常常以怀才不遇的名士自居，至于他怀的是什么才，虽然我没有深究过，但是总觉得无非还是醇酒妇人，因为他从不关心天空何时会落雨或者女人何时会落泪，连我的生活也从不过问。他只关心他自己。一个只关心自己内心世界的人，我想恐怕也不会有什么很伟大的才能，不会有什么治国安邦的抱负。我曾经以为他会喜欢叶赛宁，哪怕就因为邓肯的关系，他也应该喜欢叶赛宁吧，可是奇怪得很，他对那位俄罗斯诗人并无好感。后来我才明白，为川跟叶赛宁的关系其实是情敌的关系。

---

① 指20世纪。

至于说到喝酒,为川倒还有过一段不平坦的经历。他早先喜欢喝啤酒,常常捧着一只不锈钢口盅,一边喝一边讲一些稀奇古怪的故事,比如湘南山民如何放蛊,滇桂瑶人生吃蜥蜴,等等,但是我看得出来那时候的他有些虚张声势,想通过渲染骇人的故事来掩饰自己对生活的恐惧。他确实害怕生活,害怕别人洞悉他的内心。我总觉得他的内心有一些幽暗的东西在蠕动,在吞食着一些什么。他想用酒淹死它们,可是光喝啤酒显然无济于事。后来他转而开始喝白酒,说是能喝白酒那才叫好酒量呢。本来他并不是什么酒中豪杰,喝酒不是生理需要,而是心理需要,不过是想借酒佯狂而已。嗜酒的人一喝酒就红光满面,话语滔滔,自有一番陶醉的欢乐,而他咽下两杯白酒后,每每脸色发青,目光发直,内心那些蠕动的东西似乎趁此全都翻浮到了脸上,爬满了他的腮帮,看上去十分骇人。再后来他又把爱好转到了葡萄酒上。这个选择于他可谓明智至极,一来葡萄酒度数不高,略带甘甜,可以慢饮细啜;二来液体殷红,盛在精巧的玻璃杯里,自有一种高贵和优雅,很合乎他的品位,因此在很长一段时间里,特别是在他和林小妮相识之后,葡萄酒就与他形影不离,完全取代了我的位置。

林小妮的出走无疑给为川带来了极大的创痛,不知是绝望还是自责,他习惯于闭门不出,生活方式也发生了一些变化,连原先的嗜好都有所改变。酒还是照样喝,而且越喝越刁,但是诗却是不念了,取而代之的是喜欢养花。原来喜欢的酒和诗,现在变成了酒和花,依旧不离浪漫本色,只是更现实了一些。为什么我说他喝酒越喝越刁了呢,因为他现在又喜欢上了另外一种酒,这种酒也呈殷红色,但不是葡萄酒,喝起来有一股玫瑰的芬芳,倒有点像是法国酒。酒盛在玻璃盅里,虽然只有一小虫，却还真有点琼浆玉液的意味。问他这酒的产地，他只是笑笑，并不回答，只是不时往我的杯里斟上一点。如果他从此又喜欢上了洋酒，那我丝毫也不会感到惊奇，他这种人把浪漫理解为女人、美酒和玫瑰，要是不能拥有这一切，哪怕拥有一个梦也好。

为川喜欢玫瑰，这并不是秘密。他在后院养的花，全都是玫瑰花。他可以整天佝偻着背在花丛里穿来穿去，浑身充满怪异的激情。爱情就是有这样的能力，能使一个人提前衰老，也能使一个人青春勃发，这两种效果在他身上都有所体现。为川的后院虽然不大，但是经过他精心营造，很有一点古典风味，玫瑰枝条显然得到过精心的修剪，保持着妖娆的姿态，院墙用油漆涂成黄色和白色，显得柔和而整洁，将玫瑰的花朵和枝叶都衬托得更为鲜艳，有点像是电影里基督徒的墓园。泥土十分松软，踩上去便会留下浅浅的鞋印，到处都有点点新泥，可以看出翻挖的痕迹。空气中弥漫着草香和玫瑰的芬芳。我承认我从来也没有见到过绽放得如此灿烂的玫瑰丛，粗大的枝干和宽阔的花瓣都表明，它们对这里的环境十分适应。这些娇美的花朵如同一只只殷红的精灵，伴随着晚风在为川洁白的院墙内跳跃，天色愈是暗淡，它们就跳跃得愈欢。我说我从来也没有见到过绽放得如此灿烂的玫瑰丛，这话当然有些夸张。我曾经在一些欧洲影片中看见过漂亮的玫瑰花，特别是法国和保加利亚的玫瑰。那些玫瑰总是出现在一些圣洁的场所，无论是枝叶还是花蕾，都透放出生命的美丽。然而如此真切地抚摸玫瑰的花瓣，嗅闻玫瑰的花香，这对于我确实还是一种新鲜的体验。

为川对古典美的酷爱，在少年时代就已略露端倪。或许是因为幼年丧母的缘故，他总是回避与人交往，显得落落寡合。无论是春风缠绵，百花吐艳的时节,还是中秋月圆,万家合欢的日子,他脸上都会流露出莫名的伤感,好像人世间的欢乐都与他无缘。他特别迷恋哀诗和年长的女人。迷恋哀诗倒也还可以被理解,比如他喜欢背诵爱伦·坡的《安娜贝尔·李》,背得神色黯然,至多也只是引来善意的哄笑。可是迷恋年长的女人,就很容易被人嗤笑,甚至被人怀疑有些病态。他说他童年时暗恋邻居的长女,总喜欢扮作丫鬟为她梳理头发,初中时代爱上了漂亮的音乐老师,天蒙蒙亮就赶往学校去听她练嗓子,到了高中的最后一年,他又迷上了女班长,曾经给她塞过两次约会的字条,但是都被她拒绝了,当然拒绝的方式很婉约,很合乎他那种伤感的口味。那不过都是些纯净的柔情罢了,并不带什么非分之想,结果却招来旁人的冷眼,内心变得更为内向。他的这些经历我并不清楚,但是他对孙西娜的那段情,我倒是略知一二。

那年秋风萧瑟的时节,少年为川因为做包皮手术认识了孙西娜。他每隔两三天就去人民医院复查一次,每次都由孙西娜给他换药。关于护士是不是具有同情心的问题,一般有两种看法,一种认为她们打针换药,救死扶伤,当然是人见人爱的白衣天使;另一种则认为,过多地目睹流血和死亡,反而麻痹了她们的感觉器官,因而造就出更为冷酷的内心。两种类型的护士也许都有相当的数量,可是不幸得很,孙西娜恰恰属于后者。每次给为川换药,她总是发出冷笑,显得极为轻蔑,动作也极为粗鲁,纤巧的手指在处理他的伤口时,失却了往日的轻柔。为川为此蒙受了许多肉体的痛苦,但同时也感觉到了某种莫名的愉悦,渐渐对孙西娜生出了火焰般的爱情,冬天来临的时候便跟她钻进了同一床被窝。这种热烈的爱情是与他所谓爱应无言的观点相符合,因为孙西娜每次都戴着口罩，只露出一双神情复杂的眼睛，而正是这种眼神，最能挑起他的渴望。

关于他跟孙西娜的感情纠葛，为川事后也跟我讲述过许多。他当然有他的说法，说他和她如何相亲相爱，他对她如何百依百顺，甚至总是愿意龙凤倒置，等等。他还说有时候眼见她那种如痴如醉的表情，他兴奋得真想把她给掐死。尽管为川讲述过许多，我却觉得他只是一厢情愿而已，与其说是少年的他爱上了她，不如说是已婚的她引诱了他。假如说孙西娜对他有什么依恋的话，恐怕更多的还是依恋他那年轻的肉体，依恋她曾经护理过的那一部分，就好像那是她曾经为之操碎了心的宝贝孩子。孙西娜后来还是离开了他，也没有说明什么理由，其实也不用说明什么理由。

为川显然因为这次经历而蒙受重创。一个女人在跟他有过这么深的关系之后，居然还愿意与他分手，那他还有什么东西足以吸引女人呢。他眼下的情况，与前几次遭遇十分相似。谁都知道他和林小妮的关系有多么亲密，可是再亲密的关系也无非是一个情字。他从来就无法把握这种东西，它像春天的雨珠，忽然就落到了你的唇上，可是转眼又会随云飘向远方。正是这种如春雨一般飘忽不定的东西，最让他提心吊胆。我注意到一个事实：为川对待女人的态度，表面上很傲慢，暗底下却很自卑。这种现实既导致了他的命运陷入不断受挫的不良循环，又造成了他性格的内向和封闭。性格封闭的人一般不易与人沟通，而不易与人沟通的人又可分为没文化的和有文化的两种，前者讷于言词，不善交往，虽然内心稍嫌狭隘，但毕竟尚属天性善良的好人；后者读过很多的书，想过很多的事，因此而沉浸于旁人可望而不可即的境界里，显得极为不可捉摸，时时都会做出出人预料的事，无论是爱还是恨，都来得匆忙，也去得突然，与之相处会感到非常不安全。为川就属于这类人。他究竟读过多少书，读过一些什么书，我当然无从知晓，但是我完全可以想象，童年的不幸必定造就了他表面迷惘，内心冷酷的性格，只关心自己而不关心别人。一个不曾获得过他人关怀的人，当然也不会去关怀他人，表现在与女人的关系上，就是只相信女人的微笑，不相信女人的眼泪，甚至连微笑也不相信，只相信自己的欲望。

尽管为川如此深情地种养玫瑰，玫瑰却并非他家中最美丽的景致，比玫瑰更美丽的是镜框里一个如玫瑰般娇艳的女人。这个女人就叫林小妮。我们坐在林小妮的照片下面，慢慢地啜那种芬芳的红酒。酒的度数比我想象的要高，闻着有股浓浓的花香，喝起来却很平淡，大概洋酒都是这种风味，因为西方人喜欢借酒增加谈兴，讲究的是文雅的情调，不像中国人喝完酒打几个饱嗝就呼呼睡觉。在这一点上为川倒是模仿得颇为到家。他慢慢地喝，一小口一小口地啜，不时用舌尖舔舔唇上红色的液体，脸上没有什么表情，既不快乐也不忧伤，像个德国人似的。这是一张暗色的圆桌，这种圆桌很少出现于市面，只是偶尔能在舞台上见到，常常被用来当作歌剧的道具，舞台上许多生死攸关的场景，往往就围绕着这种桌子展开。我记得哈姆雷特就曾经在这种桌子旁诵读过他那段著名的内心独白。圆桌有三条弧形的支脚，跟女人的腿一样优雅，桌子上放着一只光亮的蓝色花瓶，花瓶的形状上细下圆，活像一位溜肩宽臀的女人，也呈现出一种柔美，与墙上那个女孩的微笑一道构成一种温馨的氛围，显示出居室主人极高的艺术素养。

那个女孩确实长得很漂亮，也正因为漂亮，才会让为川心碎。她拿着一朵玫瑰，在阳光下笑着，笑得像阳光一样灿烂，背景是一片茂盛的玫瑰丛，但肯定不是为川家后院的玫瑰园，因为在玫瑰丛的旁边，还有一片海，海面上飘着一朵云。她戴了一顶白色的无边圆帽，虽然只露出了半身，却也足以显示其妩媚和妖娆。她的妖娆当然与手上那朵带露的玫瑰很有关系，那朵玫瑰在阳光下闪耀着光芒，如同一块晶亮的玛瑙，映衬着她那张青春的脸。她除了给为川留下一个梦，还给他留下了不少照片，大概也都是为川替她照的，照得都很漂亮。那都是一些充满温馨的照片，照片上的她总是笑面嫣然，流露出对摄影者的无限温存和怜爱，清新与自然都一目了然，见不到公用镜头前的种种搔首弄姿。当然最迷人的还数墙上的这张。

我只跟林小妮交谈过一次，但是已经感觉到了她的直率和可爱。那是去年深秋的一个黄昏，我在一个电车站第一次见到了她，她的身旁站着为川，为川的身旁是一排栏杆。风将满地的落叶吹向黑暗，同时也吹动着她的绸裙。

我说你好。

她笑笑说，要是你戴上卢为川的眼镜，或者卢为川长出你的胡子，那该多好啊。

她大概是嫌我不够斯文，或者嫌为川不够爽朗吧，虽然只是一句玩笑，就已经让我感觉到了她对为川的怜爱。为川对她的这句玩笑，倒是没有任何反应，依旧像个德国人。

我说为川自从认识你，变乖了。

你们两个会成为朋友，真是怪事。她说。

她说的倒是事实。我跟为川最大的差别，并不是眼镜和胡须的关系。

我比为川诚实，或者如女孩子喜欢说的比较老实，基本上不说谎，这一点当然与我母亲是小学教师有关，也正因为如此，我的牌技并不高，总是算不过精明的对手。

为川则不一样，他并不把是否撒谎作为衡量品行的标准。他曾经说过如果日本宪兵要来抓你，你明明躲在衣柜里，而你儿子却说你不在家，这样的谎言好不好呢，这样的儿子好不好呢，当然很好，这才说明你教子有方。他信奉的显然不是书本上的人生格言，而是随机应变的生存手段。

他喜欢面带微笑显示这种手段，这种手段在牌桌上让人赞不绝口，在日常生活中却给人带来不安全感，具有一种怪异的魅力，特别容易让女人感到迷惑。女人面对他的微笑，就像小鹿面对枪声一样，感到既可怕又迷人，哪怕就是受到伤害，也不愿意轻易离开。

我说要是没有我，他能赢牌吗。

林小妮笑了起来，笑得很爽朗，露出一排洁白的细牙。为川的脸上也露出了一丝悦色，眼睛在镜片后面活动起来。

我跟林小妮就只见过那一次面。坦率地说我很喜欢她。

我问为川有林小妮的消息吗。

他说没有。

他说话的口吻很冷淡，我先以为他对我的到来感到不快，后来才明白他是不想提起那个女孩。谁愿意别人再提起往日的爱人呢。他不愿意说，我也就懒得再问。我总是默默地关注他。我不可能给他什么慰藉，况且我也知道他并不想获得什么慰藉，至少不想从男人这里获得。我和他的关系，就像两棵偶然并排生长的树，风儿一来便你望望我，我望望你，帮不上什么忙，但也还算是朋友。

我知道他喜欢跟女人在一起,尤其是少妇或者少妇型的女子。少妇型的女子身上有些什么迷人的地方,我尚没有品味出来。人总是在寻找自己缺乏的东西,作为对生活的补偿,比如我喜欢年轻活泼的女孩,因为我生来一副老成相,总希望别人把我看得年轻些,跟年轻姑娘在一起,有时候便能获得这种感觉,而为川以往之所以喜欢少妇型的女子,我想恐怕是在寻找他梦中的姐姐和母亲。他找到了没有呢,恐怕没有。这个世界上的女人有很多,能成为自己母亲的却只有一个。一个幼年失去母亲的男子,要想找回自己的母亲,唯一的办法就是长大成为父亲,为川或许是意识到了这一点,所以才那么热烈而无言地爱着林小妮吧。

他抚摸了一下那个花瓶,说他最近在读一部关于二战的书。他问我知道奥斯威辛吗。

我说知道一点,但与你有什么关系呢。

他说最没有肉体痛苦的死亡,还是主动死亡,而且要在身体尚好的情况下进行。

我说我才不会自杀呢,我在任何情况下都不会杀死自己,更何况为了一个女人。

他说人只要想死,都是为自己,不是为别人。

我说只有脆弱的人才会这样,承受不住感情的压力。

他笑了笑,显然认为我的说法很幼稚。他说有的人死了,还会在你的梦中微笑。

我不大听得懂他说这些话是什么意思,只是隐约觉得他可能想死。不过依我对他的了解,他未必真会这样做,因为他虽然很有头脑,但毕竟是一个想得多做得少的人。见我不再吭声,他又继续跟我谈论死亡。

如果说他前面讲的话尚属抽象探讨，下面的内容还真让我感到有点意外。他说他近来研究出一种很有效的结束生命的方法，就是用芬芳的烈酒送服安眠药，死得又舒服又体面。说着他的眼睛里闪过一丝微笑。我虽然谈不上见多识广，但总的来说还是一个很开朗的人，平常也喜欢说笑逗乐，对旁人的笑话也能随时领悟，尤其欣赏那种一本正经说笑话的人。但是此时听见为川的这番话，我却感觉到了一点隐隐的不安。

我觉得林小妮的出走，带走的已经不仅仅是一个女人的微笑，同时还带走了他的灵魂。他还想着他那段如玫瑰一般美丽的爱情。尽管他追求并得到过许多女人，但是他还想着林小妮，而且因为想她想得厉害，进而开始思考死亡。我显然低估了林小妮对他的影响。在为川追求过的女子当中，林小妮应该是最年轻的一个。最年轻，也最鲜活，最可爱。她身上具有某种有别于少妇的纯情素质，很热烈，也很迷人。为川跟她在一起，是不是会觉得以前跟已婚妇人的纠葛都纯属噩梦呢，这我不敢肯定，但我可以想象，是林小妮在某个清新纯净的早晨，让他第一次感觉到了他是男人，而不是男孩，让他第一次明白他以前不是玩家，而只是玩物，让他明白这一切之后，又将他送回妇人麇集的黄昏。那些贪婪的少妇从来就没有与他共度过一个完整的夜晚，总是与他黄昏相约，再于午夜来临前偷偷赶回自己那个家。

以为川对女人的敏感，我想他不可能不发现林小妮对于他性格的某些失望，也许真如为川所说的，她走得很平静，既没有争吵，也没有流泪，但是她走得越是平静，他的内心也就越受到震撼。他也不可能不知道像她这样任性而娇媚的女孩，一旦拿定主意离开他，那将意味着什么。她跟他还真不一样呢，不像他那么伤感，那么黯然，她只是想热烈地经历一些什么，经历过后便是忘却，在这一点上，她的心跟现代社会的许多女孩倒是相通的。可是为川却不一样，他一直在寻找一种永恒的东西，想用那种东西来驱散对生活的恐惧。他用思念死的方式来思念林小妮，可见思念得何等深切。而林小妮不因为他的思念而重新回到他的怀抱里，她像一个梦一样来去无踪，再也不曾现出倩影，让人一想到她，就会同时想到墙上的那朵云。还是那些玫瑰花提供了线索。几个月后为川后院的玫瑰丛开始成片枯萎，无论是枝叶还是花蕾，都纷纷枯黄，随风凋落，空气也变得凝固而浓稠，弥漫着一种醉人的气味，仿佛应验了他置于案头的那句李商隐的诗。警方根据卢为川的供词，在他家后院的玫瑰丛下面，找到了那个年轻女孩的骨骸，与那具骨骸同时被发现的，还有一桶已经开始漫出浓浓怪味的红酒，酒桶内外的玫瑰花瓣，因为时日已久，都已由殷红变成了金黄。

（原刊《钟山》1996年4期）

礼拜四

一

你与罗小求相识纯属偶然。记得那是与肖彤分手不久,一个礼拜四下午,你在等公共汽车,看见一个容貌清秀的女子,眯缝着眼睛,在瞅站牌上的字。

你告诉她这是去北方公园的车。

她说我知道。

你问那你在看什么呢?

——我路过这里,想知道在哪站下,去半塘更近。

你后来知道,半塘是她儿子上学的地方。

半塘在城北,有几所寄宿学校,在那儿就读的孩子,要么胸怀大志,要么放荡顽皮,以不听话出名。哪怕原来听话的,在那儿住久了,也会生出野性。

就在那一瞬间,她眼中闪过的什么东西,打动了你。很多女子刚来到这世上,灵魂就已经是妇人的灵魂,眼睛里闪烁着混浊的光泽,从来没有澄明过。可是罗小求的眼神,是小姑娘的眼神。

你起先叫她小罗,后来叫罗,听上去有点像洛。

洛是什么?不细想不知道,细想就明白跟女性有关。维纳斯是西方人想象中的美神,东方的美神是洛神。如今没有几个西方男人会去想念维纳斯了,太缥缈,也太圣洁,圣洁到令人无欲。他们宁可去想念梦露、麦当娜,想念那些洁白的肉体和灿烂的笑容,那些东西要更真实。

你也有同感,可是种族属性注定了你跟梦露、麦当娜有多么遥远的距离,你总是更容易被同种同族的女人所打动,印证了血浓于水这句名言。黑发黄肤的女人,距离你是多么近呀,哪怕2000年前的洛神,也要比2000年的好莱坞女明星距离你更近。

不过聪明人一眼就能看出,这也只是灵魂的自慰罢了,那位在洛河上行踪不定的古代女子,如何能慰藉孤单的你?

你的心需要的是洛神,可你的肉体渴望的是洛,洛丽塔的洛。这就是洛的由来。

那年七月,为了逃避南方的酷夏,你和罗小求坐三十多个小时的火车,礼拜六清早到了昆明。当时摆在眼前有三条路线可供选择,一去丽江,二去瑞丽,三去景洪,三条路线你们都没有走过。那时还不知道有香格里拉,不然可能会出现第四条道路。

罗小求与肖彤不同,她有过丈夫,甚至还有孩子。但是她也有与肖彤一样的地方,就是让你着迷。

你们从世博园出来,走在昆明的街道上,傍晚的风清凉干爽。这里是高原,强烈的紫外线照射在男人的面庞上,留下了暗黑的痕迹,所有的男人看上去都像是康定情人。罗小求一下就喜欢上了这座城市,她牵着你的手走在清凉的风中,脚步急速而轻快,一看就知道是外来的旅人。

远远看上去,罗并不很漂亮,胸部平坦,身材单薄,背还有点伛,但是你一旦接近她,就会被她的神情所吸引。这里的你特指的是你,并不泛指所有人,可能在别人的眼睛里,她毫无魅力,不但没有魅力,还略嫌寡瘦。如果说肖彤近似杨玉环的胖,罗则更倾向于赵飞燕的瘦。

但是她的五官是秀丽的,尤其是眼睛和嘴唇,精巧中透出一种古典美,神态总是带着悲情。最令你动心的是,你从那种古典美中看见了她一生的悲剧,那种无法改变的悲剧美让你心碎。这种表情你在费雯·丽脸上见过,在苏菲·玛索脸上也见过,她俩都主演过托尔斯泰最钟爱的女人安娜,就是那个为爱而死的卡列宁夫人。

罗本人是不是意识到了自己的悲剧美,你不得而知。

你不想说罗小求是你的洛丽塔,你毕竟不像亨伯特那么偏执,何况你和她也没有那么悬殊的年龄差异。当然你的心理年龄究竟有多大,谁也说不准,也许接近柏拉图吧,可哪怕接近柏拉图也不老呀,柏拉图总是活在少男少女的心中。洛丽塔是幸福的,只是她不知道罢了,或者她其实是知道的,至少知道自己很受宠,但是装作不知道,或者并不在乎,觉得这是应得的。她知道她装得越像,得到的就会越多。谁让世上有些男人就喜欢这样呢。

爱情就是这样一种捉摸不定的东西,如果没有,你会觉得很不幸,觉得自己是世界上最不幸的人。可要是真的有了,你还是会觉得很不幸,觉得自己还是世界上最不幸的人,因为它跟你梦想中的东西不太吻合。上帝可能是害怕人骄傲,所以开了这个玩笑。这个玩笑开得也太大了,至少害苦了世上一半的人。

纳博科夫对上帝的这个玩笑显然是有研究的,所以给他心爱的小姑娘取名叫洛丽塔,忘情时就干脆叫 Lo,你可以理解成洛,也可以理解成爱,随你的便,如果你知道夏娃在伊甸园里啃苹果时,啃掉了爱的后半部分,你就会明白洛与爱其实是一回事。

谁知道呢,谁知道小姑娘长大后会变成什么样的人,谁知道洛丽塔成年后会成为谁?如果按照字母的顺序,洛丽塔(L)或许会成为梦露(M),然后成为娜阿米(N),然后死掉。前者谁都知道是谁,后者是金斯伯格癫狂的母亲,就是那个向世界发出《嚎叫》的金斯伯格,她后来死在精神病院。

罗是那么年轻,又那么敏感,那么充满变数,成为谁都有可能,成为谁都不会令人惊奇。可是无论成为谁,她注定都是男人的伴侣,或者为男人心碎,或者让男人心碎。罗是从碎片中走过来的一个女子。那些碎片是你的无数个梦的残余。梦中有许多女子,她们大多被碎片埋葬了,有的干脆就变成了碎片,变成了远古陶片上的彩色花纹,实在要去挖掘,去黏合,需要花费许多时间,而且不可能也没必要再恢复本来面目,就像断臂的维纳斯,留着断臂还可以多一分想象,多一分美丽。

可是不知道为什么,罗竟然完好无损,踏着那些残片,微笑着走出梦境,来到你身边。

残片一。

罗虽然不是洛，可她那种眼神，那种微笑，带点嘲讽，带点狡黠，会让你想到二十世纪八十年代的一种声音。要是你我年龄相仿，你会听出那是一种时代回声。声音非常隐秘，非常细微，你得用心去听，才能略微听见一点，那情形就像当年皇宫里的小格格，用耳贴住回音壁偷听姐妹们的私房话一样。

那是被喧哗掩盖的隐秘的骚动，如同银幕上出现接吻镜头时，黑暗中传来少女羞怯的笑声。

伴随着那种回声，你的脑海里会闪过种种人群密集的场景，校园、车厢、军营，甚至病房——不是那种单人的温馨病房，是那种病人加陪人加看护加探视者，合起来有好几十个人的普通病房，病房里还有风扇和随风飘荡的各种拉绳。这些场所最大的共同之处，就是没有隐私，光线和喇叭声会不由分说地进入你的世界，将你那混沌的梦刺破。如果你一定想说，哪怕就是在那样的环境里，人也还是有隐私的，只是藏得更隐秘罢了，那也有一定的道理。但是当隐私被藏到黑暗深处，那感觉跟没有也没什么两样。

混沌的梦被刺破时，你经常正逗留于春梦的边缘，要么手指在柔发间穿梭，要么嘴唇在肌肤上游移，再或者就是饥渴的眼神在衣裙的缝隙逡巡不走，捕捉那些稍纵即逝的春色。在那样的时刻，无论你听见什么，都是些片段，纵然是很流行的歌曲，听起来也像是从远古隐隐传来。

那时无论什么书本都不再能感动你,这世上有一样更重要的东西需要你去探究,那就是女人,或者说得更直截了当些,是女人的身体。不管老师在课堂上讲授什么,不管是讲授圆的计算方法,英文单词的前缀和后缀,还是唐宋名句的意境,比如什么"春潮带雨晚来急,野渡无人舟自横","兰溪三日桃花雨,半夜鲤鱼来上滩",等等,你都觉得其中有性的暗示,并且相信所有的同学都是这样理解的,要不然他们的脸上为何总挂着羞怯的表情?

正是从那时起,你开始注意那位年轻的化学女老师。她体态丰盈,眼神狡黠,似乎很明白你在想什么,想要什么,所以步履轻巧,脸上挂着骄傲。她的感觉是准确的,你确实对她的身体,对那些浮凸有致的部位充满好奇。女人只要年轻,就有性的吸引力,要是再加上漂亮,那就不只是吸引力,而是魅惑了。你无数次幻想,包裹在那层衣衫里的肉体,会是怎样的景象?无数次在那种幻想过程中勃起,然后被光线或喇叭声惊醒,发现腿间一片透湿。

像许多在孤独中自慰的少年一样,你从来也没有得到过梦中的女人,也正因为从来没有得到过,你梦中的女人总是完好无损。有一个很经典的梦,昭示了那位性感女老师的存在意义:你在潮湿的沼泽地里奔跑,眼前是一拨接一拨的芦苇叶,密密麻麻地遮挡住你的去路,你好奇地穿越着那些湿润的路径。这时背后忽然有一股龙卷风尾随而来,仓皇中你跑进一幢楼房,看见了那位丰饶的女老师。她站在一扇窗户前换衣服,纤巧的手指在乳罩的吊带上轻轻挪移，表情显得分外从容，好像知道你的到来。

一抹阳光透过树丛，照在她光裸的胸脯上，两颗饱满的乳头在吊带间时隐时现。

女人有女人的直觉，女人更相信潜意识，潜意识综合了方方面面的感觉，比任何推理都准确。男人经过无数推理得出的结论，女人用一只眼睛就能看见。

女老师似乎有意等待着你的到来，并不急着扣上乳罩，她把玩着那些玲珑的吊带，眼睛里透着绚烂的色彩，似乎有些羞涩，又似乎在鼓励你走上前。见你并没有勇气，她终于扣上乳罩反身入内，一袭窗帘挡住了她，也挡住了所有的春色。

那天清晨你被陕北民歌的曲调惊醒，腿间再一次透湿。

残片二。

罗看上去不紧不慢，可有时会忽然变得很焦躁，肖彤则相反，动作很利索，说话却不急。那是九月一个慵懒的下午，肖彤躺在床上，枕着自己的臂弯。

——男人的欲望为什么来得这么急？去得这么快？她问。

——我容易对陌生女人产生欲望。你说。

——天生一个花花公子。除非你有钱，否则女人不愿嫁给你这种人。

——哪怕就是嫁给我，也会背叛我。对吗？

——你会把女人逼疯，然后怀着爱背叛你。她说。

——这是女人自我保护的手段，只有弄伤你，你才会记得她。她又说。

说完，她扯过毯子盖住乳房。

——我还是不明白，男人的性欲是怎样产生的。她问。

——当然是因为女人。

——因为女人的什么呢？

——美貌，丰满，光洁，还有神秘感。

——爱呢？

——爱弥漫在空气中。你说。

——这多少印证了我的想法。其实都是为了肉体，女人的肉体。肖彤说。

——可是一直有一种声音对我们说，男女是因为相爱才发生肉体关系的。她又说。

她开始穿戴乳罩，动作像取下时一样利索。

——帮我扣。

她转过背。

她的内衣质地很好，没有一道皱褶，很自然地与肌肤贴合在一起，衬托出乳房椭圆的形状。

——自从有了乳罩，乳房的真实形状就消失了。你说。

——你不懂的，乳罩对女人很重要，护卫的不仅仅是乳房，还有女人的自信。她说。

她扣上内衣纽扣，盯着你说：

——你会为爱而死吗？

——你是说如果失恋了，就服毒或跳河？

——上吊也算吧。

——那都是女人干的事。其实女人那样干，也不是为了爱，只是为了面子，或者对未来感到恐惧罢了。你说。

她点头表示赞同，同时用手理了理耳后的头发。

——我更喜欢解剖女人……的灵魂。你又说。

——我小时候住在铁路边，经常坐短程火车去一位女同学家玩。同学家隔壁有一位高个子男人，戴副金边眼镜，斯文又帅气。多少年轻女人都为他着迷，连我们这些小女生都喜欢他，可是他一直未婚，为什么？因为他是位妇科大夫，见过太多女人的肉体。

——应该说见过太多女人不洁的肉体。你说。

——你会发现女人的灵魂，也是不洁的。

——这已经不是什么秘密。她们有时候装得很圣洁，装得连自己都相信是真的。你说。

——所以你不会为爱而死。我也不会。我们都会无疾而终，活到一百二十岁。肖彤说。

沉默了一阵，她又说：

——我不会为爱而死，但我会为爱流泪。你呢？

——澳大利亚有一种鸟，鸟嘴比身体还长，你听说过吗？你装作没听见她的问话。

她走到镜子前，开始用眉笔描画眼睛周围的皮肤。窗外阳光灿烂，一架飞机闪着银色的光，轰隆飞往南方。

如今她是加拿大男人的情人和你喝茶时的记忆。

二

走到世博会的中央广场，罗抬头看着眼前陌生的南美植物，那些植物排列整齐，形成几堵耸立的高墙。风从东南方向吹过来，阔大的叶片随风摇曳，在地上投下斑驳的阴影，好像有几条恐龙在来回走动。

——我有时候想，我那时候好傻，谁最先追我，我就嫁给了谁，一点也不会利用自己的本钱。女人就这点本钱，要不好好利用，老来真是一无所有。要是我第一次选择，选的不是那个人，我现在可能是官太太了。罗略带自嘲地说。

——贪官太太吧。你说。

——那不一定。贪官太太都很丑，你没发现吗？因为太太丑，手中又有权，他们就想讨好漂亮情妇，用什么讨好呢，无才无德，只能用钱，结果成了贪官。我这么漂亮，嫁给谁，谁不知足呀。说不定还可以挽救一个党的好干部呢。

——那不一定。你学她的口气说：

——他可能知足了，但你不知足。你还想通过丈夫得到更多，结果他还是成了贪官。你以为美人能救英雄？

——像我这样，拉着个平头百姓的手？

——反正这年头，你要想当官太太，必定是贪官太太。

她没有松开你的手。

——这说明问题并不出在女人身上。女人要是聪明，就不会嫁给追求自己的男人,那样会把两人都毁掉。留点怀念,多好。可惜,我明白得晚了。她说。

这时你们已经看完了亚马孙河流域的植物群。

你有时会陪她去半塘看儿子,同时看见她性格的另一面。

儿子归再婚的前夫抚养,每星期四可以在指定的地方探视一次。地点通常就在学校附近,偶尔也会转到市中心,究竟在哪里,全由孩子的父亲临时决定。

她注视儿子的目光是很无助的,似乎并不懂得如何与那个九岁的男孩交流。那孩子看着个小,但表情沉着,会说出异常成熟的话语。

有一次当着三个男人的面——前夫、儿子和你,她忽然坐在公园的石凳上,俯身哭了起来,哭得很伤心。前夫和你都没有劝慰她。你们都了解她,知道此时劝慰是没有用的。倒是儿子放下手里的书,走了过来,拍拍她的肩头说:

——别哭了,回去吧。

那一瞬间她那么弱小,好像她才是被大家探视的对象。

提到儿子,她说得不多,每次眼里都会闪过一丝黯然,显然有一些难言的隐痛。

你见过那孩子两次。

第一次前面说过了,他拍拍母亲的肩膀,劝母亲别哭。

第二次是在一家麦当劳里面,他吃炸鸡腿,她吃冰激凌。你坐在旁边,看她吃冰激凌的样子,偶尔也会看看他。

你喜欢她的手指,很秀气,也很洁净,无论握住什么,都是那么优雅。

你见过它们剥虾仁,捏葡萄,翻书页,此时握住冰激凌蛋筒的样子,也让你陶醉。

那孩子忽然对她说:

——看得出来,他对你不错。你回去吧。他等着你呢。

他说这话时,眼睛并不看你。

她的眼里马上闪出一些晶亮的东西。在回去的路上,她不停地问你:

——你说,我儿子是不是有些恨我?是不是?我是不是很自私?

她不知道离婚是一剂生长素,孩子吃了会变得早熟。早熟的孩子比谁都聪明,一眼就能看穿成年人的内心。

那孩子吃完鸡腿,也不说什么,拿了一只汉堡包就走出店门,走向在马路对面守候的父亲。父亲身边站着另一个女人。你隔着玻璃望着父子相迎的景象,心中忽然有一丝感动。她的眼睛一直是潮湿的,可是随着儿子走向那个男人,潮湿一点一点消失了。

——我这一辈子最后悔的事,就是没坚持要这个孩子。她小声说。

罗的眼睛有点近视,看东西显得不那么锐利,然而也正是那种犹疑的眼神,给她的神情蒙上了一层梦幻色彩,就像第一次在公共汽车站台见到她那样。刚开始注意她,你会觉得她有些心神不定,心里禁不住会生出一种关心。等你走近询问,才发现她的眼神是狡黠的,闪烁着调皮的光泽。

你们一边走,一边商量,接下去到底怎样走。

你倾向于去丽江,她则主张去瑞丽,这只是问题之一。另一个问题是她想坐汽车,说这样可以省好多钱。你有意带她乘飞机,少受些颠簸之苦。其实她虽然瘦,但很健康,从来也不晕车,说全车人都晕倒,她也没事。

你们一路商量这些问题,一边走一边说,断断续续的,去过世博园,又去花市,两人一起去看玫瑰和山茶,到了翠湖公园,又忙着拍照,一阵忙下来,早忘记刚才说到哪儿了,只好重开话题,商量去版纳还是去大理。这样反复探讨,走了一天也没有结果,后来两人几乎同时明白,其实哪儿也不想去,就想相守在一起,并不想非要做出什么选择。

不做选择,也是一种选择。

你们在昆明住了五天,除了爬西山,游滇池,就是做爱,每天都做。好不容易在一起,不做爱,做什么呢?

你不得不承认,爱情的质量其实是由肉体决定的,只有充满激情的肉体,才能表达深厚的爱意。那些由眼神传达的爱,在真实的肉体面前会显得无力而苍白。如今只有热爱文学的女子,还会被眼神打动。

她的身体并不丰满,乳房很小,躺着时贴在胸前,跟男人也差不多,但是乳头很大,也很敏感,那些深色的皱褶仿佛具有自己的生命,轻轻触碰便会饱满而胀立。你喜欢用手指触摸她的嘴唇,然后是颈项和乳头,她会闭上眼睛,或者无言地看着你,嘴角微微翕动,对你表示鼓励。

她跟肖彤有些不同。肖彤的肉体是粉色的,更鲜活,像刚出水的活鱼一般不安分,你有时候需要非常努力,才能跟她达到水乳交融。罗小求要显得更成熟,她的身体很安静,默默地横陈在洁白的床单上,显示出一种典雅,让你每次接近时,不由得心生怜爱,手指也因此带上柔情。你会久久地抚摸乳房的轮廓,偶尔对乳头加点力,效果特别好,她马上就会发出轻微的声音，平坦的小腹同时一阵颤抖。你会用手指辨识那些湿润的皱褶，寻找皱褶当中那粒神秘的凸起，久久地爱抚它，直到门户因动情而为你敞开。

三

——我离过婚，还有孩子。第一次约会她就对你说。

她没有说出下面的话，但你知道那句话是：

——你为什么还喜欢我呢？

——女人只有到了这一步，才会多少懂得什么叫爱。你说。

你本来想说，我喜欢你的龋齿，喜欢你的平胸，喜欢你打过胎，喜欢你离过婚，喜欢你眼角的皱纹，喜欢你浓黑的头发中，偶尔露出一根白发。你心中早已没有什么纯情玉女，只有遭受过创痛的女人，才更为真实可信。但是你没这样说。这样说似乎显得有点作。

——懂得爱，又会怎样呢？是不是更合男人的口味？男人不是更看重性吗？她说。

你在她闪亮的瞳孔里，看见了肖彤的影子。肖彤看上去沉默，但是比罗小求更喜欢性，这一点你很清楚。你有时候想，好在你先认识肖，已经见识过贪图肉欲的女人，因而可以比较容易满足罗，要是肖在罗后面出现，兴许你会有点手足无措，不知该怎样去填充女人的欲壑。

罗毕竟结过婚，对男人有更细腻的关爱，眼神自然是藏着万种风情，顾盼时的温柔，欢快时的娇羞，都一览无余，不过比眼神更具诱惑力的，是她那花样翻新的种种技巧，有的方式是你以前从未想到的，而一旦尝试，便不由得称奇。总的说来，你们的关系很平和，两人都有过一些人生经历，对对方的要求都不高，甚至两人都习惯于谦让，生怕碰碎感情中某些脆弱的东西。你也不知道这能不能算作爱情。

你们相恋已经两年了，但没有想过结婚，至少没有谈论过。谁都不想先提这个话题，好像谁先提起，谁就要负更多的责任。

都说婚前应当了解对方，这样婚后对对方的各种表现，才不会感到意外。两年可不短呀，应该说能了解的都了解了，从灵魂到肉体，每个角落都去浏览过。可你有时候又想，既然都了解了，何必还要结婚？既然都了解了，婚后的生活该多么乏味？不会有任何新鲜感，也不会有任何意外的惊喜，或许连愁闷都只有一种形式。

她大概也想到了这些，所以你们一直没有结婚，何况她并不每天都跟你在一起，每个礼拜四下午，她都要去半塘看那个小男孩。那是她风雨无阻的活动项目。

——我什么都可以失去，但我不想失去他。

说这话时，她定定地看着你。你明白她这句话的意思：

——我可以失去你，但不能失去他。

你和她经常谈起初次相遇的那个礼拜四下午。

——罗，要是我不主动招呼你，我们会有今天吗？

她承认不会有，因为她很被动，很少主动招呼人。

——要是那天下午我不经过那个站台，我们也不会有今天。说起来真是很偶然，我去给儿子买保险，出来就看见了那个站牌。你呢，你为什么也在那里？

——等你呗。

——你是说这是命定的?

——大学三年级时,班上有几个男生开始追女生,班主任在课堂上教训他们,说你们猴急什么,你们真正的女朋友现在正在上小学。当时全班哄笑,以为他在讲笑话。可事实证明他是对的。你说。

——你想告诉我,人的一切都在冥冥之中安排好了?

——听起来是不是有点玄?我三十岁以前不信,现在信了。

——我倒不这样看。要是那天我不经过那个站台,要是你不跟我打招呼,我们就不会有今天。

——但我们还会在别的场合相识。

她似乎有些感动。

——你说情人和恋人的区别是什么?她忽然问。

——还有爱人呢。

——恋人是双方都未婚。情人是一方已婚或双方都已婚。爱人是配偶。是这样分吧?两人在一起,称呼还挺多。她自问自答。

——这算什么?还有奸夫,姘妇,嫖客,娼妓,多了,这还算是两相情愿的,要是不情愿,还有流氓和被害少女,或者女流氓和被害少年,很多。

——还有一种,不知该叫色狼还是变态狂,听上去可怕,其实挺可怜,我在公园里遇上过一次,露出那玩意儿给我看,软软的。哎,你说我们算哪种?离婚等于未婚吗?

——有时等于,有时不等于。

——那我们应该算恋人,好像回到了十八岁,甚至十六岁。

——有本小说叫《洛丽塔》,读过吗?你忽然问。

她摇头。

——也没什么,说一老头喜欢一少女,美国人的故事,那老头叫那小姑娘洛。

——哦?很久没读小说了,以前喜欢读,现在有时觉得,自己就是小说中的人。人活在世上,真是一连串的偶然。也不知以后,我们会因为什么偶然的因素分手?还会在站台吗?她说。

你的心一抖,忽然想到与肖彤分手的情景,那事确实发生在站台上。你再次意识到女人有女人的直觉。

残片三。

那天晚上你和肖彤看完《乱世佳人》,在车站分手。不是曲终人散各自回家,而是挥手告别,就像白瑞德挥手对斯嘉丽说再见,其实是再也不相见。你没有挥手,你没有白瑞德那么洒脱,况且肖彤也不是费雯·丽。你想要是她有费雯·丽那双期盼的眼睛,你或许会有心碎的感觉。

你们先走过中山路,走过民主路,走过自由路,走过解放路,似乎走完了一部中国近代史。后来又走过火车站,很沉默地走过那座灰色的建筑。这时那座灰色建筑背后,响起一阵尖厉的汽笛,建筑物前行走的人们,仿佛被那声音所感染,脚步忽然变得匆促起来,有几个人朝铁门奔跑过去。透过铁栏杆,可以看见一节节绿色的车厢匆匆驶过。

看见她有些黯然,你劝她不要哭。你这样劝她是有原因的。

热恋时她曾经问你,会为爱流泪吗?你当时没有回答。你无法回答。你跟她谈起了澳大利亚的长嘴鸥。现在分手的时间果然到了,答案也应该有了。

她笑了笑,说:

——你为什么要这样说呢,以为我是湘妃?

——你以后会爱上谁呢?我想不出来,爱说话的,你嫌她太爱说话,不爱说话,你又嫌她没话说。最好找只蛤蟆去过吧,蛤蟆那点心思,你也好琢磨。她说话的声音很轻。

你忽然觉得她那鹅蛋脸有些变异,呈现出女巫的某些早期特征,比方颧骨高耸,下腭内陷。

你慌忙跳上了一辆刚刚停稳的公交车。

肖彤不会哭,你也不会。

眼泪是什么呀,眼泪是宝贵的。据说斯拉夫民族有这样的民间习俗,假如年轻少女的恋人死了,她只要将泪水聚满一盆,再掺进玫瑰花瓣,洒在恋人身上,恋人就会死而复生。不知道这仅仅是一种诗意呢,还是其中确实藏有神奇的药力?你没有见识过。可是既然眼泪有可能让自己深爱的人复活,那还是先留着吧,也许一时半会用不上,可一个人一生总会至少恋爱一次吧,那就让宝贵的泪水为那一次做足准备,有朝一日未来的爱人将接受你那圣洁的施洗。

可是也有一种可能,你的眼泪只能施洗你自己。

对这座城市,你有很多想象,但是你从来没有去注意那些平常的站台。命运让你在站台上送走一个女人，然后又遇上另一个，所有的人似乎都忽然出现在站台上，然后又忽然消失，不知从何而来，更不知往何而去，只在站台上留下瞬间的影像。谁会想到其中一个影像会与你牵手？你们不想分手了。分手去干什么呢？都认识这么久了，早已养成彼此交谈的习惯，对方就像自己的影子，看见那影子，才能确信自己的存在，怎能想象自己走在月色下，身边却没有影子？

世界虽然大，可要分手去重新寻找，一来累，二来也未必能找到谁，还不如守着呢。寻找是一种动态的行为，是一种激情。如今你和她都宁可守望。守能守到什么？可能什么也守不到，但也可能守到一只兔子。

到了第六天，你们终于决定离开昆明，离开那座苍翠而凉爽的城市。这样的城市在南方不多，甚至没有。

谁能想到七月的昆明，会凉到穿毛背心？更不会想到这里的房间，从来用不上冷空调。回想起来，人虽然每时每刻都在想，但想不到的事情，总是要远远多于想到的，所以上帝总是用怜悯的目光看待世人。你以为你猜到洛的谜底是破碎的爱，你就可以得到洛或爱，但事实却是，因为你猜破了这个谜，世界变得更寂寞了。你以为你会去那幢灰色的火车站为肖彤送行，可她离去时乘坐的是一架波音飞机，没待你挥手，就已消失在雨中。

可尽管这样，你不想放弃想象，正是那些出乎意料的结果，吸引你在迷宫中穿行。

对于那些在酷暑中度日如年的人，昆明算得上是夏日天堂了。

你们决定离开天堂，回那座炎热的岭南小城。

——我已经一礼拜没去看儿子了。明天礼拜四，我们坐早班机回去，下午去看他,还来得及。你知道的,每个礼拜四的下午,他都在学校门口等着我。罗对你说。

(原刊《上海文学》2003年10期)

翻译小说十篇

[爱尔兰] 詹姆斯·乔伊斯
(James Joyce,1882—1941)

  爱尔兰小说家,自幼生长于天主教家庭,16岁进入都柏林大学学习文学,熟读欧洲各国名著,为日后的文学创作奠定了良好基础。20岁开始发表作品,代表作有《尤利西斯》《芬尼根守灵夜》等。作品始终带有浓厚的宗教情结,写作技巧变化多端,尤其将意识流手法发挥到极致,是公认的西方现代小说先驱人物。进入21世纪后,其文学地位日渐提高,其作品成为各大学文学系的必修课程。本书选用的小说《寄宿客栈》,译自其短篇小说集《都柏林人》,讲述了都柏林市民平凡朴实的日常生活。

寄宿客栈

穆尼太太是屠夫的女儿。这女人性格果断，很有主见。她嫁给了父亲手下的一位工头，在斯普林公园附近开了一爿肉店。可是老丈人刚一过世，穆尼先生就放肆起来。他酗酒花光了钱，欠下了一屁股的债。叫他发誓改过也毫无用处，过不了两天他肯定又会拿起酒杯。他当着顾客的面殴打老婆，又购进变质的肉来卖，结果毁了自己的买卖。一天夜晚他手提杀猪刀去找老婆，她只好去隔壁人家躲了一夜。

自那以后他们就分居了。她去找神父解除了婚约，自己抚养孩子，不给他钱，也不管他的食宿，他只好去市政厅谋一个差事。他是个衣衫褴褛的小个子驼背酒鬼，长着白脸孔、白胡子和白眉毛，眉毛下面的那双小眼睛总是又红又肿，布满了血丝。他一天到晚坐在值班室里，等着被人差遣。穆尼太太则用卖肉剩下的钱，在哈威克街开了一家寄宿客栈①。她是一位胖而高大的妇人，客店里的客人来来往往，多半是从利物浦和马恩岛来的游客，偶尔也会有一些杂耍场的艺人。长住的客人则是城里的小职员。她精明果断地掌管着这家客店，知道何时赊账，何时摆出一

---

① 这种客栈一般都向住宿的客人提供伙食。

副凶巴巴的样子,何时又装聋作哑。所有长住的那些小伙子提到她时,都管她叫"老板娘"。

穆尼太太的年轻房客们,每个礼拜付给她十五先令的房钱和饭钱(不包括啤酒或斯陶特酒①)。房客们趣味相投,非常合得来,时常议论起最亲密的人和不相干的人的机遇。"老板娘"的儿子叫杰克·穆尼,在舰队街的一间商号里做职员,是个出了名的刺头。他嘴上总挂着大兵的粗话,总要到一两点钟才归家。遇到朋友时,他总有什么有趣的事要告诉他们,他肯定总知道一件有趣的事——比如说一匹马很不错啦,或者一个艺人要发迹啦。他还擅长拳击,喜剧小调也唱得不错。每到礼拜天夜晚,穆尼太太的前厅就热闹非凡。杂耍场的艺人们即兴表演起来,沙里丹弹起华尔兹和波尔卡②,还有别的一些伴奏曲,"老板娘"的女儿波莉·穆尼则为大伙儿唱歌助兴。她唱道:

我是一个野姑娘,

你用不着装傻,

你明知我不怕。

波莉年方十九,是个身段苗条的女孩子,长着一头浅色的柔发和一只丰满的小嘴。她那双眼睛灰中带绿,与人交谈时习惯于朝上瞟,看上去像是一位任性的小姐。穆尼太太先把女儿送到一位玉米商的办事处当

---

① 一种烈性黑啤酒。
② 一种曲调轻快的双人圆舞曲。

打字员，可是那个在市政厅当差的恶名昭彰的家伙[1]，每隔一两天就跑到办事处去，要求跟自己的女儿说说话。于是她又把女儿接回家做家务活，有意让她和那伙年轻人厮混在一起，因为波莉本来就挺活泼，而那些小伙子也巴不得身边有个女孩子。波莉当然跟小伙子们眉来眼去的，可是穆尼太太精明得很，她清楚他们不过是打发时光而已，没有一个把她当回事。就这样过了好长一段时间，穆尼太太还准备把波莉送回去打字，却发现波莉和其中一个小伙子有那么一点儿意思了。她注意着这一对年轻人，不露声色。

波莉知道自己还受到监视，虽然母亲一声不响，但是其意图却明白无误。母女之间既没有公开挑明，也没有达成协议，甚至客店里的人都已开始议论纷纷的时候，穆尼太太也仍旧不加干预，波莉的举止开始变得古怪起来，而那年轻人显然感到很不自在。后来穆尼太太认为时机已到，就出面干预了。对待道德问题她就如用快刀砍肉一样拿手：在这件事情上，她早已拿定了主意。

这是初夏一个明媚的礼拜天早上，虽有清风徐徐，却依然闷热难当。客店里所有的窗户都推了上去[2]，在拉起的窗扉下面，镶边的窗帘像气球似的鼓胀着朝街头轻轻飘荡。乔治教堂的钟楼敲响了悠长的钟声，教徒们三三两两穿过教堂前的小马戏场，戴着手套的手里握着小本的经书，满脸庄严肃穆的神情，显然还准备去做祷告。客店里已经用过了早餐，餐桌上杯盘狼藉，扔着一块块蛋壳和肉皮。穆尼太太坐在麦秆编成的椅

---

[1] 指穆尼太太的前夫。
[2] 这里描写的是一种上下推拉的框格窗。

子里,看着女佣玛丽收拾残局。她叫玛丽把面包末和碎面包块收拢起来,用来做礼拜二的面包布丁。桌子收拾干净了,碎面包块收好了,糖和奶油也锁进了柜子里,她开始回想昨天晚上与波莉的谈话。事情果然不出所料:她问得坦率,波莉也答得诚实。当然双方都有些不自在。她感到不自在,那是因为她不愿意在听到这件事情时,被人认为满不在乎或者有意纵容,而波莉感到不自在,则不仅仅是因为这种事情本身让她觉得尴尬,而且还因为她不想让人猜到,其实她已经明白了母亲那种宽容背后的苦心。

穆尼太太正想得出神,忽然意识到乔治教堂的钟声不响了,于是本能地瞅了一眼壁炉架上的小金钟。十一点十七分:她有充足的时间跟多兰先生挑明那件事,然后在十二点钟以前赶到马尔波罗街。她有把握取胜,首先,社会舆论就对她有利:她是一位被愚弄的母亲。她给了他栖身之地,相信他是一位正人君子,而他却辜负了她的一番好意。他已经是三十四或者三十五岁的人,年轻不能成为他冲动的借口,他也已经见识过了一些世面,更不能用无知来为自己解脱。他利用波莉的年轻无知,占了她的便宜:这一点是显而易见的。问题是:他将如何赔偿?

事情到了这一步,非赔偿不可。男人当然轻松得很,拍拍屁股走自己的路,好像没事人一般,就知道图一时痛快,而姑娘可就惨啦。逢上这种事,有的母亲拿到一笔钱就很满意了,这种例子她已经听说过很多。可是她才不会这样呢,女儿名声被毁了,唯一的补偿是:结婚。

她又算了算手中的牌,这才叫玛丽到楼上多兰先生的房间去,通知他她有话要跟他说。她感到有把握取胜。他是个生活严谨的年轻人,不像其他人那样自以为是,夸夸其谈。要是碰上的是沙里丹先生或者米德先生或者班特姆·莱昂斯，那她想这样做恐怕就困难多了。她知道他害怕把事情闹大。客店里的房客对这件风流事都多多少少有些风闻，有的人还把细节大肆渲染一番。更何况他已经在一家天主教大酒商的公司里干了十三年，对他来说，事情闹大或许就意味着丢掉饭碗。只要他同意，一切都好解决。她知道他收入挺不错，估计还存了一笔钱。

快十一点半了！她站起来对着壁镜审视自己。红润的大脸上流露出果断的神情，对此她感到很满意，她想起她认识的许多女人，根本就没办法让自己的女儿出手。

而这个礼拜天早上，多兰先生真是心乱如麻。他两次试着刮脸，可是手抖得那么厉害，最后只好放弃了。红色的胡子三天未刮，便爬满了他的下巴，每隔那么两三分钟，眼镜片上就蒙上一层水汽，以至于他不得不取下眼镜，掏出口袋里的手绢擦拭一番。他回想起昨天晚上的那番忏悔，不禁感到心如刀绞。神父把这件荒唐事的每一个细节都从他口中套了出来，末了却说他罪孽深重，能够有机会偿还，真是万幸呢。已经干出了这等事情，除了结婚或逃跑，他还有什么其他办法呢？他无法厚着脸皮拖延了事。这件事肯定会被人大肆渲染，他的老板也一定会有所听闻。都柏林城太小了，人人都知道对方的隐私。他心烦意乱，仿佛听见老列昂尼德先生气急败坏地喊道："请把多兰先生带进来。"这时候他感到自己的心怦怦乱跳，都快蹦出喉咙口了。

多少年的辛劳全都毁于一旦，所有的勤勉都将化为乌有！作为一个年轻人，他当然有过放浪的时光，也曾经在酒店茶馆里，向同伴们夸耀自己思想自由，不信上帝。可是那一切都已成为过去，消逝了……他仍旧每个礼拜买一份《雷诺茨新闻报》，但他尽到了自己的宗教义务，大半时间都过着规规矩矩的生活。他有钱成家，问题不在这里。问题是他的家族会看不起她。先别说她那个声名狼藉的父亲，她母亲开的客店近来名声不太好。他觉得自己中了圈套。他可以想象得出来，朋友们将怎样议论并嘲笑这件事。她是有点粗俗，有时候会说出"我正在见过"或者"要是我已经在知道"这样的话来①。可是要是他真爱她的话，文法不通又碍什么事呢？他自己也说不上来，对她的所作所为，他是喜欢呢还是蔑视。当然，他也干了那事。本能告诉他，要想保持自由，就不要结婚。常言说得好，人一娶老婆，万事都啰唆。

他正绝望无助地坐在床沿上，穿着衬衫和长裤，这时候她轻声叩响了他的门，走了进来。她把一切都告诉了他，说是她已经把事情全都跟她妈妈说了，她妈妈上午要跟他谈话。她哭了起来，搂住他的脖子说：

"哦，鲍勃②！鲍勃！我怎么办？我到底该怎么办啊？"

她说她不想活了。

他徒劳地安慰着她，叫她别哭，说是不会有事的，不用害怕。隔着衬衫，他感觉到她的胸脯在剧烈起伏。

发生这种事情，并不完全是他的过失。作为一个光棍汉，他清楚地记得刚开始时的那种情景：她的裙裾、呼吸和手指，似乎很无意地触碰到他。后来有一天半夜，他正脱衣准备就寝，她含羞敲响了他的门，说是她的蜡烛被风吹灭了，想来他这里借个火。那天晚上她刚洗过澡，穿了一件宽松敞开的印花精纺法兰绒外衣，套着皮拖鞋的脚背一片雪白，

---

① 引号里的两句话文法不通，表明波莉没有文化。
② 多兰的爱称。

芬芳的肌肤泛着潮红。她点亮蜡烛的时候，从袖筒里散发出淡淡的清香。

在他迟归的那些夜晚，是她为他温菜热饭，他常常食不知味，只是感到在这熟睡的客店里，唯有她伴随在他身旁。她多么体贴啊！要是逢上刮风下雨的黄昏，或是寒风凛冽的夜晚，她总会为他准备好一小杯潘趣酒。他们也许是可以快乐相处的吧……

他俩过去常各自手执一支蜡烛，踮起脚尖悄然上楼，在三楼的拐角依依不舍地互道晚安。他俩还接吻，他清楚地记得她那双眼睛，手的触摸，还有那种极度的欢乐……

可是欢乐已成为过去。他像她一样自问："我该怎么办呢？"光棍汉的本能告诉他千万别陷得太深，可是罪孽已经铸成，自尊心也告诉他，必须赎罪。

他正挨着她坐在床沿，玛丽来到门口，说女主人想在客厅里见他。他站起来穿上背心和外套，内心空前绝望。等到穿戴完毕后，他走过去安慰她：不会有事的，别害怕。然后就走了出去，撇下她趴在床上啼哭，低声喊道："哦，我的天哪！"

走下楼梯时，他的眼镜片因为潮气而变得模模糊糊，他只得取下来擦拭，这时他真想找个洞钻进去，逃到别的国家去，再也别听见这件麻烦事，可是又有一种力量逼迫他一步一步地往楼下去。老板和"老板娘"那气愤的脸孔盯着他。走到最后一段楼梯时，他碰上了杰克·穆尼，后者提着两瓶"巴斯"正从厨房走上楼来。他们冷冷地打了招呼，情人的眼睛注意到了对方那张恶犬般的脸和壮实的短胳膊。他走到楼梯脚时，又朝上瞅了一下，看见杰克正站在房门口盯着他。

他忽然想起有一天夜晚，一位杂耍艺人，金发小个子的伦敦人，对波莉进行过分的挑逗，杰克勃然大怒，差点搅了那天的聚会。所有的人都去劝他，那个艺人的脸色比往常更苍白，却强笑着说他没有恶意。杰克不停地朝他大吼，说是有谁胆敢再对他妹妹玩这种花招，他就咬断他的喉咙，不信就试试看。

波莉坐在床边，哭了一阵，然后擦干了眼泪，走到穿衣镜前。她把手巾角往水罐里浸了浸，用凉水擦了擦眼睛。她看着自己的侧影，重新别好耳朵上的发卡，又走回到床边，坐了下来。她久久地望着那些枕头，枕头唤醒了她内心隐秘而温柔的记忆。

她把颈脖枕在铁床冰凉的横杆上，陷入了遐思，脸上再也见不到一丝烦恼的痕迹。

她耐心地等待着，甚至还带着一点儿欢喜，回忆不知不觉地变成了对未来的向往和憧憬。那种向往和憧憬是如此令人眼花缭乱，以至于她对眼前那些雪白的枕头视而不见，也不再记得她正在等待着什么。

她终于听见了母亲的叫唤，一下子跳了起来，奔向楼梯的栏杆边。

"波莉！波莉！"

"哎，妈妈？"

"你下来，亲爱的，多兰先生有话要跟你说。"这时她才想起自己一直在等待的是什么。

[美国]伯纳德·马拉默德

(Bernard Malamud,1914—1986)

  美国当代小说家,出生于犹太家庭,一生基本上在纽约度过,他的小说主要讲述二战结束后,美国底层犹太人的生活窘境和精神困惑,语言幽默诙谐,于平淡中显示智慧。代表作有长篇小说《新生活》《房客》和短篇小说集《魔桶》等。《黑色是我最钟爱的颜色》讲述一个从小在黑人贫民区长大的犹太人,与黑人相处的故事,用白人的眼光看待黑人的痛苦,叙述平和,视角独特,表达了作家对世界的悲悯,同时也显示出高超的艺术功力。

黑色是我最钟爱的颜色

　　我在厨房里品尝夹肉三明治和咖啡，查里蒂·斯威尼斯则坐在洗手间内嚼她那两只煎得焦黄的蛋。只有非犹太区才会发生这种怪事。如果有犹太区的话，我非搬到里面去住不可。她是我从戴温神甫那儿雇来的清洁工，每星期逢我酒铺不营业时，来我的小小的三套间公寓打扫一次卫生。"别说话，"她对我说，"主就要下来接我上天堂了。"她是一位身体瘦弱、头发卷曲的小个子女人，安详的脸上挂着明朗的笑。妈妈没死时也有过那样一双眼睛。大约一年半多一点以前，查里蒂·斯威尼斯第一次来我这儿打扫卫生时，我就邀她到厨房餐桌上与我共进午餐。虽然我的心在奥妮达离开后还未能恢复热情，但我毕竟是个男人——纳特·莱姆，四十四岁，一个头顶愈来愈秃的光棍，常常会莫名其妙地失去十五英镑——一位喜欢有人陪伴的男人。她炸好她的两只蛋，坐下来，舀起一只轻轻咬了一小口。但是过了一会，她停止咬蛋，站起身，端着竖在杯子里的煎蛋到洗手间里去了，后来就一直待在里面吃。我不止一次地招呼她："喂，查里蒂·斯威尼斯，来厨房吃吧，你吃你的，我吃我的。"但她只是淡然一笑，照旧坐在洗手间里吃。我命中注定要跟黑人打交道。

　　黑色是我最钟爱的颜色。这一点除非你知道我设在哈莱姆区第八街

110号和111号之间的酒铺生意有多好,否则你就不会明白。我说的是实话。虽然我一生中与黑人度过的大部分时光都与生意有关,但也有出于友情的时候。我被他们所吸引。我这一辈子也许只能交上一两个很要好的黑人朋友,但这并非是我的过错。假若他们明白我心里对他们是怎么想的,那就好啦。但是如今这个年头你怎么样才能让他人明白你自己的想法呢?我试过不止一次,但是心灵的语汇要么是死的,要么谁也听不懂。能听懂的只有极少极少的几个人。我想要说明的是,人类只有一种颜色,那就是血液的颜色。我喜欢上了一位黑人,并不是因为他是一位黑人,或者我是一位白人。那是另一码事。如果我生来肤色不是白色,那我宁愿选择黑色。不过我对作为白人也挺满意,因为我没有其他选择。总而言之,我有一双有色的眼睛。我喜欢这样。谁愿意人人都长得一个模样呢?也许这就像是某种天才。纳特·莱姆可以成为哈莱姆的一名酒商,在二次大战期间,当我有一次在新几内亚的丛林中朝一名狂奔的日本兵开枪射击,但没能击中他时,我产生了一种想法。我觉得自己颇有几分才气,虽然这种才气仅仅意味着你不断涌出奇异的念头,而这些念头最终全都化为乌有。更何况,这是一个奇怪的世界呢。

查里蒂·斯威尼斯嚼蛋的地方使我想起了当我和巴斯特·威尔逊还是孩子时,在布鲁克林区威廉斯堡的情景。在堆满手推车的白人居住区中央,有一些也是这样屋架颓倾的肮脏的房子。那些黑人的住房看起来似乎一诞生就死在那儿了。世界出现不久就死在那儿了。我住在隔邻一条街。我父亲是位双手都患关节炎的切削工,骨节粗大,手指红肿,不能干活了,我妈妈只好外出挣钱。她推着一辆转手买来的旧手推车到艾勒里兜售纸袋。我们没挨饿,但除非自己得了病,或者鸡得了病,才可以吃上一点鸡肉。那是我第一次见到那么多的黑人，在他们简陋的住宅区内转来转去。我想我那时就觉得他们可以是兄弟。为什么不可以呢？我想我那时就萌生了关于人生的一些早期的念头。总之，我在那儿遇见了巴斯特·威尔逊。起先他独自在玩弹子游戏。我蹲在马路边的石栏上，看他轮番用左手和右手击打弹子。赢的那只手就把弹子捡回来。我是很乐意过去与他一道玩的，但他非但不鼓励我，反而敌视我。为什么我会与他成为朋友呢？也许是因为我那时没有其他朋友。我们刚从曼哈顿搬来，与邻居都很陌生。同时，我也喜欢他那模样。巴斯特独来独往，是个瘦得皮包骨头的孩子。罩在身上的他哥哥的衣服像是捅破的土豆袋。他个子高瘦，大约十二岁。我那时只有十岁。他的胳膊和腿像是被烧焦的火柴棍儿。他常常穿着一件棕黄色的羊毛衫，一只袖子毛线脱落了一半，另一只袖子长及手腕。又长又窄的额头上，短短的鬈发前面，有一块白色的伤疤，也许是被他父亲——一位裁缝，常常酗酒的裁缝——用直尺敲下的标记。那时候，我虽然还只是个小孩，但已经能够看得出生活环境的优劣。日光下的黑人居民区使我感到压抑。尽管如此，我仍旧尽可能地上那儿去，因为那儿充满了生机。到了黄昏就大不一样了，暮色中连个跛子都见不着。有时候我害怕经过那些黑得吓人的房屋。我害怕别人看见我而我看不见别人。我挺喜欢他们举办夜间舞会时每个人都拥有的那份快乐。音乐家们弹着班卓琴，吹起萨克斯管，房屋在乐曲和欢笑声中颤抖。年轻的姑娘们盛装艳服，头扎彩带，突然从窗户外一拥而过时，简直让我发呆。

可是舞会过后总是酗酒殴斗。星期六午夜的舞会一过，星期天便成了糟糕的日子。我记得，有一次，巴斯特的父亲，也是瘦高疲困的样子，头戴一顶肮脏的灰色洪堡帽，手攥一柄半英尺长的铁凿，在大街上追逐另一名黑人。那个黑人大概五英尺高，鞋都跑没了。他们在地上扭作一团，那人的衣服浸透了血，一大摊殷红的血染红了人行道。我被鲜血吓坏了，试图把血水捧回汩汩外淌的凿眼。另一次，巴斯特的父亲蹲在两幢楼房之间的一条僻静巷子内，用两块有弹性的红色骰子玩掷骰子游戏，突然蹿出六个男人拳脚相斗，他们追逐着跑出巷子，在大街上相互殴打。邻居们，包括孩子们在内，纷纷探头张望，人人都很惊慌，但无人出面干预。多年之后，我在哈莱姆区自己的店铺附近也看见过同样的情形，一伙人在大街上围观两个人打架，他俩在寒冬的傍晚喘着粗气，用弹簧折刀相互袭击，但没有人去叫警察。我也没去。总之，我那时虽然还只是个小青年，但依然记得警察是如何乘着一辆警车冲入人群，用粗大的警棍痛打够得着的每个人以驱散殴斗。这是发生在拉瓜地亚前面的事。多数殴斗者都被击倒在地，只有一两个人得以逃脱。巴斯特的父亲拼命往家里跑，但是一名警察紧追不舍，就在他将要跨进家门的一刹那，警棍"啪"的一下击在他的洪堡帽上。警察把黑人拖进警车，他们不是折断了手，就是扭伤了腿。巴斯特的父亲趴在三个黑人上面，鼻孔直流血，猛砸警车的后门。我实在无法忍受，非常害怕那些人，就惊惶地逃回了家。但是我记得巴斯特当时只是冷漠地注视着一切。我从妈妈的口袋里偷出一枚十五美分的硬币，跑回去问巴斯特是否想去看场电影。我说我出钱，他答应了。那是他头一次跟我搭话。

后来我们不止一次一起去看电影。可是我们从来就未能成为朋友。那也许是我的原因。为了邀请他与我出去看电影，我的（可怜的妈妈的）电影费、荷什巧克力糖、西瓜块，甚至还有好不容易从旧书店一本本淘出来的心爱的尼克·里特和麦里维尔丛书，他都有拿无还。一次，他让我上他家一道做游戏，我们找到几截烟屁股抽起来，那烟那么冲，那么呛，我跑出屋外才死里逃生。我不想说我在屋里看见了什么样的摆设——最好还是把它们统统忘记掉。那年春天和夏天，我们总共去看了五六场电影。看完电影，他总是一个人走回家。

"你干吗不等我，巴斯特？"我问，"我们同路啊。"

他走在前面，并不搭理我。反正他不搭话。

一天，出乎我的意料，他朝我的门牙揍了一拳。我跌坐地上哭了起来，倒不完全是因为痛。我舔舔嘴唇上的血，说：

"你干吗打我？我做错什么了？"

"因为你是犹太佬！让你那犹太电影和犹太饼，还有你这犹太蠢驴滚他妈的蛋。"

说完，他跑开了。

我当时想不通他为什么不喜欢那些电影。等到后来长大成人，我才明白你不能强迫别人去喜欢什么。

过了许多年，到了我的青年时代，我遇上了奥妮达·哈里斯夫人。当时她撑着一把伞，站在110号公共汽车站旁，我俯身为她捡起她掉在湿漉漉的人行道上的一只绿色手套。那时是十一月末，还未等我询问是否是她的，她就从我手中一把夺过，收拢雨伞，随即转身跨上公共汽车。我紧跟在她身后也上了车。

我有点恼火地说："如果你不介意，小姐，我得说虽然法律并未规定你非得向我道谢，但你至少不应当把我当作贼吧？"

"好吧，我道歉。"她说，"不过我不喜欢白人向我献殷勤。"

我拉了拉帽檐，很不是滋味。十分钟后我下车时，发现她早已没影了。

谁也没想到我会再次碰见她。一星期后，她来我的酒铺买一瓶苏格兰威士忌。

"我乐意给你优惠价，"我盯着她说，"虽然我知道你并不喜欢有人献殷勤，但希望你不会让我难堪。"

她认出了我，显得很窘迫。

"真对不起，那天我误会你了。"

"于是就产生了误解。"

结果她接受了我的优惠价，我少收了她一块钱。

她通常过两个星期来买五分之一加仑的黑格-黑格酒。有时候我接待她，有时候我交代店员吉米或麦逊，也都是黑人，给她优惠价。他们对此都很惊奇，但我愿意这样做。春天她来的时候，我们交谈过一次。她身材苗条，肤色黧黑，但并不是特别黑。年纪三十左右，发育得很好，长着我所喜欢的颀长的腿和匀称的双乳。她的脸蛋很漂亮，大眼睛，高颧骨，只是嘴唇稍厚了些，鼻梁稍宽了些。有时候她似乎并不愿意多说话，按优惠价付完钱后就走。她的眼神疲惫困乏，看上去不像一位快活开心的女人。

我得悉她丈夫原来是摩天大楼上擦窗户的，一次身上的安全带绷断了，从十五层高的楼上直落而下。掩埋了他之后，她到时报广场的一家美容院当指甲修剪工。我告诉她我是个单身汉，与妈妈一道住在百老汇附近西八十三街的一套三套间公寓里。我妈患了癌症。奥妮达说她对此感到非常难过。

七月的一天晚上，我们结伴上街。究竟是什么原因驱使我那样做，我至今都不明白。我猜想是我邀请她，而她没有拒绝。就这么回事。你跟一位黑人女子能到哪儿去呢？我们只好到别墅去。我们美美地吃了一顿，然后进华盛顿广场公园溜达。那晚闷热极啦，没人对我们大惊小怪。没人注意我们，认为我俩触犯了法律。假若有所注意的话，那也许是因为他们看见了我昨天刚买的崭新的便装，或者是走到路灯下时我那熠熠闪亮的秃顶，再或者就是我这般模样的人身旁竟然有这么迷人的她。我们进了西八街的一家影剧院。我并不想进去，但是她说她听人议论过那部片子。我俩像陌生人一样进去，又像陌生人一样出来。我纳闷她心里在想什么。我自己则在想，我究竟是个什么样的人，整个晚上，我们并肩而行，好像被铐在了一块。看完电影后，她不让我送她回哈莱姆。当我把她推进一辆出租车时，她问：

"你为什么对我这么好？"

因为想吃顿牛排，我本想说。但我转口说：

"因为你值得。"

"多谢。"

傻瓜。望着远去的出租车，我自嘲地想。你已经知道是怎么回事了，现在最好把她忘掉。

说得轻巧。到了八月，我们第二次相约出去。那晚她穿了一件紫红色的外套，我心想，天哪，这颜色真绝。谁用这样的颜色绘画准保能画出传世之作。人人都注视着我们，我快活极啦。那晚她在我前几天租用的一间带家具的房间里解开了衣服。跟我生病的母亲住一块，我不能叫她上我那儿去，而她与她哥哥一家住在靠近莱诺克斯大道的西一一五街，也不愿让我上她那儿去。她在紫红色外套里面穿了一件连背带的黑色衬衣，黑色衬衣里面是白色的乳罩。等她摘下白色乳罩后，她又变成黑色了。但我知道接下来的白色在哪里,如果你愿意把它称作白色的话。就在那天晚上,我平生首次坠入情网,虽然在更年轻一点的时候,我曾经与我喜欢的那么一两个可爱的小妞同居过。这是一件严肃的事。我是那种类型的男人,每当想到恋爱,就会想到结婚。我想这也就是为什么我一直结不了婚的原因。

就在那个星期,我的酒铺被两名手持左轮枪的大块头——都是黑人——抢劫了。当我打开保险柜让他们拿钞票时,其中一个小子激动起来,抡起枪柄朝我的脑门狠狠一击。我在医院里躺了两个星期。当然,我买了人寿保险。奥妮达来看我。她坐在椅子上,一言不发。后来我发现她郁郁不快,就劝她还是回家去。

"发生了这种事我很难过。"她说。

"别这样说,好像是你的过错似的。"

等到我出院时,母亲却死了。她是个出色的女性。我十三岁时,父亲就去世了。全家都靠她养活。我坐在家里,整整发抖了一个星期,回忆她推着手推车沿街叫卖纸袋的情景。我记得她的一生,记得她对我的教诲。纳森[①],她说,如果你忘了自己是个犹太人,魔鬼就会记起你。妈妈,我说,您不必跟我说这些,我绝不会做您不喜欢的事。一星期的悲痛高潮过去后,一天晚上,我说:"奥妮达,我们结婚吧,你我都是诚实的人,如果你像我爱你那样爱我,现在正是时候。如果你不喜欢纽约,我就把所有东西都卖掉,我们可以搬到其他地方去。也许去旧金山,那儿没人认识我们,大战时我在那边住过一星期,看见那边的白人和黑人

---

① 纳特的昵称。

相处得很好。"

"纳特,"她说,"我喜欢你,但我有点怕。我丈夫会杀了我的。"

"你丈夫已经死了。"

"可他活在我的记忆里。"

"如果是这样,我愿意等。"

"你知道事情将会怎样——我是说我们未来的生活?"

"奥妮达,"我说,"我是这样一种人,一旦决定了自己的生活方式,就会感到满足。"

"孩子呢?你希望看到半犹太血统的波尔卡花纹?"

"我希望有孩子。"

"我不行。"她说。

不行就不行。我见她害怕,心想最好不要勉强。有的时候,我们待在一块时,她显得那样紧张,不管做什么,她都不喜欢。尽管如此,我仍然相信还有机会。我们愈来愈经常地待在一起。我退掉了带家具的套房,她搬到我的公寓来——我移走了妈妈的床,为她安放了一张新的。每逢星期天,她就整天跟我在一块儿。当她不那么紧张的时候,她真是柔情似水。如果说我懂得什么是爱情的话,这就是爱情。我们每星期出去两次,老办法——通常是我在时报广场等她,最后叫一辆出租车送她回去。不同的是,我愈来愈多地谈及结婚,而她愈来愈少地表示反对。一天晚上,她告诉我,她仍旧在努力使自己妥协,而且已经几乎妥协了。我编了一份酒铺的存货清单,可以放心让别人去经营。

奥妮达知道我在干什么。一天她辞去了工作,第二天又重操旧职。她也到费城她妹妹那里休息了一星期。回来时,她满脸倦色,只是说可能。可能就可能，我可以继续等。她这样说已经几乎是在说可以啦。那是两年前的冬天。

她在费城时，我给那时在军队里做事、现在在加拿大太平洋航空公司供职的一位朋友打电话，告诉他我们愿意上他那儿度一个周末。他知道怎么回事，他太太满口欢迎。奥妮达回来后，我们就去了。他太太做了一桌好菜。玩得还不坏，他们邀请我们再去。奥妮达喝了一点酒，看起来轻松快活。后来，因为出租车司机二十四小时罢工，我陪她乘地铁回家。我们到达116街车站时，她要我留在车上，说她自己拐过两个街口就可以到家了。我不愿意一个女人在那么晚的时候独自在大街上行走。她说她从未碰上过什么麻烦事，但我坚持说我反正没事可干。我说我就送她到门口，她上楼后我再回去乘地铁。

半路上，在莱诺克斯大道前面的115街中央，我俩被三个男人拦住了——他们可能还是孩子。一个戴一顶半英寸帽檐的黑帽，一个戴顶绿布帽，第三个戴顶黑绒帽。"绿布帽"穿的是短外套。其余两人的外套很长，"黑绒帽"在街灯下"啪"地启开一柄寒光闪闪的六英寸长弹簧折刀。

"你跟这白种龟儿子在一起干什么？"他问奥妮达。

"我有我的事，"她回答说，"希望你们有你们的事。"

"孩子们，"我说，"我们是兄弟。我是邻街一位信得过的老板。这位年轻女士是我的好朋友。我们不想惹什么麻烦事，让我们过去吧。"

"你说起话来倒像是一位犹太房东，""绿布帽"说，"单人房每星期收五十元。"

"连学生也不减价。""半英寸帽檐"补上一句。

"相信我，我不是什么房东。我的酒铺叫'纳森酒铺'，在110号和

111号中间。我还有两个黑人伙计,麦逊和吉米,他们会告诉你们我给他们的好报酬,对有些顾客我还给予优惠价。"

"住嘴,犹太佬!""黑绒帽"说着用折刀在我的衣服纽扣前晃了一下,"你别想再搞黑妞。"

"请你说话时尊重这位女士。"

我嘴上挨了一拳。

"她不是女士,""半英寸帽檐"下的马脸说,"是黑妞。她应当把头发剃掉。你喜欢剃光头发吗,黑妞?"

"请你们离开我和这位先生,否则我要喊人了。下去三扇门就是我家。"

他们打她。我从未听见过那样的尖叫声,好像她丈夫正从十五层楼房上摔下来。

我揍了一个正在殴打她的家伙,接下来我只感到脑袋一阵剧痛,然后摔进了水沟里。我心想,再见啦,纳特,他们非把我捅死不可。但是他们只是抢走了我的钱包,然后分三个方向逃之夭夭。

奥妮达陪我走回地铁,不让我再送她回家。

"平安回去。"她说。

她的样子很可怕,脸色发青。我仍然记得她的尖叫声。那是一个恐怖的冬夜,凛冽的二月。我花了一小时又十分钟才回到家。离开她我很难受,但我又能做什么呢。

我们约好第二天晚上在广场相会,但她没有来。这还是头一次。早晨我往她上班的地方挂电话。

"看在老天分上,奥妮达,如果我们结婚,搬到其他地方去,就不会碰上这种倒霉事,我们就再也不用到那地方去。"

"不行,得去的。我在那儿有家,哪儿也不想去。实际上我不能嫁给你,纳特,我自己的麻烦事已经够多的了。"

"我敢担保你会爱上我。"

"也许会,但不能嫁给你。"

"看在老天分上,告诉我为什么?"

"我自己的麻烦事够多的了。"

那天晚上,我搭出租车直奔她哥哥家去看她。他是一位胡子稀拉的安详的男人。"她走了,"他说,"去南方长途旅行,看一些亲戚。她要我告诉你,她喜欢你的主意,但是觉得不现实。"

"非常感谢。"我说。

别问我是怎样回到家的。

还有一次,在第八林荫道,距我的酒铺两个拐角远的地方,我看见了一位盲人,手执一支拐杖在人行道上探路。我想反正我们同路,就上前搀住了他的胳膊。

"我敢说你是白人。"他说。

这时一位肤色黧黑的妇人拎着满满的购物袋从后面追上来。"别费心了,"她说,"我知道他住哪儿。"

她用胳膊推开我。我撞上消防用水龙头,伤了腿。

就是这么回事。我把心交给他们,他们回敬我牙齿。

"查里蒂·斯威尼斯——你听见了吗?——快从那该死的洗手间里给我出来!"[①]

[①] 在白人家打工的黑人,就餐时往往在洗手间吃饭,以示与主人有别。

[美国]杜鲁门·卡波特
(Truman G. Capote, 1924—1984)

美国当代小说家,出生于南部城市新奥尔良,非虚构小说的创立者。所谓非虚构小说,用卡波特自己的话说,是一种新闻体小说,能容纳事件的真实性,电影的直接性,散文的随意性和诗歌的精确性,他的代表作小说《冷血》,就取自当年曾轰动一时的一桩谋杀案。卡波特最有名的小说《蒂法尼的早餐》曾改编为电影,由奥黛丽·赫本主演,风靡全世界。本书选用的小说《你好,陌生人》,译自其后期短篇小说集《给变色龙听的音乐》,用访谈对话的形式,描述人物的内心,手法非常新颖,更像是人物剪影。

你好，陌生人

时间：1977 年 12 月。

地点：纽约"四季餐馆"。

请我吃饭的这个男人，乔治·克莱科斯顿先生，建议我们中午见面，也不说为什么把时间定得这么早。不过我很快就发现了原委，自从一年多以前我最后一次见着他之后，这个素来饮食节制的男人，已经变成了一个狂饮滥喝的酒徒。两人刚一坐下，他就要了两杯"野火鸡"（"请端过来，不用加冰"），不到十五分钟，他又提出再要。

我感到惊讶莫名，倒不仅仅是因为他的酒瘾。他至少增加了三十磅，条纹汗衫上的纽扣几乎要绷落下来，皮肤以前因为慢跑和打网球，总是红扑扑的，现在却是苍白吓人，好像刚从大牢里放出来一样，而他还戴着一副墨镜。我暗想：多么富于戏剧性啊！怎能想象跟一位名叫格特鲁德或者艾丽丝的妻子，还有三个或者四个甚至五个孩子一道，住在格林威治村或者西码头或者其他什么地方的那个善良诚实的乔治·克莱科斯顿，那个坚强可靠的华尔街伙计，竟就是眼前这个戴着墨镜咕噜咕噜痛饮"野火鸡"酒的男人！

我真想直截了当地问他：哎，你这是怎么啦？但我没问，只是说了句：你好啊，乔治？

乔治：很好，很好，圣诞节好，耶稣好。简直就顾不过来啦。别期望我今年会给你寄贺卡，我谁也没寄。

卡波特：是吗？寄贺卡可是你的传统啊。你家里的玩意儿可多了，还有那些狗。家里怎么样？

乔治：兴旺发达。大女儿刚生了第二个孩子，是个姑娘。

卡波特：恭喜恭喜。

乔治：怎么说呢，我们想要个男孩。要是个男孩的话，她就让他跟我姓。

卡波特：（暗忖：我干吗要来这儿？干吗要跟这个傻瓜进午餐？他让我心烦。他老是让我心烦）那艾丽丝呢？艾丽丝怎么样？

乔治：艾丽丝？

卡波特：我是说格特鲁德。

乔治：（皱起眉头，闷闷不乐的样子）她在画画呢。你知道我们住在海湾那边，有一块自己的海滩。她整天把自己关在房间里，画从窗户看见的东西，小船。

卡波特：那好啊。

乔治：好不好我可说不准。她是史密斯①家的姑娘，主修艺术，结婚前她就画了不少画。后来她把这事给忘了，好像忘了。现在她一天到晚

---

① 指霍普金森·史密斯（1838—1915），美国现代画家。

地画。一天到晚，关在自己的屋子里。侍应生，给这位先生拿张菜单来，再给我上点这种玩意儿，不用加冰。

卡波特：十足的英国派头，对吧？纯威士忌，不加冰。

乔治：我牙疼，喝冷的受不了。知道我收到谁的圣诞卡吗？米基·马诺洛。就是加拉加斯①的那个阔佬，他也是我们班的。

（我自然不记得谁是米基·马诺洛，但还是点点头装出记得的样子。虽然我和乔治·克莱科斯顿曾经在一所特别可恶的辅习学校同过学，要不是四十多年来他一直打听我的行踪，我也不会记得他。他是宾州一户中上阶层人家的孩子，跑步特别快。我跟他并没有什么共同爱好，可两个人还是结下了关系，为了换取我替他写读书笔记和作文，他包下了我的代数家庭作业，而且考试时还偷偷递给我答案。结果四十年来，为了维系这段"友谊"，我们每年或者每两年就得吃上一顿。）

卡波特：这家餐馆很少见到女人。

乔治：这正是我喜欢的地方。没那么多闲言碎语，很有点男性气派。你瞧，我可能吃不了什么东西。我的牙，嚼起来疼得要命。

卡波特：煮荷包蛋如何？

乔治：我想跟你讲件事情，或许你可以给我出些主意。

卡波特：听从我的主意的人经常后悔。不过……

乔治：这事还得从去年六月份说起。那时杰弗里刚刚毕业——他是我的小儿子。那天是礼拜六，我和杰夫②到海滩下去划船。杰夫回房间

---

① 委内瑞拉首都。
② 杰夫是杰弗里的昵称。

去拿啤酒和三明治，见他走开之后，我就一下脱掉衣服游进水里。海水还是非常冷呢，七月份以前你根本就无法在海湾那边游泳。可我就是想游泳。

我游了相当远的一段距离，仰脸浮在水面上，瞧着我的房子。那真是一座挺不赖的住宅——六个车位的车房、游泳池、网球场，只可惜还从未带你去过那里。总而言之，我仰脸浮在水面上，对生活感到相当满意。这时候我看见了在水面上浮动的那只瓶子。

那是一只用来装苏打水的透明的玻璃瓶。瓶口被软木塞塞紧，还贴上了胶带。我看见里面有一张纸，一张字条。我不禁笑了起来，因为我小时候常把一些字条塞进瓶子扔到海里：救命啊，有人落水啦！

于是我就捞起瓶子，游到岸上。我很想知道里面写了些什么玩意儿。字条是住在拉契蒙的一位姑娘写的，日期在一个多月以前。上面这样写道：你好，陌生人。我叫琳达·雷利，今年十二岁。假如你见到了这封信，请写信告诉我，你是在什么时候和什么地方见到它的。要是你给我写信，我就寄给你一盒我自己做的法奇①。

结果杰夫端着三明治回来时，我没跟他说起那只瓶子的事。我也不知道那是为什么，但是我没有说。如果说了就好了。也许什么事也就不会发生，可是它像一件我想自己保留的小小的秘密，一个小小的玩笑。

卡波特：你真的不饿吗？我就要了一份煎蛋卷。

乔治：行。就要煎蛋卷，挺软。

卡波特：于是你就给那个年轻女士回了信，雷利小姐？

---

① 法奇，一种用糖、牛奶和奶油做成的软糖。

乔治：（略为犹豫）是的。是的，我回了信。

卡波特：你怎么说呢？

乔治：礼拜一我回到办公室，翻公文包时发现了那张字条。我说"发现"是因为我并不记得把字条放在了里面。那天我跟一位主顾共用午餐，他喜欢喝马蒂尼酒。我现在午餐时不大喝酒啦——其他时候喝得也不多。但是那天我喝了两杯马蒂尼，回到办公室时感到天旋地转。于是我就给那小姑娘写了一封相当长的信；我没有口授，而是用手写，告诉她我住在哪里，怎样发现了她的瓶子，并且说了一些诸如祝她好运之类的傻话，虽然我是一位陌生人，但是向她致以一位朋友的美好祝愿。

卡波特：一封两杯马蒂尼造就的信。不过，这也不见得有什么错啊？

乔治：银弹，他们都这样称呼马蒂尼酒。银弹。

卡波特：来点煎蛋卷如何？你都还没尝过呢。

乔治：天哪，我的牙好疼。

卡波特：味道真不错，餐馆的煎蛋卷也能做出这味道。

乔治：一个礼拜之后，送来了一大盒法奇，是送到我办公室来的。胡桃巧克力奶糖。我分给办公室的同事们吃，说是我女儿做的。其中一个家伙却说："哦，这就对啦！我敢赌老乔治藏着一个小妞！"

卡波特：她是不是还附上一封信？

乔治：没有。不过我回了一封感谢信，很短。来支烟吗？

卡波特：我几年前就戒了。

乔治：是吗，我倒是刚开始吸，不过从来不买，东讨一支西要一支吸着玩。侍应生，拿包香烟来，什么牌的都可以，只要不是薄荷脑香型的就行。再来一杯"野火鸡",如何?

卡波特:还是上点咖啡吧。

乔治:我的感谢信却引来了一封回信。一封长信。那信着实让我感动。她附上一张她自己的照片,一张彩色波莱洛伊德照片[1]。身穿游泳衣站在海滩上。她可能是十二岁,可是看上去却像是十六岁。一个可爱的小精灵,短短的黑色鬈发,眼睛蓝幽幽的。

卡波特:亨伯特[2]的影子。

乔治:谁?

卡波特:没什么。小说里的一个人物。

乔治:我从不读小说。我讨厌读书。

卡波特:是的,这我知道,要不然我怎么会帮你写作文呢。那么琳达·雷利小姐说了些什么呢?

乔治:(足足沉默了五秒钟)很伤感,也很感人。她说她在拉契蒙居住的时间并不长,一个朋友也没有,她往海里扔了几十只瓶子,而我是唯一捡到瓶子并且给她回信的人。她说她原本住在威斯康星州,后来爸爸死了,妈妈另嫁了一个男人,那人有三个女儿,三个女儿都不喜欢她。那封信写了十页纸,一个错别字也没有。她讲了许多有意思的事情,但是听起来却又很可怜。她说她希望我再给她复信,又说或许我可以开车去拉契蒙,找个地方见上一面。听我讲这些你不会介意吧,要是……

---

[1] 即一次成像快速照片。
[2] 亨伯特是美国俄裔作家纳博科夫所著小说《洛丽塔》中的男主人公,为早熟少女洛丽塔痴迷,后常被用来喻指小萝莉恋慕狂。

卡特：没事。请往下说。

乔治：我留着那帧相片，就放在钱包里，跟我孩子的快照夹在一起。你瞧，就因为那封信，我开始把她当作自己的孩子来想念。我总忘不了那封信。那天夜晚我乘火车回家时，做了一件我极少做的事情。我走进餐车，要了两杯烈酒，一遍又一遍地读那封信，把它背得滚瓜烂熟。回到家我跟老婆说还有些公事没干完，就把自己关在书房里，开始给琳达写信，一直写到半夜。

卡波特：你是不是一直在喝酒？

乔治：（颇为惊奇）你怎么知道？

卡波特：因为你写那封信肯定动了感情。

乔治：对，我一直在喝，我觉得那封信相当动情。我真的为那孩子感到难过，真的想帮帮她。我跟她讲了我的孩子也遭遇的一些麻烦事，比如哈里埃特的粉刺，以及她一直没有男朋友，等等。我还跟她讲了我小时候也度过的那些艰难时光。

卡波特：是吗？我还以为你一直过着理想的美国青年所过的理想生活呢。

乔治：我只告诉别人我想告诉的事情。至于真相如何则是另外一回事。

卡波特：差点把我也给骗了。

乔治：到了半夜我老婆来敲门，她想知道出了什么事。我叫她睡觉去，说是要写一封急件，写完还要开车上邮局去寄。她说明天早上再寄吧，都十二点多了。我当即大发脾气。结婚三十多年，我对她发脾气的次数屈指可数。格特鲁德是个很好很好的女人，我诚心诚意地爱她。真的，我发誓，可是我对她大声嚷嚷：不行，等不得。今晚就得发出去，事关重大!

(侍应生给乔治拿来一盒已经启开的香烟。他抽出一支衔在嘴里,侍应生为他点上了火。真是做得恰到好处,因为乔治的手指颤抖得厉害,根本就拿不稳火柴。)

老天在上,确实事关重大,因为我觉得如果那天晚上不把那封信发出去,我就永远也不会再把它发出去。等到酒醒之后,我会觉得它写得不合时宜,人家一个孤单悲伤的小姑娘向我掏出了她的心,如果我一丁点回音也没有,她又会怎么想呢。不行,我钻进车子直奔邮局,把信塞进邮筒之后,就觉得筋疲力尽,连回家的劲也没有啦,就倒在汽车里呼呼大睡起来。等到我醒来了,天已大亮,但是我老婆已经睡死,并不知道我什么时候回的家。

我赶紧刮胡子换衣服,以免误了上班的火车。在我刮胡子的时候,格特鲁德走进洗手间。她面带微笑,并不在乎我的脸色好不好,手里握着我的钱夹,对我说:"乔治,我想把杰夫的毕业照放大了寄给你妈。"说着,她就开始翻弄钱夹里的所有照片。等到她突然开口,我才明白是怎么回事:"这女孩是谁?"

卡波特:是拉契蒙的那位小女士。

乔治:我本应该把事情的全部过程都告诉她,可是我……总之,我说这是我一位月票朋友①的女儿。我说他在车上把相片拿给别人看,后来忘在了餐车里。我就把它装进钱包里,准备下次遇到他时还给他。

侍应生,再来两杯"野火鸡"!

---

① 指因为同持月票长期乘坐火车而在车上结识的朋友。

卡波特：(对侍应生说)来一杯行了。

乔治：(颇为不快地问)你是不是以为我喝得太多啦？

卡波特：要是你还得回办公室，确实多了点。

乔治：我不回办公室。从十一月初起我就没有回过办公室。人家说我操劳过度，体力不支，要我在家好好休息，由我那体贴的老婆来好好照顾。是谁把自己关在屋子里画那一艘艘的船？就那一艘船。就一遍又一遍地画那艘该死的船。

卡波特：乔治，我得去撒泡尿。

乔治：就这样撇下我？就这样撇下给你递送所有代数答案的老同学？

卡波特：可是我考试还是没及格！我马上就回来。

（我并不想撒尿，只是想整理一下自己的思绪。我也没有乘机溜到哪个安静的电影院躲起来的意思，但我确实不想回到那个桌子前。我洗了手，又梳了梳头，这时走进来两个男人，站在便池前。其中一个人说道："那家伙怎么醉醺醺的，好像在哪儿见过。"他的朋友答道："哎，他又不是外人，是乔治·克莱科斯顿。""瞎说！""我当然知道，他以前是我老板。""天哪，他怎么成那样？""那就说来话长啰。"后来也许是意识到我在场，那两个男人不再作声。我又回到餐厅。）

乔治：你居然没溜走？

（他看上去比先前要理智些，不再那么激动。他划亮一支火柴，很沉稳地点燃了一根烟。）

想不想听完下面的事？

卡波特：(没有吭声，但是肯定地点了点头。)

乔治：我老婆什么也没说，就把相片塞回我的钱夹。我继续刮胡子，可是两次刮到了肉上。我已经有好久没有真正喝醉过,根本就不记得醉酒会是什么情形。浑身汗湿,肚子疼痛——好像要拉出剃刀片来。我往公文包里塞了一瓶"波旁"①,一上火车就直奔厕所。我做的第一件事是把相片撕烂,冲进马桶里,打开那瓶酒。我起先想吐,因为里面像地狱一般热。不过过了一会儿,我就冷静下来,心想:我何苦这样自作自受?我又没做错什么事情。可是等我站起来,却看见那张被扯烂的波莱洛伊德相片依旧漂在马桶里。我连忙冲水,相片的碎片,她的脑袋和腿,还有胳臂,开始旋转起来,我一时感到十分惶惑:莫非我成了持刀将她杀死的凶手?

这时火车到了"大中心",我感到自己无心工作,就走到"耶鲁俱乐部"开了一间房,我给秘书挂电话说,我要去华盛顿,第二天才回来。然后我又挂电话到家里,告诉我老婆我有些事情要处理,一些生意上的事情,因此要在俱乐部过夜。说完之后我就爬上床,心想:我要睡他一整天;我要好好喝个够,放松自己,不再紧张,然后蒙头大睡。可是我哪睡得着——直到把整瓶酒都灌下肚子才睡着。伙计,那时我才睡着啊!那时已经是第二天早上十点钟。

卡波特:将近二十个小时。

乔治:将近。等到醒来时我感到全身舒坦。耶鲁俱乐部有个很了不得的按摩师,是个德国人,两手如大猩猩一样结实。那家伙能把你整得舒舒服服。我做了一会儿桑拿,真个是一场法西斯蹂躏,又浇了十五分钟凉水,然后在俱乐部用餐。没喝酒,伙计,可是我狼吞虎咽,吃

---

① 一种威士忌名。

掉四块羊排、两只烤土豆、奶油菠菜、玉米粥、一公升牛奶、两盘水果饼……

卡波特：你现在吃点什么好不好？

乔治：（非常粗鲁地大吼一声）住嘴！

卡波特：（沉默）

乔治：哦，对不起。我以为我是在自言自语。我忘了你还在。你的声音……

卡波特：我明白。总之你心满意足地吃了一顿，感觉很好。

乔治：没错，没错。那个罪人心满意足地吃了一顿。要烟吗？

卡波特：我不抽烟。

乔治：好，不抽烟。好多年没抽烟啦。

卡波特：来吧，我来给你点。

乔治：我完全有把握对付一支火柴，不会把这儿给烧了。多谢。

好，说到哪儿啦？哦，对，那个罪人走回办公室，心情平静，神色明朗。

那天是礼拜三，七月的第二个星期，热得要命。我正自个儿坐在办公室里，秘书挂电话过来说，一位雷利小姐要跟我讲几句话。我一时没有反应过来，就问：谁？她想干吗？秘书说她有点私事，我恍然大悟，忙说：哦，对，接过来吧。

于是我就听见："克莱科斯顿先生，我是琳达·雷利，我收到你的信了，这是我所收到的一封最好的信。我觉得你确实是一位朋友，所以就决定给你挂个电话。我希望你能帮我，因为发生了一些事情，要是你帮不了我的话，我真不知道该怎么办才好。"她有一副小姑娘的甜甜的嗓门,但是过于激动,过于紧张,我不得不叫她慢些说。"我没有多少时间,克莱科斯顿先生,我在楼上给你挂电话,我妈随时都可能在楼下把电话掐断。事情是这样的,我有一只狗,叫吉米,六岁多,好调皮好调皮,我从小就跟它在一块,它是我的唯一宝贝。它真是个好绅士呢,比你见过的哪只狗都要聪明。可是我妈要把它弄死。我不想活了!我真不想活了。克莱科斯顿先生,你能来拉契蒙一趟,跟我在前门见上一面吗?我把吉米带出来,你就可以把它带走。先把它藏起来,再想想该怎么办。我不能再说下去了,妈妈正走上楼梯,明天有机会我再给你挂,约定时间——"

卡波特:你怎么说呢?

乔治:什么也没说。她把电话挂上了。

卡波特:那你会怎么说呢?

乔治:她一挂上电话,我就决定待她再打过来时,我就说行。行,我要帮那个可怜的孩子救出她的狗。那并不是说我要把那狗带回家,我可以把它养在狗舍或者其他地方嘛。如果事态真那样发展的话,我还真会那样做。

卡波特:我明白了,她没有再打来电话。

乔治:侍应生,再来一杯这种黑色的玩意儿。还要一杯彼埃尔①。不,她打来过,说得非常简短:"克莱科斯顿先生,真是对不起,我溜到邻居家给你打电话,所以得快些讲。昨天夜晚妈妈看见了你的信,你写给我的信。她简直疯了,她丈夫也疯了。他们把事情想得好可怕,今天

---

① 一种法国酒。

一早就弄走了吉米,我不能说了,晚点再给你打——"

后来就再没有她的消息——至少我没听到。过了几个小时,我老婆打来电话。那是下午三点钟的时候吧。她说:"亲爱的,请快点回来,越快越好。"她的声音如此平静,我马上就意识到她正处于极度痛苦中。虽然我已经朦胧意识到这是怎么回事,但是听见她的话还是吃了一惊:"来了两个警察。一个是从拉契蒙来的,一个是本区的。他们要跟你谈谈,但是不告诉我为什么。"

我没去乘火车,叫了一辆小巴,就是里面能喝酒的那种。路程并不远,不过一个小时而已,但我要了好几杯"银弹"。可是不怎么管用,我确实有点害怕。

卡波特:那为什么?你做什么坏事啦?不过就是好家伙先生,笔友先生嘛。

乔治:要是真那么简单就好啰。总之,我回到家时,那两个警察还坐在起居室看电视。我老婆则为他们煮咖啡。她想离开屋子,我说不,不管发生什么事,我都要你听听。两个警察都还年轻,有点窘迫。要知道我毕竟是个有钱的人,有前途的人,是个按时往教堂做礼拜的人,五个孩子的父亲。害怕的并不是我,而是格特鲁德。

那个拉契蒙的警察把事情讲了一遍。当地警察局收到一对名叫亨利·威尔逊的夫妇的状告,说是他们十二岁的女儿,琳达·雷利,接到一个五十二岁的"可疑男人"的信件,也就是说是我。威尔逊夫妇要我做出满意的解释,否则就要对我提出控告。

我哈哈大笑,像圣诞老人一样快乐。我把事情的全过程叙述了一遍。如何见到那只瓶子,为什么回信,因为我想吃巧克力法奇,等等。我把他们逗乐了，他们跺着大脚连声道歉，说：你也知道，如今的父母总会生出一些怪怪的念头。唯一认为这件事不好笑的人是格特鲁德。事实上，我还没把事情讲完，她就已经转身离去。

警察离开之后，我知道该到哪儿去找她。就在那间屋子里，她画画的那间。屋里很暗，她坐在一只硬板靠椅上，望着昏暗处发愣。她说："你钱夹里的那张相片。就是那个姑娘。"我矢口否认。但是她说："乔治，别这样。别撒谎，别再撒谎了。"

那天夜晚她就睡在那间屋子里。以后每天夜晚她都睡在那间屋子里。把自己关在里面画船。画那艘船。

卡波特：或许你的所作所为是有点冒失。但我还是不明白她为何那么不宽容呢？

乔治：我来告诉你这是为什么吧。警察并不是头一次来拜访我们。

七年前，忽然落了一场大雪。我正驾车外出，虽然离家不是很远，但还是好几次迷了路。我问了好几个人，其中一个是个孩子，一个小姑娘。几天之后警察来了，我不在家，他们就跟格特鲁德谈话。他们对她说，前些天下大雪的时候，有一个据描述跟我很相像的人，驾着一辆跟我的牌号相同的"布伊克"。那人钻出车外，朝一个小姑娘露出下体，还讲些猥亵的话，那小姑娘说她在一棵树下的雪地上记下了牌号，大雪过后牌号还能辨认出来。那牌号毫无疑问是我的车，可是事情却无中生有。我对格特鲁德发誓，对警察发誓，说那女孩要么是在撒谎，要么是记错了号码。

可是现在警察又来了，事关另一个小姑娘。

于是我老婆就待在她的屋子里，画啊画啊。因为她不相信我，她相信在雪地上记下号码的那个姑娘说的是实话。我是清白的,我对孩子们头上的上帝起誓,我是清白的。可是我老婆却关上了门,望着窗户发愣。她不相信我。你呢?

(乔治取下墨镜,用餐巾擦它。这时我才明白,他为什么戴着它。这并不是因为他那泛黄的眼白上充满了血丝,而是因为他的双眼如同破碎的三棱镜,我从未见过一双眼睛里隐藏着如此深重的痛苦和悲哀,仿佛被一柄外科医生的手术刀损毁得不成人形。我无法忍受那种目光,它一朝我扫视过来,我的眼睛就偏到一旁。)

你相信我吗?

卡波特:(把手伸过桌子捉住他的手,用力握紧)当然相信,乔治,我当然相信你。

[美国]雷·布雷德伯里
(Ray Bradbury, 1920—2012)

美国当代小说家，擅长写科幻小说和悬念小说，成名作是20世纪50年代初结集出版的《火星纪事》，该书第一次赋予科幻小说角色丰富的内心情感，让人物更有人情味，产生了广泛影响，1953年出版的《华氏451度》，奠定了其在美国文坛的地位，此后《太阳的金苹果》《布雷德伯里短篇小说选》等，曾分别获星云奖和欧·亨利奖。本书选入的《碗底的果子》和《侏儒》，都属于悬疑小说，看似松散随意，实则逻辑缜密，足以表现作家精练的语言风格和非凡的想象力。

碗底的果子

威廉·艾克顿站了起来。壁炉上的钟在午夜时分嘀嗒作响。

他看看自己的手指,看看周围的巨大房间,又看看躺在地上的那个人。威廉·艾克顿的手指摸过打字机的键盘,做过爱,煎过早餐吃的火腿和鸡蛋,而现在由于这十只同样的手指,他却成了杀人犯。

他从来不认为自己是个雕塑家,可是现在,看看横在光滑的硬木地板上的那具尸身,他意识到自己用某种雕塑手法重塑了那个叫唐纳·赫克斯黎的男人,改变了他的躯壳和外观。

就是用这几只手指,他抹掉了赫克斯黎眼里的最后一线光亮,将麻木和冰冷装进他的眼窝。粉色敏感的嘴唇张开着,露出里面的犬齿,黄牙和镀金的假牙。鼻子一度也是粉色的,现在则伤痕累累,像耳朵一样苍白。赫克斯黎的双手摊在地上,像是在向上苍发出呼吁。

是啊,这景象挺美,赫克斯黎完全变了个模样。死亡使他变得更加潇洒。你现在跟他说什么都可以,他保证会听。

威廉·艾克顿看着自己的手指头。

事情做到如此地步,他已无力挽回。有人听见了吗?他侧耳谛听。外边,街上如往常一般响着深夜的汽车声。没有敲门声,没有撬门声,没有谁想进来。谋杀，或者说把人由热变冷的艺术加工过程，在神不知鬼不觉的情况下悄悄完成了。

现在怎么办？时钟在午夜时分嘀嗒作响。本能催迫他往门口走，跑，狂奔，逃窜，再也别回来，爬火车，拦汽车，或者步行，离开这鬼地方远远的！

他举起手在眼前转过来，翻过去。

他若有所思地缓缓将它们翻转过来，感觉到它们像羽毛一样轻。为什么这样盯着它们？他自问。难道就因为它们成功地掐死了一个人，就值得这样一遍又一遍地查看？

这是一双普普通通的手。不肥，不瘦，不长，不短；汗毛不多，也不少；指甲未修，但不脏；不软，不硬，不粗糙，也不光滑；不是杀人的手，但也并非无辜。他似乎越看越有意思。

他感兴趣的不是这双手，也不是手指。在经历了一场搏斗之后，他唯一感兴趣的是自己手指的指尖。

壁炉上的时钟嘀嗒嘀嗒地走着。

他跪在赫克斯黎的尸体旁，从赫克斯黎的衣袋里掏出一块手帕，小心翼翼地擦拭赫克斯黎的咽喉。他轻轻地按揉咽喉，又用劲擦了他的脸和脖子，然后站立起来。

他看看对方的咽喉，又看看光亮的地板。他慢慢弯下腰，用手帕轻抹了几下地板，之后皱了皱眉头，细擦起来。先擦尸体的头部附近，继而是胳膊周围，后来索性把尸体四周都抹了一遍。先抹了尸体四周一米远的地方，然后是两米远，再接着是三米，再接着——

他停住了。

就在这一刹那间,他环顾了整座屋子:客厅里的大镜子,雕花的门,还有精致的家具。一个小时前他与赫克斯黎谈话的情景历历在目。

用手指头摁响了赫克斯黎家的门铃,赫克斯黎开门出来。

"啊!"赫克斯黎大惊,"是你,艾克顿?"

"我妻子在哪儿,赫克斯黎?"

"你以为我真会告诉你吗?别站在那儿,你这白痴。如果想谈正经事,进来吧。从那个门进来,那儿,到书房里来。"

艾克顿摸了书房的门。

"喝吗?"

"来点吧。真不敢相信莉莉走了,她——"

"勃艮第葡萄酒,艾克顿,去酒柜那儿拿吧。"

是的,他拿了,端了,摸了。

"这是第一版的,艾克顿,瞧这装帧,你摸摸看。"

"我不是来看书的,我——"

他摸了书和书房里的桌子,还摸了勃艮第葡萄酒酒瓶和酒杯。

此时他抓着手帕,蹲在赫克斯黎冰凉的尸体旁,一动不动地瞧着屋子、墙壁和身旁的家具,为自己忽然意识到的一切而目瞪口呆。他闭上眼,垂下头,双手绞着手帕,用牙咬着嘴唇。

指纹到处都有。到处都有!

"端起葡萄酒,艾克顿,嗯?葡萄酒瓶,嗯?用手端着,嗯?我累坏了,明白吗?"

一双手套。

在做更多的事情之前,在擦拭其他地方之前,他必须戴上手套,否则一边擦拭,一边又会留下新的痕迹。

他把手塞进衣兜,走到客厅里的伞架和帽架前,找到了赫克斯黎的大衣。他伸手去掏大衣的口袋。

没有手套。

他又把手塞进衣兜,走上楼,努力让自己保持平静。他已经因为没戴手套而铸成大错(当然,他并没想到要杀人,有可能预感到这个行为的潜意识也未提醒他应该戴上手套),现在他得为这个错误付出代价。他也许应该抓紧时间才对,随时都会有人来找赫克斯黎,甚至这时都可能。有钱人常常进进出出,喝酒,谈笑,招呼也不打就可以撞进来。到早上6点钟,赫克斯黎的哥儿们就会来叩门,要带他去机场还有墨西哥城……

艾克顿慌里慌张奔下楼翻抽屉,把手帕当作吸墨纸。他翻弄了六个房间的七八十个抽屉,丢下它们耷拉着舌头不管,又去翻另一个。除非找到手套,否则他觉得自己什么也没法做。他要拿着手绢搜遍整座房子,擦净每一个可能留下指纹的地方,但又可能碰到这里或那里的墙壁,遗下事关自己命运的细微痕迹。哪怕留下一个指纹,他就会没命。

再翻抽屉!要冷静,要细心,要沉得住气,他告诫自己。

在第八十五个抽屉的最底层,他找到了手套。

"哦,我的上帝,我的上帝!"他叫喊着一下子扑向抽屉。

他好不容易把它们套到手上,很骄傲地弯弯指关节,弹弹手指头。手套是灰色的,又厚又软,非常结实。现在他可以随心所欲东摸西碰,而不用担心留下任何痕迹。他对着卧室的大镜子用拇指按了按鼻子,又露出自己的牙。

"不!"赫克斯黎喊道。

这个计划多么邪恶。

赫克斯黎倒在地板上,有意的!哦,多么狡猾的一个人!赫克斯黎倒在硬木地板上,艾克顿随即也扑倒在地。他俩在地板上翻滚扭打,留下一个又一个数不清的疯狂指纹!赫克斯黎逃开了几步远,但艾克顿迅速扑了过去,一下掐住对方的脖子,直到把他那条命像挤牙膏似的挤尽为止。

戴上手套后,威廉·艾克顿重又回到先前那间屋子,跪在地板上,开始完成一寸一寸擦拭的艰巨任务。一寸一寸,一寸一寸,他擦啊,擦啊,直到地面几乎映出自己那张因紧张而大汗淋漓的脸。接着他走到一张桌子旁,从桌腿开始擦起,然后是桌身、抽屉和桌面,他又走到一只盛着蜡果的银碗面前,擦亮了镂花的碗边,轻轻拿出蜡果擦净,然后把果子放回未擦过的碗底。

"我敢肯定没摸过里面。"他说。

擦过桌子后,他看到了悬在桌子上方的一只画框。

"我敢肯定没碰过它。"他说。

他仰着头,注视良久。

他环视屋内的所有房门。今天晚上摸过哪扇门呢?他记不得了。那就把所有的门都擦上一遍。他先擦门把,擦得雪亮,之后将门自上而下抹了一遍,没漏过一处地方。抹完后他来到家具前,开始擦座椅的扶手。

"你坐的那把椅子,艾克顿,是路易十四时代的古董。摸摸看。"赫克斯黎说。

"我不是来谈家具的,赫克斯黎!我来找莉莉。"

"唉,别装蒜了,你并不喜欢她。她不爱你,你知道。她说过明天跟我一块儿去墨西哥城。"

"你还有你的钱你的家具都是他妈的混蛋!"

"家具挺好,艾克顿。好好做客吧,摸摸它。"

布料上也能留住指纹。

"赫克斯黎!"威廉·艾克顿盯住那具尸体,"你想到过我会杀死你吗?你潜意识里想到过吗,就像我潜意识里想到过那样?你潜意识里想到过让我在门把、书籍、碗碟和桌椅上都留下痕迹吗?你有那么狡猾那么精明吗?"

他用手绢儿擦拭了座椅。忽然他想到了尸体——还没有擦过它呢。他走到它跟前,这儿翻一翻,那儿翻一翻,将表面擦了个遍,甚至连鞋也没放过。什么都没放过。

在擦鞋的时候,他的脸上忽然浮现一丝不安,接着马上站起来走到那张桌子前。

他取出并擦拭了碗底的那只蜡果。

"这就好了。"他自言自语,又回到尸体旁。

可是他刚跪到尸体边上,下巴又不安地抽动起来,站起身再次走到那张桌子前面。

他擦拭了画框。

擦画框的时候,他忽然发现了——

墙。

"真傻。"他暗叫。

"哎哟！"赫克斯黎叫喊着躲开他的拳头。搏斗中他推了艾克顿一把，艾克顿摔倒在地，爬起来，扶住墙，又朝赫克斯黎扑过去。他掐住赫克斯黎，直到他断气。

艾克顿转过身。争吵和搏斗的场面渐渐模糊，他不再去想它们，而是环顾四面的墙。

"太荒唐了！"他说。

他从眼角瞟到一面墙上有什么东西。

"我什么也没看到，"他安慰自己，"去隔壁房间看看！我得不慌不忙才行。让我好好想想——我和他在客厅里待过，还有书房和这间房，还有饭厅和厨房。"

可是他身后的墙上确实有块印记。

是有一块，真的。

他气呼呼地转过身来。"好吧，好吧，再擦一遍。"

他走过去，什么也没找着。哦，这儿，小小一块，就在这儿。他把它擦掉，尽管它并不是指纹。做完这件事后，他用戴着手套的手摸着墙，开始上下左右一寸一寸地查找。"没有。"他自言自语，脑袋上上下下地移动。"这样太过分了。"他说。有多少平方米？"我可不想这么认真。"尽管这么说，他那戴着手套的手指还是有节奏地在墙上摸索。

他盯着自己的手和糊墙纸，又扭头看看另一间屋子。"我得到那间屋去，把重要的地方都擦一遍。"他对自己说，可是手却不敢松下来，好像整个人儿都贴到了墙上。他的脸孔变得阴沉起来。

他一言不发地开始搓擦墙壁，上上下下，左左右右，踮起脚尖，弯下身子。

"太荒唐了，哦，我的上帝，太荒唐了！"

可是得确保万无一失啊，他暗暗自语。

"对，得确保万无一失。"他重复道。

他擦完一面墙，然后……

来到另一面墙跟前。

"几点啦？"

他瞧瞧壁炉上的钟。一个小时过去了，现在是1点05分。

门铃忽然丁零作响。

艾克顿全身僵硬，看看门，又看看钟；看看门，再看看钟。

有人使劲敲门。

过了好长一段时间，艾克顿大气不敢出。他憋得难受，浑身轻飘飘的，脑袋轰隆作响，仿佛冰凉的巨浪在哗哗撞击礁岩。

"喂，你在那儿！"一个酒鬼大叫，"我看见你了，在那儿，赫克斯黎！"

"开门，该死！我是比利，老伙计，醉得像猫头鹰一样，赫克斯黎，老伙计，一起来醉一醉，来两只醉猫头鹰怎么样？"

"滚！"艾克顿咬牙切齿地在心里吼道，但没敢吭声，紧紧贴住墙壁。

"赫克斯黎，你在那儿，我听见你呼吸啦！"酒鬼大声嚷嚷。

"是啊，我在这儿。"艾克顿低语，趴在地板上，感到自己愚蠢极了。"是啊。"

"混蛋！"那声音骂骂咧咧的，渐渐低了下去。脚步声远去了。"混蛋……"

艾克顿伫立良久，感受自己的心在体内怦怦乱跳。等到睁开眼睛，看见面前那块崭新的墙壁，方才敢说出话来。"真傻，"他说，"这面墙没指纹，我没碰过。得快，得快，没时间了，再过几小时那些蠢家伙们就要闯进来了！"他转过身。

他又从眼角瞟见了几缕蜘蛛网。他一转过背，那些小蜘蛛就从木板缝里钻出来，结上几根飘飘忽忽的细丝，不是在他左边那面已经擦拭过的墙上，而是另外三面还未及碰过的墙。每当他盯住那些小蜘蛛，它们就缩回木板缝里，而他一转过身，它们又出来织网。"这几面墙没事，"他几乎喊出声来，"我没摸过！"

他来到赫克斯黎先前在旁边坐过的写字桌前，打开抽屉，取出他要找的一件东西。那是一只放大镜，赫克斯黎有时借助它看书。他看着放大镜，很别扭地凑近墙壁。

指纹。

"但这不是我的指纹！"他放声大笑，"我可没碰过那儿！我敢肯定没碰过！是个用人，厨子，或者哪个小妞！"

墙上布满了指纹。

"瞧这儿这个，"他说，"细长尖细，是女人的，我敢打赌。"

"你敢吗？"

"敢！"

"肯定？"

"对！"

"不会错？"

"嗯——不会。"

"绝对？"

"是的，该死，绝对！"

"擦掉吧，不管怎么样，为什么不呢？"

"好吧，天哪！"

"擦掉那该死的印记，嗯，艾克顿？"

"这个，这边这个，"艾克顿自嘲似的笑起来，"是个胖男人的指纹。"

"肯定？"

"别再来这一套了。"他哼哼着把它给擦掉了。

他取下一只手套，哆哆嗦嗦地举起一只手，对着明亮的灯光。

"看哪，你这白痴！看看你的膊纹是怎么转的？看啊？"

"看这毫无用处！"

"那好吧！"他戴上手套，气呼呼地上上下下，左左右右抹着墙壁，跪下去，爬起来，骂骂咧咧，汗流浃背，脸孔越来越红。

他脱下外衣，扔在椅子上。

"两点。"他嘟哝一句，擦完一面墙壁后看了一眼钟。

他走到那只碗面前，取出蜡果，擦擦碗底，然后把蜡果放回原位，又去擦画框。

他望着枝形吊灯。

手指在身体两侧禁不住活动起来。

他张开嘴，舌头舔舔双唇。他看看吊灯，看看其他地方；又看看吊灯，看看赫克斯黎的尸身；然后目光再回到缀着长长的七色玻璃珠的水晶吊灯上。

他拖来一把椅子，搁在吊灯下面，踩上一只脚，把吊灯取下来，然后哈哈笑着恶狠狠地一脚把椅子踢到房间的角落里。接着他不顾尚有一面墙还未擦过,跑出了房间。

在饭厅里,他走到一张桌子前。

"我给你看一套格里戈利餐具,艾克顿。"赫克斯黎说。噢,那个懒洋洋的声音!

"我没时间,"艾克顿说,"我要见莉莉——"

"废话,瞧这只银的,做工多么精巧。"

艾克顿靠近餐桌,那套餐具仍旧放在那儿,他再次听见了赫克斯黎的声音,记起了所有的场面。

艾克顿擦着刀叉和银匙,又取下墙上挂着的金属饰物,还有瓷盘……

"这是格特鲁德和奥托·纳兹勒制作的漂亮瓷器,艾克顿。你熟悉他们的作品吗?"

"是很漂亮。"

"拿起来看看,翻过来。瞧这碗多薄啊,在转盘上用手工做的,像鸡蛋壳一样薄,真不可思议。釉色多妙,摸摸,拿着,我不会介意。"

摸摸。拿着。拿起来!

艾克顿禁不住抽泣起来。他将那瓷器朝墙上猛摔过去,瓷器飞溅,散落,撒满一地。

可是他马上就跪了下去。每一片,每一块,都必须找到。笨蛋,笨蛋,笨蛋!他摇头痛骂自己,眼睛睁开,闭上,又睁开,闭上,在桌子下面伛偻着身子。每一块都必须找到,白痴!一块也不能留下。笨蛋,笨蛋!他慌忙收拾。收齐了吗?他看着摆在桌子面上的碎片,又到桌子下、椅子下和柜子下面寻找,靠着火柴光找到了一片,然后一片片开始擦拭,好像它们全是钻石。他将这些碎片整整齐齐放在擦得锃亮的桌面上。

"多漂亮的瓷器,艾克顿。拿起来——摸摸。"

他拿起亚麻桌布,擦擦干净,又去擦座椅、桌子、门把、窗玻璃、窗台、窗帘和地板,然后气喘吁吁地来到厨房,脱掉汗衫,整整手套,又去擦拭那些银光闪闪的铝制品……

"我领你看看我的住宅,艾克顿,"赫克斯黎说,"走啊……"

他擦过了所有的器皿、银餐具和碗碟,这时他已不清楚自己到底摸过什么或者没摸过什么。赫克斯黎和他在厨房待过,赫克斯黎故意夸赞自己的厨房摆设,想借此掩饰自己对这位潜在凶手的恐惧,或者企图在一旦需要的时候离菜刀近些。他俩随意闲聊着,摸摸这儿,摸摸那儿——已经记不得摸过什么东西或者摸过多少东西——他完成了在厨房里的擦拭任务后,穿过大厅走进赫克斯黎躺倒的地方。

他叫了起来。

自己怎么就忘了擦拭这间屋子的那第四面墙呢。在他出去的当儿,小蜘蛛们从未及时擦洗的第四面墙蹦到已经擦过的另外几面墙上,又把那几面墙给弄脏!他惊叫着,看见天花板上,枝形吊灯上,角落里,地板上,成千上万根细丝在风中飘动!很细,很细的蛛丝,比指纹还要细!

他正看着,蛛丝飘上了画框,飘上了盛蜡果的碗,飘上了尸体,飘上了地板……裁纸刀、抽屉、桌面都留下了痕迹,到处都留下了痕迹。

他发疯似的猛擦地板。他把尸体翻了个身,一边擦一边叫,又走过去擦碗底的那枚蜡果。他把椅子放到水晶吊灯的下面,站上去擦每一只水晶灯,使劲摇晃着直到它发出叮叮当当的声音。他从椅子上跳下来,抓住门把,又站到另一只椅子上,去擦更高的墙壁,之后跑进厨房,抓出一把扫帚,去扫天花板上的蛛网,然后又去擦碗底的果子,擦尸体、门把、银器和大厅的扶梯栏杆,顺着栏杆一直擦到楼上。

3 点啦!每个地方都响起时钟的嘀嗒声。楼下有 12 间屋子,楼上有 8 间。他计算了需要擦拭的面积和所需的时间。100 把椅子,6 张沙发,27 张桌子和 6 架收音机。上上下下前前后后。他将家具从墙边搬开,一边哭着一边去擦那几十年的积尘,又顺着栏杆往上擦啊,抹啊,刷啊,磨啊,因为哪怕只要留下一个印记,它就会变成几百个乃至几千个——一切又得从头开始,而现在已经将近 4 点——他感到胳膊酸痛,眼睛红肿,两腿发软,脑袋沉甸甸的,只是擦啊,擦啊,从卧室到卧室,从厕所到厕所……

人们在那天早晨 6 点半找到了他。

在阁楼里。

整座房子光明灿烂。花瓶像星辰一样放光。椅子熠熠闪亮。所有的铜器都发出耀眼的光辉。地板亮堂,扶梯明灿。

所有的东西都亮光闪烁,灿烂辉煌!

人们在阁楼里找到他时,他正在擦拭那些破箱子、破镜框、破椅子、破车子、破玩具、破乐器,还有花瓶、餐具、摇摇马和沾满尘埃的内战时期硬币。警官提着枪走到他身后时,他刚好全部擦完。

"好啦!"

走出房子时,艾克顿又用他的手绢儿顺手擦了擦前门的门把,然后凯旋般地把门"砰"地一关!

侏　儒

爱弥落寞地眺望长空。

这是一个万籁俱寂的盛夏的黄昏。海堤上一片迷蒙，红黄白交错的小灯泡在木栏外荧荧闪亮，如同一只只萤火虫。游艺场里的值班人员都睁着眼睛，茫然守候在各自的岗位上，像是玻璃橱窗里的蜡人儿，谁也不作声。

有两个游客已经在里面兜转了一个小时。此时他们孤零零地待在滑翔车里，开始凶狠地争吵起来。吵闹声划破夜空，在寂寥中回荡。

爱弥慢慢跨越绳索，几只木制套环触到了她湿润的小手。她来到售票处。前面是哈哈馆。哈哈馆面前的过道上有三块镜面不匀的玻璃镜。她看见自己被严重歪曲的形象。成千成万个疲倦的她在过道上闪现出来。清晰的镜子竟收藏了这么多怪异的幻影。

她踮脚走进售票处，久久凝望拉尔夫·班哈特的瘦长颈脖。他的长而不齐整的黄牙叼着一支没点火的香烟。他似乎正在票桌上玩单人纸牌。

直到滑翔车重又响起吓人的隆隆低吼，她才想起说话。

"坐滑翔车的是些什么人啊？"

"想死的人。滑翔车最方便啦。"他侧耳听了听射击馆传来的来复枪声。"这当儿该死的游乐生意准得把人都弄疯不成。就说那矮子,你见过他吗?每天晚上都花一角钱钻到路易斯变形房瞎转悠。你等一下就会见到那矮子往这儿来。唉。"

"嗯,对了,"爱弥若有所思地说,"我时常揣测矮人是怎么生活的。看见他我心里就不好受。"

"我可以把他逗得转圈儿。"

"别这样。"

"咳,"他伸出一只手抚摩她的大腿,"你从来就不会戏弄那些傻家伙,"他晃动着脑袋瓜,嘻嘻一笑,"他有啥心事我都清楚,哈,不简单吧!"

"今晚真热。"她的湿手指神经质地弹弄木制套环。

"别打岔儿,他反正得来。"

爱弥移动了一下身子。

拉尔夫一把抓住她的胳膊。"咦,你怎么啦?你不是想见那矮子吗?喏,他来啦。"

一只浓毛黝黑的手,握着一枚一角的银币,伸进售票窗口。一个看不见的人叫道:"一张!"声音尖细而稚气。

爱弥不大情愿地低俯下身子。

侏儒仰脸望她。这是一个黑眼睛黑头发的丑陋男人,好像被榨酱机绞榨过似的又枯又小。你如果在凌晨两三点钟梦见他那张浮肿的面孔,一定会骤然惊醒,在被窝里缩紧身体直至东方发白。

拉尔夫撕下半张黄色票券。"一张。"

仿佛暴风雨就要降临似的,侏儒翻竖起黑色的外套衣领,盖住喉头,一步三摇地迅速走了。顷刻间,过道上闪现出成千上万个蠕动的侏儒,像是一大群发狂的黑色甲壳虫,随后一切又消失了。

"快!"

拉尔夫把爱弥推进镜子后面一条昏黑的走廊。她被他带过走廊,来到一面有个小孔的隔板前。

"真好看,"他窃笑,"好啦,你看。"

爱弥勉强把脸凑近隔板。

"看见了吗?"拉尔夫悄声问。

爱弥感到自己的心狂跳起来。足足一分钟过去了。

侏儒站在蓝色小房的中央。他微闭双眼,还不想睁开。瞧啊,他张开了眼睛了,直瞪面前那块巨大的镜子。镜子里的映像使他欢喜不已。只见他先眨巴一下眼睛,然后踮起脚尖,接着侧身,扬手,鞠躬,最后笨拙地跳了几步舞。

大镜里则相应映照出一个眨着大眼迈着巨大舞步的高大身躯和一双又细又长的胳膊,最后还有大大咧咧的一鞠躬!

"每天晚上都是老一套。"拉尔夫挨近爱弥说,"好看吗?"

爱弥扭过头,怔怔地望着拉尔夫,良久,缄默无语。似乎无法抑制住自己,她又非常非常缓慢地转回头,再一次朝里面窥觑。她屏住气息,感觉到自己的双眼涌出了泪水。

拉尔夫轻推她,低声问:

"嗨,那矮东西现在干啥啦?"

过了半小时,侏儒从房间里出来时,他俩正在售票房内喝咖啡。他取下便帽拿在手上,看见爱弥便赶紧离开了。

"他需要些什么。"她说。

"是呵,"拉尔夫搓碎烟蒂,懒洋洋地说,"我也知道这么回事。但他没胆量提出来。有天晚上他用那尖声尖气的小嗓门说:'我敢打赌这镜子很贵。'对啊,我装作傻乎乎地说是很贵。他盯了我老半天,我啥话也没多说半句。于是他就回家去了。谁知第二天晚上他又说:'我敢打赌这镜子值五十元到一百元。'我说自己也这样想。后来我就玩牌去啦。"

"拉尔夫!"

"你干吗这样瞪我?"

"拉尔夫,你为啥不把多余的镜子卖一块给他呢?"

"看哪,爱弥。我教你扔套环好吗?"

"那一块镜子值多少钱?"

"我买转手货是三十五块。"

"那你干吗不告诉他在哪儿买的呢?"

"那你就不聪明啦,爱弥,"他把手搭在她的膝盖上,她把膝盖挪开,"就算我告诉他到哪儿去买,你以为他就会去买吗?这辈子甭想。为什么呢?他这是自我安慰。如果他知道当他面朝路易斯变形房的那面大镜挤眉弄眼时,有人在偷看,他就再也不会来了。跟其他人一样,他不过是想透过哈哈镜得到弥补。他装作对那间房并不特别热心,一旦倒霉的时候就跑来占卜,这样他就独自占有了它。谁也不知道运气好时他上哪儿去溜达。不会的,伙计,他不会买镜子。他没有朋友,就算有吧,他也不会叫旁人为他买这样一个玩意儿,这是孤傲。那么他为什么又向我问起这个?那是因为在这个世界上他只认识我。此外,瞧瞧他那副窝囊相——他也买不起那样的镜子。他当然可以攒钱,但是在今天这个鬼世界上哪儿有矮子赚钱的地方?是去贩毒还是去马戏团当小丑？"

"我感到害怕，难过。"爱弥望着空旷的木砖走道发愣，"他住在哪儿？"

"转过去的河边，甘萨姆斯。问这干啥？"

"跟你说吧，我强烈地爱上他了。"

他口叼香烟笑起来。"你这玩笑真逗，爱弥。"

过了一个暖洋洋的夜晚，又过了一个炎热的上午和一个火辣辣的中午。大海宛如一块缀满闪光银器的绸缎。

游乐场外靠近海滨的小路上，爱弥顺着树荫走来。她的胳膊下夹了几本杂志，在阳光下忽闪忽闪的。她推开油漆斑驳的小门，朝闷热暗黑的屋子里唤道："拉尔夫？"然后走过镜子后面漆黑的走廊，鞋跟嗒嗒作响。"拉尔夫？"

有人懒懒地从帆布吊床上爬起来。"爱弥？"

他直起身子，拧亮桌子上一个光线很弱的灯泡，睡眼惺忪地瞟了她一眼，说："啊哈，你像刚吃了金丝雀的小猫。"

"拉尔夫，我来跟你谈谈那个矮人的事。"

"矮人，哈，爱弥心肝儿。你是说矮子。矮人是细胞养的，矮子是松子儿……"

"拉尔夫，我刚刚发现他很不寻常哪！"

"天啊，"他舒展双臂，"这女人是怎么啦！鬼还记得那浑小子。"

"拉尔夫！"她取出杂志，两眼发亮，"他是作家，没想到吧！"

"这天热得头昏啦。"他往后一靠，望着她无奈地一笑。

"我刚才路过甘萨姆斯,遇见格里利先生,就是那个管事,他说比格先生①房里的打字机彻夜都响个不停。"

"那是他的名字?"他忍不住大笑起来。

"他就靠为通俗刊物撰写侦探小说为生。我在旧杂志摊找到了他的一篇小说。拉尔夫,你猜猜看他写的是什么?"

"我困得很,爱弥。"

"那小不点儿比外面所有的人都聪明,他脑瓜里什么都有。"

"那么我问你,他为啥不给大杂志投稿?"

"可能他不敢,也可能他不知道自己有这种才能。这完全可能,人常常不够自信。如果他试一试,我打赌世界上任何地方都会要他写的小说。"

"那他怎么会没钱呢?我不懂啦。"

"也许他的思路很慢,因为他很忧郁。谁能体会得到呢?他长得那样小。除非你也变得那样小,躲在一间租金低廉的房子里,否则你怎么能想象得出来呢。"

"行啦,"拉尔夫哼道,"你真像佛罗伦萨·南丁格尔②。"

她翻开杂志。"我念几段他写的谋杀故事给你听听。这是描述持枪歹徒的故事,是由一个矮人叙说的。我打赌编者绝不会想到作者也是一个矮人。喂,别那样坐,拉尔夫,听我念。"

于是她开始大声念起来:

"我是一个侏儒,也是一个杀人犯,两者紧密相连,不可分离。

---

① 比格先生英文为 Mr. Big,意为"大先生"。
② 佛罗伦萨·南丁格尔(1820—1910),英国护士,参加克里米亚战争后创办了世界第一家护理学校。

"我干掉的这个家伙曾经在我二十一岁的时候,当众在大街上拦截侮辱我。他把我拎起来,亲我的额头,对我粗野地哼唱摇篮催眠曲,又把我强拽到肉摊,扔进肉秤,喊道:'看啊,卖肉的,还没你的大拇指头重!'

"你知道我是怎样变成杀人凶犯的吗,蠢货?你这灵与肉的虐待狂!

"我的童年是这样度过的:那时候,我父母个子都很小,但绝不是侏儒,绝不是。我父亲把我们安置在一栋玩具似的楼房内,它就像一块洁白的婚宴蛋糕——小房间,小椅子,微型画片,微型雕塑,镶嵌有小虫子的小琥珀,所有一切都是那么小,那么小。巨人世界离开我们十分遥远,像是花园围墙外边讨厌的谣传。可怜的爸爸妈妈,他们以为这是庇护我的唯一办法。他们就像保管一件小巧精致的瓷瓶那样,把我安放在这片蚂蚁世界,蜜蜂王国,显微镜下的书室和由甲虫般大的、门蛙虫般小的用窗构成的狭小空间里。直到现在我才开始明白,我的父母犯了一个多么巨大的错误!他们一定以为自己可以长生不老,可以永远小心翼翼地看护我,就像看护玻璃罩里的一只花蝴蝶似的。可是,首先是父亲死了,接踵而来的一场大火吞噬了我们的蜂巢和蜂巢里所有邮票大小的镜子,壁橱里的盐瓶。妈妈也离开了!只剩下我一个人,刚刚告别那片废墟,就被抛到这个怪物们的世界上,被现实的强力连推带扯地搡到社会的最底层。

"整整一年过去以后,我才适应了这种生活。到马戏班子去挣钱是不堪回味的。这世界似乎没有我的一块栖身之地。就在这时,大约一个月前,这个虐待狂又闯入了我的生活。他把一顶无檐女帽忽然罩在我脑袋上,还对朋友喊道:'我让你们见识见识这小女人!'"

爱弥停住了,两眼晶莹,把杂志抖抖瑟瑟地递向拉尔夫。"你念念,接下去就是那段凶杀故事，写得很好。你想得到吗？这就是那个小不点儿写的，那个小不点儿。"

拉尔夫撇开杂志，慢悠悠地点燃香烟。"我更喜欢西部小说。"

"拉尔夫，你念念。他需要一个人跟他说他有多棒，应当继续写下去。"

拉尔夫歪斜脑袋瞅她。"谁去说呢？好啦，我们又不是耶稣基督的圣使。"

"我不要听这个！"

"想一想吧，真见鬼，你去跟他胡闹，他就会以为你是在爱怜他，他就会歇斯底里地纠缠你。"

她坐下来，左思右想。"我不知道。也许你是对的。哦，这不是爱怜，说真的，拉尔夫。但他兴许会这样想。我得谨慎一点才是。"

他用指头轻捏她的脖子，一边推晃一边说："嗨，忘了他吧，都怪我多嘴。这只能使你心绪不定，天呐，爱弥，我还没见你对什么事情这么认真过。好了，我们来核计一下，过个像样的日子，吃顿早饭，弄点汽油，开车到老远老远的海滩去游泳，在那边吃晚饭，再上附近哪座小镇看场好电影——尽情地玩他妈一天吧。怎么样？痛痛快快，无忧无虑，我攒了十几块钱啦！"

"这是因为我知道他与众不同，"她望着黑暗的角落说，"这是因为无论你我还是这码头边的其余任何人都永远不会变成他那样的人。这真荒唐，真荒唐。生活注定他虽然活在人间，却只能当马戏演员。生活虽然没有迫使我们去演马戏，而我们却待在滨海的这个游乐场里。两者似乎相距千里，这是怎么回事，拉尔夫？我们具有的只是身体，他具有的却是头脑，他思索的东西我们连做梦都想不出来啊。"

"你不听我的！"

她端坐着，他站在她身后。他的话音很遥远。她低垂双眼，两手在膝头上摩挲。

"我不喜欢你那越来越多的名堂。"他又说。

她慢慢地掏出钱包，从那里抽出一小沓钞票数起来。"35、40块。我要打个电话给比利·法因，叫他把那种大号的镜子送一块到甘萨姆斯的比格先生那里。是的，我要这样做。"

"什么？"

"你想想，拉尔夫，他在自己房里有这样一块大镜，随时都可以照，那该多好哇。我能用用电话吗？"

"用吧，疯啦！"

拉尔夫立即转身走进走廊，房门"砰"地响了一下。

过了一会，爱弥开始痛苦而缓慢地拨电话。她屏住呼吸，闭上双眼，一边拨，一边想：这似乎只是一件小事，不过，送去一块特殊的玻璃镜，可以把它置在你赖以藏身的屋子里，明亮地映出你那高大的身影，你就可以不停地写你的故事，再也不用理睬这个世界了。它将为你提供无数奇幻的想象。这会使你快乐还是悲哀？这对你的写作是有益还是有害？她双眉紧皱，再三思索。至少，这样你再也不会遭人蔑视了吧。日复一日，甚至在春寒料峭的黎明时分，你都可以悄然起身，对着这块明亮的大镜举手投足，欣然欢笑，独自欣赏自己那魁伟的身躯。

电话里传来声音："我是比利·法因。"

"啊，比利！"她不禁叫起来。

夜幕笼罩海堤，海面昏黑，涛声喧嚣。拉尔夫像一尊冷漠的蜡像，坐在玻璃棺柩中玩弄纸牌。他目光迟滞，嘴唇绷紧，手肘旁金字塔般堆成的烟灰越聚越高。爱弥沿着红红绿绿的灯泡袅袅走来，微笑着朝他扬手。他丝毫不为所动，仍旧不紧不慢地出牌。

"嗨，拉尔夫！"

"那件好事怎么样了啊？"他捧起一只脏杯子边喝冰水边问。

"我刚买了一顶新帽子。"她笑盈盈地说，"噢，我感觉很好，你知道怎么啦？比利·法因答应明天送镜子去！你见到那小乖乖了吗？"

"我可没那么想入非非。"

"哦，上帝，你一定以为我想嫁给他。"

"怎么不可以呢？把他装进一只提包里，人家问：'你丈夫在哪儿？'你就打开提包说：'瞧，他在这！'活像个小银喇叭。再把他拎出来，哼两支曲子，然后又藏好。只要在门背后给他留个纸盒就行啦。"

"我感觉很好。"

"这是慈悲，"拉尔夫没望她，抿着嘴巴说，"慈悲。这都是我从那个鬼洞偷看他惹出来的麻烦。寻求刺激？你还要送镜子给他？你这样的人就喜欢听见鼓声便跳舞，把我折腾够啦。"

"你要是老这样，我再也不来喝冷饮了。我宁可自己玩，也不搭理小气鬼。"

拉尔夫长叹一声："爱弥，好爱弥，你应当明白你救不了他。他是侏儒。你这种举动无非是对他说，别泄气啊，伙计，我会帮你的。"

"人在一生中能够做点对他人有益的傻事是值得的。"

"基督没教我去拯救别人，爱弥。"

"别说了,别说了。"她叫道,而后又缄默无语。

过了好长一阵子,他站起来,搁下沾满指痕的杯子,说:"帮我照看一下行吗?"

"当然行。你上哪儿去?"

她瞥见他那苍白冷漠的影子在走道两侧的镜子里成千上万次地晃过,嘴巴紧闭,手指痉挛。

她坐着,等了一分钟,忽然感到惶惑。售票房里一只小摆钟嘀嗒嘀嗒在走。她拿过纸牌,一面一张一张乱掷,一面期待着。过了一会她听见哈哈馆里传出一阵一阵的铁锤敲击声。沉默,期待,终于成千上万个幻影又重重叠叠显现了,拉尔夫大步走来。她听见他在拐弯时昧昧地窃笑。

"喂,什么事逗你这样高兴?"她疑窦顿起。

"爱弥,"他漫不经心地说,"我们甭吵了。你说明天比利要给比格先生送镜子?"

"你不会恶作剧吧?"

"我?"他揉开她,接过纸牌,两眼发亮,哼哼哈哈地说,"不是我,不,不是我。"他避开她的目光,动作敏捷地开始哗啦哗啦洗牌。她站在他身后,感到自己的右眼晃了几下。她盘起胳膊,又放松开去。一分钟过去了,只听见海潮在海堤下的拍击声,拉尔夫的呵欠声和纸牌滑动的窸窣声。海堤上阴云密布,远处亮起了微弱的灯光。

"拉尔夫。"她终于开腔说。

"放心,爱弥。"

"你不是说要到海滩去……"

"明天,或者下个月,或者明年,老拉尔夫耐性很好,不着急。爱弥,你瞧,"他伸出一只手,"我很冷静。"

她待大海深处的闷雷遁去后,说:

"我只希望你别使坏心眼,我只希望别发生什么意外。答应我,拉尔夫。"

海风裹着潮气一阵暖一阵凉地吹拂海堤。小钟嘀嗒嘀嗒响着。爱弥热得出了汗。她注视一张一张翻来覆去的纸牌。不远处可以隐约听见射击馆传出的子弹击中枪靶的撞击声。

这时,他来了。

他步履蹒跚地穿过阗无人迹的场院,每移动一步似乎都要费很大的劲。灯光下他的容貌暗黑扭曲。在他顺着海堤上那段不短的路趔趄前行的时候,爱弥一直在关注他。她想告诉他:这是你最后一个晚上,是最后一次艰难地到这儿来了。也是你最后一次在拉尔夫面前暴露自己的隐秘。她很想当着拉尔夫的面笑起来,但终于克制住了。

"喂,喂,"拉尔夫吼道,"今晚免费开放,优待老主顾!"

侏儒诧异地抬起头,两只眼睛望来望去,现出一副迷惘不解的样子。他的嘴巴嗫嚅一动,好像在表示感谢,随后便转过身,一只手把外套的小衣领翻竖起来,捂住颈喉,另一只手悄悄地攥紧了那枚银币。他稍稍领首,走进哈哈馆。过道两侧映出了无数张枯瘦神伤的面孔。

"拉尔夫,"爱弥抓住他的手腕,"怎么回事?"

他嘻嘻哈哈地说:"我发慈悲了,爱弥,慈悲。"

"拉尔夫!"

"嘘,你听。"

他们在闷热的售票房内久久地聆听、等待。

突然传来一阵凄厉的尖叫。

"拉尔夫!"

"你听,你听!"

紧接着是一阵惨叫,又一阵惨叫,又一阵惨叫,中间还夹杂了碰撞声、敲打声和破碎声,哈哈馆里一阵骚动。跟着比格先生狂怒地蹦跳出来,神经质地嚎叫着,啜泣着,泪渍满面,嘴巴大张。他闯进万点萤火的夜幕里,愤怒地四处张望了一会,一边恸哭,一边朝海堤奔跑。

"拉尔夫,发生了什么事?"

拉尔夫一边嚎笑,一边拍自己的大腿。

她猛掴一下他的脸。"你干什么了?"

他止不住地还在哈哈大笑。"来,来,你来看。"

她迅速走进哈哈馆。她瞥见自己好像是一个神经质的女人,紧跟在一位一边咧嘴发笑,一边快步前行的男人后面,鲜红的嘴唇在一面面银色的镜子里匆匆闪过。"来啊!"他叫道。于是他们拥进那间小房。

"拉尔夫!"

两人来到一年来侏儒每晚必过的门槛前,站在侏儒每天都要凝视的奇异的大镜子前。

爱弥轻步移进光线暗淡的房子,一只手扶住门框。

镜子被调换过了。

这面新镜子把正常人缩得很小,很小。身高体大的人在它面前变得又矮又黑,愈是靠前就愈小愈黑。

爱弥站在它面前,心想:个子大的人在这都变得这么渺小,天哪,何况一个侏儒,一个小侏儒,一个黑侏儒,一个蹒跚而孤独的侏儒呢?

她掉转了身,差点眩晕过去。拉尔夫站在一旁望着她。

"拉尔夫,天哪,你怎么干出这等事。"

"爱弥,我们走吧!"

她穿过走道跑到馆外,失声哭了起来。她含着眼泪来到海堤上,跑了一会儿,又跑了一会儿,然后停住脚。拉尔夫跟在后面搭讪着试图对她说什么,他的声音仿佛是黄昏时篱墙外的细语,遥远而陌生。

"别对我说话。"她说。

有人向海堤奔过来,那是射击馆的凯里先生。"喂,你们刚才见到一个小家伙吗?那小鬼头在我那儿偷了一把手枪,装上子弹跑啦。我一把没抓住他。快帮我找找!"

凯里一边跑,一边搜寻红黄蓝灯光下的帆布帐篷。

爱弥走了两步。

"爱弥,你上哪儿去?"

她瞧着他,似乎他们刚刚才认识,是两个邂逅的路人。"我想我应该去找找。"

"你帮不了什么忙。"

"我得去试试。天啊,拉尔夫,这都是我的错!我不应当给比利·法因通电话!我不应当订购那块镜子,以致你竟然做出这等疯狂的事情!我要对他说,我不是在有意伤害他。我得找到他,这是我所能做的最后一件事了。"

她缓步往回走,两颊淌满了泪水。她望见哈哈馆前幻影纷乱的镜子里,映出了拉尔夫的影子。她张开嘴,恍若陷入了一场冷酷而惊心动魄的幻梦当中。

"爱弥,到底怎么啦?你这是……"

他尾随她身后。对事态的发展茫然不知所措。他睁大双眼。

他在镜子前皱紧了眉头。

霎时,一个令人厌恶的奇丑的小男人,高约两尺许,旧草帽下一张惨白的扁脸,愁眉苦脸地出现在镜子里。拉尔夫双手下垂,吃惊地看着自己。

爱弥缓缓地走着,越走越快,后来急跑起来。她沿着寂静的海堤一直奔跑,暖风裹挟大粒的雨珠瓢泼下来,不住地扑打在她身上。

[瑞典]帕尔·拉格奎斯特
(Pär Lagerkvist,1891—1974)

瑞典当代作家,生长于铁路工人家庭,后入瑞典名校乌普萨拉大学选修文学,23岁开始创作小说,代表作有长篇小说三部曲《大盗巴拉巴》《侏儒》和《女巫》,1951年获诺贝尔文学奖。拉氏小说的主题是善与恶的较量,在北欧国家具有很大的影响,被誉为继斯特林堡之后最伟大的瑞典作家。本篇《沉落地狱的电梯》转译自其短篇小说集《邪恶故事》(英文版)。

沉落地狱的电梯

史密斯先生,一位富有的商人,摁开雅致的宾馆电梯,情意绵绵地牵着一位浑身散发毛皮和香粉味的纤巧女士走进去。两人舒舒服服地相偎相依坐进软座,电梯开始下落。小妇人伸出微张的嘴,嘴巴湿乎乎一股酒气,两人接起吻来。他们一同在阳台上进晚餐,相遇于星光下;现在要出去给自己找点乐子。

"亲爱的,去那里多好啊,"她悄声说,"跟你在一起多有诗意啊,就好像跟星星在一起一样。因为你真正懂得什么是爱。你爱我,是不是?"

史密斯先生用一个更长久的吻作为回答;电梯继续下落。

"你能来真是太好了,我的宝贝,"他说,"要不然我的情绪真不知道会坏成什么样?"

"哼,你真想不出他有多讨厌呢。我刚刚开始打扮,他就问我要去哪里。'我想去哪就去哪,我又不是囚犯。'我说。他就故意坐下来一直盯着我看,看我换衣服,穿上崭新的哔叽呢大衣——嗳,你觉得这衣服好看吗?对了,你觉得哪种颜色最好看,是不是粉红的?"

"你穿什么都好看,宝贝,"男的说,"我从来没见过你像今天晚上这么漂亮。"

她很快活地笑了起来，解开自己的毛皮大衣，两人久久接吻，电梯继续沉落。

"等我穿好衣服正准备走，他抓住我的手使劲揉，现在都还疼呢，一句话也不说。他好狠心啊，你根本就想不到。'好了，拜拜。'我说。但他一声也不吭。他那么野蛮，那么吓人，我实在受不了了。"

"小可怜。"史密斯先生说。

"好像我连出门快活快活都不行了，他那副严肃的样子真吓人呐，你根本就想不到。跟他简直就没法子过日子，好像活着不是生就是死。"

"小可怜，你熬过来真不容易啊。"

"嗯，我吃了好多苦。好多。没谁像我这样吃了这么多的苦。要不是碰到你，我根本就不知道什么是爱情。"

"小心肝。"史密斯说着，把她搂住。电梯继续往下沉落。

"哦，"拥抱过后，她缓过神来说，"跟你在一起看星星多有意思啊——我永远也不会忘记。哼，那家伙就——阿维德就不可能，他总是那么一本正经，一点诗意也没有，根本就没感觉。"

"宝贝，这真难以忍受。"

"就是，真难以忍受。"她向他伸出手，莞尔一笑，"还是别想那事吧。我们出来是寻乐子的。你真爱我？"

"爱吗？"说着他压到她身上，她气喘吁吁；电梯继续下落。他俯在她身上爱抚她；她的脸变得绯红。

"今晚亲热亲热，就像从未亲热过一样。嗯？"他小声说。

她凑近他，闭上双眼。电梯继续往下沉落。

沉落。沉落。

后来史密斯站起身来，脸孔通红。

"电梯是怎么回事？"他嚷嚷，"怎么不停？我们在里面已经说了好久的话，是不是？"

"是啊，亲爱的，是说了好久，时间过得好快啊。"

"天哪，我们待了好几个世纪啦！怎么回事？"

他凑近铁格窗往外瞅。外面一片漆黑。电梯继续往下沉落，落得极为平稳。

"天哪，怎么回事？好像掉进了一个空空的大窟窿，天知道已经掉下去多久了。"

两人连忙趴下往深渊里张望。黑乎乎一片。他们就这样朝深处沉落，沉落。

"这不就是往地狱里去吗。"史密斯说。

"哦，亲爱的，"妇人哭了起来，抱住他的胳膊，"我好害怕啊，你快去拉紧急制动闸呀。"

史密斯使出吃奶的劲去拉，但毫无用处。电梯依旧没完没了地往下沉落。

"好可怕啊，"她叫起来，"我们怎么办？"

"是啊，天知道我们怎么办，"史密斯说，"全疯了。"

小妇人陷入绝望，号啕大哭起来。

"喔，喔，我的心肝，别哭了，别哭了，我们得冷静。现在什么办法也没有了。坐下来吧，对啦，两人都好好坐着，挨得紧紧的，看看会发生什么事。它总得停下来吧，否则也太可怕了。"

两人坐着，等着。

"要知道会碰上这种事,"女的说,"我们就不出来玩了。"

"就是,真是倒霉透顶。"

"你爱我,是不是?"

"宝贝。"史密斯伸手搂住她,电梯继续下落。

忽然它停了下来,周围亮起了灼目的亮光。

两人来到了地狱。魔鬼彬彬有礼地拉开铁格窗。

"晚上好。"他深深一鞠躬。他穿着一件款式不错的燕尾服。

史密斯和那女子茫茫然走了出去。

"我们这是在哪里?"他们惊问,被这个狰狞的妖怪吓了一跳。魔鬼有点儿尴尬。

"这里不像传闻的那么糟。"他连忙补充说,"希望你们会过得快活。我想就只待一宿吧?"

"对,对,"史密斯急忙说,"只待一宿。我们不想住下去,不想!"

小妇人搂紧他的胳膊,浑身抖动不停。灯光是如此刺眼,亮得发绿,他们几乎什么都看不清楚,只是觉得闻到一种刺鼻的气味。等到稍微有所适应,两人发现自己站在一块类似广场的地方,周围环绕着一幢幢楼房,门洞在暗夜中闪烁着亮光。门帘虽然垂着,但是透过缝隙可以看见里面有什么东西在燃烧。

"你们就是那两个相爱的人?"魔鬼问。

"对,好爱好爱。"女的答道,那双满含爱慕的眼睛瞅了他一下。

"那么请往这边走。"他说,要他们跟着他。

他们走进通往广场外边的一条昏暗的小街。在一个黏糊糊油腻腻的肮脏的门口,高悬着一盏破烂的旧灯笼。

"到了。"他打开门,谦恭地退下。

两人走进去。另一个魔鬼,肥肥胖胖,一副巴结相,长着一对豪乳,嘴巴周边的胡须上结着紫色的粉块。她呵呵呵笑着接待了他俩,从那对小而亮的眼睛可以看得出来,这鬼脾气很好;在前额上的头角旁边,结了几支小辫,还扎着蓝色的丝带子。

"噢,是史密斯先生和这位小女士啊,"她说,"那就住八号房吧。"

说完递给他俩一把硕大的钥匙。

两人攀爬肮脏黏糊的楼梯。楼梯粘着脂肪,滑溜溜的,爬了两段扶梯,史密斯找到了八号房,便走进去。这是一间霉味很重的大房间,中间摆了一只铺着脏布的桌子;墙边则是一张床单齐整的床。他们觉得挺好,就甩掉外套,久久接起吻来。

一个男人悄无声息地从另外一扇门走了进来。他穿戴得像一个侍者,可是晚礼服裁剪得那么合身,衬衣的前襟那么洁净,在昏暗中看上去像幽灵一般。他一声不响地走过来,脚底下没有一点声响,动作非常机械,几乎没有知觉。他的神情极为严肃,双眼直视前方,面色惨白,一侧太阳穴上有一个子弹留下的窟窿。他把房间收拾干净,擦了铺垫桌布的桌子,拎进来一把便壶和一只马桶。

他们并未注意他,只是在他正待离开时,史密斯说了一句:

"我们要喝点酒,拿半瓶马德拉酒①来。"

那人应诺了一声就消失了。

史密斯开始脱衣服。女的却有点犹豫。

---

① 马德拉酒:产于非洲马德拉群岛上的一种白葡萄酒。

"他会来的。"她说。

"嘻,在这种地方才不怕呢。把那些玩意儿都脱了吧。"

于是她宽衣解带,卖弄风情地扯下内衣裤,坐到他的膝上。真是快活啊。

"你想,"她小声说,"坐在这里,就我和你,在这样一个浪漫的地方,多有诗意啊,我永远也忘不了。"

"小心肝。"他轻唤。两人久久相吻。

那人又进来了,无声无息。他轻轻地,机械地放下玻璃杯,斟满了酒。台灯的亮光照在他的脸上。除了脸色苍白,脑门上有一处弹孔,他并没有什么不同寻常的地方。

可那妇人一声尖叫,蹦了起来。

"天哪,阿维德!是你吗?是你吗?哦,天哪,他死了!他打死了自己!"

那人一动不动地站着,直视前方,脸上并没有痛苦的表情;只是很严肃,很黯然。

"可是阿维德,你干了什么哇,你干了什么哇!你怎么能这样啊!亲爱的,如果我想到会这样,你知道我就会待在家里的,可是你从来也没跟我讲过,你什么也不说,一句话也不说!你不跟我说,教我如何能明白呢,哦,我的天哪……"

她全身都在发抖。那人看着她,就好像看着一位陌生人;他的目光阴郁冰凉,仿佛可以穿透一切。那张憔悴的脸闪闪发亮,伤处没有流血,只见一个洞孔。

"哦,有鬼!有鬼!"她叫道,"我不要待在这里!我们马上走。我受不了啦!"

她抓起内衣、帽子和毛皮大衣冲了出去,史密斯紧随其后,两人连滚带爬奔下楼梯,她一下子坐到地上,屁股上沾满了痰液和烟灰。楼梯底,正站着那个长着胡须的女鬼,她很理解很温和地笑笑,点了点头角。

走到街上,两人平静了一些,妇人穿上衣服,挺了挺身子,又往鼻子上涂了一些粉。史密斯保护似的伸出胳膊揽住她的腰,又吻掉她的涌涌欲落的泪珠——他是多么好啊。两人走进广场。

那个魔鬼头头子正在那里游荡,他们赶紧朝他奔过去。

"你们玩得好快嘛,"他说,"但愿玩得舒服。"

"噢,太可怕了。"妇人说道。

"不,不要那样说,别那样想。你们要是早点儿来,那才叫可怕呢。地狱现在已经没什么可抱怨的了,我们尽量安排得不那么招人显眼,相反还挺舒适的。"

"是的,"史密斯先生说,"我得承认是比较得体,确实这样。"

"嗯,"那魔鬼又说,"现在一切都蛮现代啦,完全重新安排,该怎么样就怎么样。"

"是啊,你们也得赶上时代才是。"

"说得对,这年头受苦的唯有灵魂。"

"谢天谢地。"妇人说。

魔鬼很客气地引他们走进电梯。

"晚安。"他深深一鞠躬。

"欢迎再来。"他关上铁格窗,电梯徐徐上升。

"谢天谢地,总算过去了。"两人松了一口气,偎依着坐了下来。

"我再也不想碰到这种事,离开你。"她小声说。他把她拉到怀里,两人久久相吻。

"你想,"搂抱一阵后,她缓过神来说,"他居然干出那种事!不过他总有一些古怪的念头,总不能自自然然地处理好事情,好像活着不是生就是死。"

"真可笑。"史密斯说。

"他应该跟我说,这样我就会留在家里,咱们可以另找时间出来。"

"是啊,"史密斯说,"我们当然可以另找时间。"

"好啦,亲爱的,别再想那事啦,"她抱住他的颈脖,"那事已经过去了。"

"是啊,小宝贝,已经过去了。"他搂着她;电梯徐徐上升。

[美国]克里斯蒂娜·诺贝尔·戈万
(C. Noble Govan,1898—1985)

美国当代知名悬疑小说女作家,代表作有《惊人的夏天》等,其女儿艾米·佩恩也擅长撰写悬疑小说。

杀风的女人

温特斯小姐紧紧攥着公交车票,躲在角落里,很讨厌这风。自从她移居这座烦人的平地城市,就一年四季跟风较上了劲。风似乎出于恶意,挑中了这个孤零零的小不点作为发泄对象,掀起她那无精打采的帽子,把乱蓬蓬的头发抽到脸上,又卑鄙地将裙子翻起来,露出黑棉长筒袜。

一次在下班回家的路上,风一把夺走她手里的公交车票,吹到一辆驶过的公交车下面,等车子开走后,温特斯小姐在暮色中四处寻找,可那张黄色纸片逃走了,人群差点把她挤到一辆大卡车下,还对她骂骂咧咧的。那是发工资的前一天,她只剩下了这张车票,只好走完回家的路——足足三英里,还顶着风。

小时候在南方生活,风是很招人喜欢的,群山掌控着风,放出来时就像放一匹勇猛的小马驹。风从山头吹下来,被树林分成一小股一小股,发出海浪的哗哗声。吹到田野上,金雀花随风摇曳,汇成红黄相间的宽阔海洋,波浪阵阵,美不胜收。上学时,她念过《海华沙之歌》[①],小小的脸庞被那诗句感染着,变得明亮开朗。

[①] 《海华沙之歌》,美国诗人朗费罗的长诗。海华沙是北美印第安人部落之一奥农达加的首领。

阳光在海面上闪烁

寒风在河面上吹过

那时她不懂寒风是什么。现在她懂了,在她没炉火取暖时,它从墙缝钻进来,将她的双脚冻到麻木,还在夜晚随她一道上床,将被子里的花斑猫咪冻得瑟瑟发抖,冻到半夜受不了,爬出去另找地方。风穿过她那破旧外套,从缝补过的法兰绒灯笼裤的窟窿钻进来,又刺进破损的手套,把手指冻得发疼。

母亲来过这个难以形容的城市,后来父亲去世了,老太太一直想回老家,风太大了,温特斯小姐仿佛看见它那狰狞的笑容。因为丈夫去世,也因为风,老太太后来死于胸膜炎。

温特斯小姐那时有一份美滋滋的差事,做"童话般的手工活,拿到的报酬也不错"。这个平胸老处女,整天手工缝纫小朋友的花边连衣裙、新娘婚纱和女童围兜,就这样把少女情怀消磨成了一堆灰。

给母亲治病和送葬花了一大笔钱,很抑郁。她换了一处更便宜的出租房,那房子很招风的垂涎,一有机会就往里面钻。她孤单而焦虑,还感到害怕,恐惧像一只手勒着她的脖子,连吞咽都困难。

这时工作计划组织①找到一些缝纫活给她做,缝制厚麻袋和粗重的工作服,干这种粗活,两手很快就开裂,长满老茧,她边干边回忆那些穿戴绫罗绸缎的妇人,还有自己童年时穿的荷叶裙。

---

① 工作计划组织(WPA),美国20世纪30年代一家为无技能失业者寻找工作机会的民间组织。

那组织关门后,更麻烦了。穿宽松长裤的女工只买成品衣服,再没时间光顾温特斯小姐细心缝制的那些精致外套,熟客死的死,没死的移居佛罗里达去了,那边的风没这么凶。恐惧如潮水涌上温特斯小姐的心头,那双曾经精于在亚麻布上绣织一束束百合花的手,因寒冷和粗活患上了关节炎。她现在只能做点缝缝补补的活计,偶尔去一家改衣坊找点活做。

公交车挤得要命,温特斯小姐只得站着。她住的那条街,冷得连大蒜和大白菜的味道都闻不到,风把纸屑吹得漫天飞舞,把烟尘吹到她脸上,揪她的帽子,气得她直掉泪。

进家前她要爬两段楼梯。猫咪蜷缩在床中央,见她进来就跳下床,晃动着瘦长的花斑身体,朝她发出喵喵的叫唤声——这是唯一关心她的活物。抱着猫,她有时会忘却揪心的惶恐,它注视她的眼神那么自信,多少会给她一点勇气。可她看着它又有些害怕,世间多少人都不能善待猫,尤其是那些无家可归的猫。

"小猫咪,孤单了吧?"她嚅动着裂唇喃喃自语,"我来生起火,给你做吃的。"

猫咪似乎陶醉于自己的愚忠,拱着她的裙子发嗲。

温特斯小姐依旧戴着手套,把柴火和几块宝贵的煤块搁到炉架上,划亮了火柴。该死的风从烟囱往下倒灌,吹熄了炉火,还把煤灰吹到炉膛边,吹到她那光亮的鞋子上。

她终于点着了炉火,火苗暗暗的。她往小煤气炉上搁了一壶水,准备用来泡茶。在等水加热时,她坐在炉膛边的低矮摇椅里,两腿很舒服地伸开,双手缩在身前取暖。猫咪跳到她的膝头上,用毛茸茸的下巴蹭她，她疼爱地把它抱住。家徒四壁，唯有它给她安慰，让她忘却那恐惧的潮涌。光是房租就得花掉所有收入，还欠了送奶人三毛七分钱，还要买鞋子，总有发不完的愁。由于纠结于这些烦心事，她缝坏了改衣坊里的一件外套，差点被撵走。她记忆中的寒冷，不仅仅是风。

猫咪立起来，用软绵绵的鼻子蹭她的脸，发出喵喵的得意叫唤。她忽然涌起一股柔情，将它紧抱怀里，它抬眼看她，一副沾沾自喜的样子，眼里那圈绿色，有个神秘的金黄缺口。

她跳起来，冲好茶，拿出一只罐子，往猫盘里倒了一点奶，又掺了些热开水，然后从包里掏出一块排骨，那是从工友那里蒙来的。那骨头上还有肉，散发出胡椒和烤肉的香味。她把肉撕下来，环顾空荡荡的屋子，脸上拂过一丝愧色，慢慢嚼起来，自恋的泪水涌上眼眶。她俯下身，将沾着冰冷板油的骨头放进猫盘。猫咪撇下奶，开始贪婪地咬那些板油，尾巴卷起来，又伸开，显得心满意足。

温特斯小姐摘下帽子，开始饮茶。她一边啜，一边望着那猫咪，欣赏它那骨感美，同时惊讶它那深邃的眼睛是那么绿。

风起来了，随着暮色降临，屋子里变得越来越冷。温特斯小姐脱下外套，披上法兰绒睡衣，挨着炉膛烤火。她又烧了一点水，灌满一只水果罐，放在冰凉的两脚之间。她抱着猫咪和罐子，往炉膛里添加了几块煤，尽量延长取暖的时间，然后上了床。床边灯的亮光，刚好够她阅读伤感的爱情杂志，每天夜晚她都用这种方式逃避恐惧。

几个小时后，她醒了。风，显然不满足于白天折磨她，晚上也把她弄醒，把醒来的每一分钟，都变成一分痛苦，一分惊吓，把她从逃避的短暂梦中,带回黯淡的现实。

风绕着烟囱吼叫,袭击窗户,把窗架弄得吱吱作响。温特斯小姐用一大张包肉纸将那窗户糊死,眼见那纸胀鼓鼓的,风随时有可能破窗而入,横扫屋内。

有什么东西被从屋顶吹落,掉地上弹跳着,乒乒乓乓的,弄得人根本无法入睡。寒冷似乎是有形的,刺痛她的脊背、脸和脚踝,脚边冰凉的水果罐,则在嘲笑任何取暖的念头。

她打开灯,好像那灯会带来暖意。猫咪爬了出去,绕着床乱转。

这时一股特别邪恶的风,尖叫着撞向几近散架的窗户,窗玻璃一阵碎裂,像子母弹一样四处迸飞。猫咪从床边跳起来,在空中被一片玻璃刺中,它惨叫一声重重跌落在地,鲜血溅在泛黄的地毯上,如同一朵玫瑰的花瓣。

温特斯小姐从乱衣覆盖的床上爬起来,她冷得要命,同时又气得要命。她跨过满地碎玻璃,抱起那抽搐的身体,可爱的绿眼睛还在闪烁,鲜血结成温暖的血滴,落在她穿棉袜的双脚上。她久久地站着,站着,最后把猫咪放下,茫然地说了一句:"这也太过分了。"

到后来,她总算知道自己该做什么了,于是平静下来,走到床边,把被子、白天穿的大衣,以及所有温暖她的细软东西,全都掀一边,又扯出床单,一块织补过的大布单,扔一旁,若有所思地看着它。

这么清晰,这么简单的事,她纳闷自己以前居然就没想到。她要逮住那风,把它牢牢拴住,这样它就再也跑不掉,再也不能去恐吓祸害那些老太太,整夜睡不着做噩梦,再也不能去伤害她们的猫咪。她穿上鞋,也没再看猫咪一眼,打开门,开始往楼梯下走。

"谁见过风儿？"①她用儿时的高亢嗓门唱起来，这时风揪住她那长长的法兰绒睡衣，试图把裹在身上的床单掀走。

"哈哈！"她咯咯直笑，紧紧摁住床单，"现在还不行！我亲爱的朋友，现在还不行！"

"谁见过风儿？风儿往哪边吹？去天边——去天边，去到天边外！"

她望着教堂的塔顶，那是眼前最高的东西，在如此漆黑的暗夜，它还闪着光，如一只黯淡发亮的矛刺。矛刺杀死了猫咪，风也有矛刺，她要杀死风。

"哈哈！"她冲着荒废的鸽子洞咯咯直笑。

你可以穿过背后的一扇小门，爬上教堂的塔。正如她期待的，小门没有上锁，她毫不犹豫地开始攀爬，往上爬，往上爬，绕着爬，绕着爬，绊着床单，又踩到自己的睡衣边缘，跌跌撞撞的，她笑着，又重新开始。塔楼里没有风，但她不受误导，她知道风在顶端等着她呢——而她也在等着风！

她终于爬到了大钟所在的小房间，这是一间方形屋子，建有敞开的哥特式拱门，一边还砌了外凸的阳台。风就在那儿，正如她所料，像头雄狮一样蹲在那儿，发出低吼。可她不再害怕了。

---

① 这是英国女诗人克里斯蒂娜·罗塞蒂的诗，全诗仅八行：

谁见过风儿？
不是我也不是你，
等到树叶颤抖时，
风儿已穿行远去。

谁见过风儿？
不是你也不是我，
等到树木低垂时，
风儿已悄悄吹过。

"等着瞧！"她快活地浅声低吟，"等着瞧！"

她扬起床单，风自然想跟她抢，但她熟练地揪住四只角，踏上窄小的边沿。全城的灯光都在下面闪烁，她平静地望着那灯光，似乎在说："瞧我的！我来为大家逮住这妖魔！"

就在这时候，风朝她吹过来了。眼见它一个俯冲，她一下用床单将它捉住，床单顿时胀鼓鼓的，如同一只出炉的大面包。她一跃将它扑住，果然扑住了！她觉得自己真幸福真欣慰呀，就如同在夜空漫步！

她往下看，灯火朝她扑面而来。临死前有那么瞬间很冷很冷，有那么瞬间，她明白，最后赢的还是风。

[英国]H.G. 威尔斯

(H.G.Wells, 1866—1946)

  英国科幻小说家,大学毕业后以教书为生,后因病辞退教职,开始职业写作,创作了大量影响深远的科幻作品,代表作有《时间机器》《看不见的人》等。晚年转向创作社会小说,同样取得了巨大成就。

圆锥罩

　　黄昏闷热压抑，天边缀着仲夏夕阳的红色云丝。他俩坐在敞开的窗户前，想象远方的空气一定比身边的要清新。花园里的树枝纹丝不动，树丛后面的小路上，一盏煤气灯熠熠闪亮，明灿的橘红色灯光融进傍晚雾蒙蒙的灰蓝色当中。更远处，一盏铁路信号灯在天边闪烁。一个男人和一个女人在悄声低语。

　　"他没怀疑？"男的问，有点紧张。

　　"才不会呢，"她气呼呼地说，仿佛这个问题惹得她满肚子不高兴，"他除了工作除了燃料的价钱什么也不想，没有想象，没有诗意。"

　　"跟铁打交道的人都这样。"他说，一副很深沉的样子，"没有感情。"

　　"他毫无感情。"她说，把那张生气的脸掉向窗户。远处的轰隆声越来越近，越来越响。屋子在响声中颤抖，可以听见煤水车的金属吭当声。火车驶过后，路基上留下一层白色的雾霭，一、二、三、四、五、六、七、八节黑色的长方体——卡车——横穿灰暗的铁轨，忽然在隧道口一辆接一辆地熄了灯。隧道口仿佛一张口就把火车、烟雾和声响全都咽了进去。

　　"这片乡村一度非常美丽清新，"他说，"现在可好了，瞧瞧那边——

大锅炉和烟囱把煤灰喷向天空……可这又怎么样呢？末日就要到来，所有这一切的末日……明天。"他充满柔情地说出最后那两个字。

"明天。"她说，同样温情似水，仍旧凝视着窗外。

"亲爱的！"他握住她的双手。

她一惊，回过身来，两人四目相对。她含情脉脉地迎候他的凝视。"我的爱人！"她张口说道，"多么奇怪呀——你就这样进入了我的生活——展开——"她稍一停顿。

"展开？"他问。

"展开了一个美妙的世界，"——她犹豫片刻，语调更加温存——"一个爱的世界。"

这时，房门突然吱呀一声关了起来。他俩一齐掉过头，他惊慌地往后退缩。屋子的阴影中，站着一个巨大的人影——一声不响。在半明半暗中，他俩看清了那张脸，浓眉下的一对眼睛毫无表情。洛特全身的每一块肌肉都紧张起来，那门是什么时候打开的？他听见什么了？他全都听见了吗？他又看见了什么？脑袋里全是问号。

经过一段漫长的沉默之后，来人的声音终于响了起来。"嗯？"

"我找不到你，霍洛克斯？"窗子前的男人说，双手紧抓窗框，声音里流露出不安。

霍洛克斯沉重的身影从阴暗中移了出来，他没有理睬洛特，只是一声不吭地站在他们上方。

女人的心冰凉冰凉。

"我对洛特先生说，你可能会回来。"她的声音异常镇定。

霍洛克斯仍旧一言不发，忽然在她的小工作台旁的椅子里坐了下来。

他的两只手攥得紧紧的，浓眉下的双眼喷出火苗。他屏住呼吸，目光从他信任的女人身上，移到他信任的朋友身上，然后又移回他信任的女人。

就在这一刹那间，三个人似乎什么都明白了，但谁也不敢开口说话缓和这压抑的气氛。

最后还是丈夫的声音打破了沉默。

"你要见我？"他问洛特。

洛特一惊。"我来找你。"他说，决心撒谎撒到底。

"好吧。"霍洛克斯说。

"你答应过，"洛特说，"带我看看月光和蒸汽的景色。"

"我答应过带你看看月光和蒸汽的景色。"霍洛克斯冷冷地重复道。

"我想今晚得在你上班前逮住你，"洛特继续说，"跟你一块去看看。"

又是一阵沉默。

这人是不是想把这事悄悄了了？他是不是什么都已经知道？他在屋里待了多长时间？在听到门响的一刹那，两人的姿势……霍洛克斯瞟了一眼女人的侧脸，半明半暗中那脸显得毫无血色。他又瞅了瞅洛特，似乎忽然恢复了神志。"是啊，"他说，"我答应过带你看看这儿的工作情况，怎么就忘了呢。"

"如果不方便的话……"洛特说道。

霍洛克斯心机一动，一丝阴郁迅速闪过他的双眼。

"一点没事。"他说。

"你跟洛特先生说起过这儿火光和阴影交替的美妙景色吗？"女人第一次把脸转向丈夫，自信心重又悄悄恢复，只是声音仍比往常稍稍高了一度。"还有你那可怕的理论，说机械是美丽的，除此之外的一切都很丑陋。我想他不会赞同你的观点。洛特先生,这是他的伟大理论,是他对艺术的一项发现。"

"我总是发现得很迟,"霍洛克斯的声音中含着某种不祥,女人内心陡然一惊。"不过一旦发现……"他没再往下说。

"怎么?"她问。

"没什么。"他忽然站立起来。

"我答应过带你去看看工作,"他对洛特说,伸出一只粗大的手拍了拍朋友的肩,"现在去怎么样?"

又是沉默。

每个人都透过昏暗的暮色瞟瞟另外两个人的脸。霍洛克斯的大手仍旧搁在洛特的肩上,洛特以为这终究不过是一桩小事。而霍洛克斯太太却更了解丈夫,明白了他声音里的那份沉着,隐隐约约地感觉到了某种罪恶。

"走吧。"霍洛克斯放下手朝门口走去。

"我的帽子?"洛特在昏暗中环顾左右。

"那是我的针线筐。"霍洛克斯太太爆发出一阵歇斯底里的大笑,两人的手在椅子背后紧紧握住。

"在这!"他说。

她有一种冲动想低声警告他,可是一个字也说不出。"别去!"或者"小心他!"在她脑海里浮现片刻,随即便消失了。

"找到了?"霍洛克斯问,站在半开的门旁。

洛特朝他走过去。

"跟霍洛克斯太太说声再见。"铁器制造商说,声音比适才更加平静。

洛特一愣，转过身去。"晚安，霍洛克斯太太。"说着两人的手又碰了一碰。

霍洛克斯以一种罕有的对待男人的礼貌把门打开。洛特走了出去，紧接着，丈夫无言地瞅了她一眼之后也跟了出去。

丈夫沉重的脚步和洛特轻快的脚步像高低音一般一齐通过走廊时，她站着一动也不动。前门重重地响了一下，她慢慢移至窗户前，俯身注视下面。不一会儿，两个男人出现在门口，从路灯下闪过，又没入树枝的阴影中。灯光在他们脸上短暂停留，只见他们面容苍白，毫无血色，却见不到让她感到恐惧和疑虑的任何征兆。

她低下头，坐进一把大椅子，圆睁双眼凝视着天边时隐时现的高炉的火光。一个小时过后她依然这样坐着，姿势几乎没有变动。

傍晚的寂静铅一般沉重地压在洛特心头。他们肩并肩无声地走在大路上，随后无声地拐进煤渣铺就的小道，从这儿可以观赏幽谷的景致。

一条蓝色烟云神秘地掠过狭长的幽谷，在铁轨和一座矮山之间，耸立着属于霍洛克斯所有的一排巨大的圆锥形炼铁高炉。高炉火光冲天，铁水沸腾，炉脚的轧钢机和蒸汽锤轰隆作响，迸出的火星此起彼伏。就在他们观看的时候，一卡车燃料被送进了一座高炉的大嘴，顿时红色的火苗四下蔓延，白烟和黑灰直冲云霄。

"你的高炉的确非常壮观。"洛特打破了变得愈来愈让人心神不安的沉默。

霍洛克斯"嗯哼"了一声。他两手插在衣兜里，双眉紧皱，似乎对昏暗的铁轨和繁忙的高炉感到很不满意，似乎在思索一个什么难题。

洛特瞅他一眼，又说："月色还未显现，"他抬头望望，"还被残余的日光遮着。"

霍洛克斯回头望望他，仿佛大梦初醒。"残余的日光……对，对。"他也抬头望了望月亮，月亮在仲夏的夜空显得格外苍白。

"走吧。"霍洛克斯忽然说，抓住洛特的胳臂，朝通向铁路的小道移动身子。

洛特犹豫不决。

两人的目光碰到一起，一刹那间相互都明白了几乎就要脱口说出来的万千种念头。霍洛克斯的手先是揪得很紧，而后慢慢放松。没等洛特反应过来，他就挽住对方的胳臂，顺小道往下走。

"看见指向伯斯莱姆的铁路信号灯了吗？"霍洛克斯忽然变得很健谈，同时夹紧对方的胳膊快步向前走去，"红白绿色的小灯泡映着蓝色的雾。你对景色独具眼光，洛特，这个景色不错吧。瞧我那些高炉，越走近就越高大，右边那座是我最喜欢的——有20英尺高，我亲手装修的，已经轰隆轰隆炼了5年铁水了。我特别偏爱它。那条红线看见了吗，洛特？你会称作橘红色，那是搅拌炉，还有那边，火光中的三个黑影子，看见蒸汽锤的白道道了吗？那是轧钢机，走啊！哐当，哐当，哐当，多带劲！薄钢板，洛特——多好的材料。钢板从轧钢机轧出时还未安上玻璃镜。哇！——蒸汽锤又响起来啦。走啊！"

他停住嘴喘了一口气，胳臂紧紧挽住洛特，变得有点麻木。仿佛被什么魔力所驱使，他继续沿着通向铁轨的黑乎乎的小道往前走。洛特一言不发，只是极力想挣脱对方的胳膊。

"我说，霍洛克斯，"洛特神经质地笑笑，哑着嗓门问，"你干吗夹着我的胳臂,这样拽着我往前走?"

霍洛克斯终于松开了他,态度也随之一变。"夹着你的胳臂?"他说道,"对不起。不过这也是你教我用这种难兄难弟的姿势走路的。"

"你可没学会那种风度。"洛特发出一阵假假的笑。

"是吗?我已经受够了。"霍洛克斯毫无悔意。

他们现在来到山脚,站在铁路的护栏前面。高炉近在眼前,如同一个个庞然大物。前方竖着一块招牌,昏暗中隐约可以看清几个污渍斑斑的字:"小心火车"。

"好景色啊,"霍洛克斯挥舞着胳膊,"有列火车开过来啦,白色的烟,橙色的光,火车头前圆圆的眼,还有轰隆轰隆的车轮声,多好的景色啊!在炉口盖上圆锥罩之前,高炉还要好看。"

"等等,"洛特问,"圆锥罩?"

"圆锥罩,伙计,圆锥罩。我会带你去近处看看。火苗原先从张开的炉口蹿出,好大的火啊——怎么说呢,白天像通天的云柱,黑烟和红光冲天而去,夜晚像腾起的火龙。现在套上了管子,用它来加热鼓风机,顶部用圆锥罩盖上了。你一定会对圆锥罩感兴趣。"

"可是,"洛特说,"它还是不时冒出火苗和黑烟来啊。"

"圆锥罩没有固定,用一根与杠杆相连的链条拴住,由平衡器保持平衡。你可以到近处看看。这是填充燃料的唯一办法。每次放下圆锥罩,火苗就腾空而起。"

"哦。"洛特说着,仰头瞧瞧天空。"月亮更亮了。"

"走吧。"霍洛克斯又捉住他的手臂,朝铁轨交叉处走去。这时出现了一件意想不到的事,事情突如其来,两人都茫然无措。走到一半时,霍洛克斯的手突然像一柄铁钳将对方牢牢抓住，猛地往后一拉，然后半转身体看着上方的铁轨。不远处一串亮灯的窗户迅速逼近，闪着红黄灯光的火车头愈来愈大，朝他们俯冲下来。洛特猛然意识到即将发生什么，朝霍洛克斯掉过脸，拼足全力想挣开将他拉至铁道中央的那只胳膊。挣扎未持续几秒钟，霍洛克斯发觉情况不对，一把将对方拉离险境。

"快走开！"霍洛克斯喘息着说，火车哐当哐当轰然而至。

两人都气喘吁吁地站在炼铁厂的大门口。

"我没看见。"洛特说，装出一场虚惊的样子。

霍洛克斯"嗯哼"一声，算是答复。"圆锥罩，"他说，好像大梦方醒的模样，"我想你没听见我说话。"

"是没听见。"

"我不能让你就这样完了。"霍洛克斯说。

"我一时有点发愣。"

霍洛克斯沉思了一会儿，转身面朝炼铁厂。"瞧，我的这些圆锥罩，这些煤堆，在夜晚看起来多么漂亮啊！看那边那辆卡车，在倾倒矿渣，看那些通红的煤渣，顺斜坡滚落下去。越往前走，煤渣就堆得越高，连鼓风炉都被挡住。看那个大家伙的顶部，不是那边，这边，矿渣中间。那是搅拌炉。还是先带你看看水槽吧。"

他挽住洛特的手肘，两人比肩而行。洛特偶尔心不在焉地回答霍洛克斯几句话。他暗自思忖，铁轨上究竟是怎么回事？是自己弄错了，还是霍洛克斯确实把自己推向了火车？自己是不是差点儿被他谋害？

看来这个窝窝囊囊的家伙确实知道了一些什么事情，有那么一两分钟，洛特很为自己的性命担忧，不过随后他又把握住了自己的情绪。反正霍洛克斯什么也没听见。不管怎么说,他及时救了自己一把。这种古怪的举动不过是出于嫉妒而已,这种嫉妒他以前就曾经有所流露。他现在又在谈起灰堆和水槽。

"瞧啊!"霍洛克斯说。"什么?真的!多漂亮的月色!"

"水槽,月光下和高炉旁的水槽是一大景观。以前看到过吗?没有吧。你的夜晚都用来在纽卡瑟尔泡女人了。告诉你吧,还有更漂亮的景色——很快就能看到。滚烫的水……"

他俩刚一走出废渣、煤堆和矿石垒成的迷宫,轧钢机的轰鸣声就迎面扑来,震耳欲聋。三个黑乎乎的工人走到霍洛克斯面前,伸手摸了摸帽檐。他们的脸在黑暗中看不清楚。洛特觉得应该与他们打个招呼,可是还未等他想好词句,那些人又回到了阴影中。

霍洛克斯指了指跟前的水槽。这是一个看上去很奇怪的地方,水中荡漾着高炉血红色的倒影。滚烫的冷却水从这儿流过,水面上冒着缕缕白色的雾气。洛特赶紧退离几步,看着霍洛克斯。

"这儿是红色,"霍洛克斯说,"赤热的雾气像罪恶一样血红;到了那边呢,月光笼罩的地方,又变得如死神一般苍白。"

洛特扭头看看,又迟疑着把目光掉回霍洛克斯身上。

"去滚轧机那儿瞧瞧。"霍洛克斯说。这一次的推拉动作不那么吓人,洛特稍稍松了一口气。可是霍洛克斯为什么说"如死神一般苍白"和"像罪恶一样血红"呢?只是巧合,也许。

他们在搅拌炉的后面停留了一会儿,然后走进一台台滚轧机当中,伴随着永无止境的轰鸣声,蒸汽锤从容不迫地敲打着通红的铁条。

"往前走。"霍洛克斯凑近洛特的耳朵大叫。他们走了几步,凑近鼓风口背后的一个小玻璃孔往里瞧,看见烈焰在炉膛里翻腾,那只眼睛一时感到无法适应。周围的黑暗中闪烁着蓝色和绿色的光点,他们走进升降机。装满煤块和矿石的卡车就是从这儿被送至巨大的圆锥罩的顶部的。

洛特紧紧抓住高炉上方的铁栏杆,不禁又疑虑起来。待在这儿是否明智?万一霍洛克斯什么都已知道了呢?他禁不住一阵颤抖。脚下距地面有70英尺,危险极啦。

"这就是我跟你说过的圆锥罩,"霍洛克斯大声喊道,"下面就是火焰和熔化的铁水,泛着泡沫像苏打水一样。"

洛特紧紧抓住扶手,朝下面的圆锥体看了一眼。热浪逼人,铁水沸腾。不过危险已经过去,也许……

"中间的温度,"霍洛克斯叫道,"将近1000度,如果你掉进去……就像撒进去一撮火药,嘶地一下就没啦。伸出手去摸摸它的呼吸,瞧啊,在这儿就能看见卡车上的水在蒸发。瞧瞧那圆锥体,烤馅饼都嫌太烫,它的表面就有300度……"

"300度?"洛特问。

"300摄氏度,记住!"霍洛克斯说,"它一下子就可以把你的血烘干。"

"什么?"洛特退后一步。

"把你的血烘干……不,你跑不了!"

"放开我!"洛特大叫,"放开我的手!"

他先是用一只手紧抓栏杆,然后两只手都抓了上去。两个男人扭来扭去。忽然,霍洛克斯猛地一拽,把他揪了起来。他企图抓住霍洛克斯,但未能成功,两脚反而悬在了空中。他在空中一阵乱蹬,随后脸、肩和膝盖都撞到了滚烫的圆锥体上。

他去抓拴住圆锥体的铁索,刚一碰上整个圆锥体就晃动起来,火舌卷着燃烧的赤色粉尘直蹿而出,闪着亮点朝他逼来。膝盖上一阵剧痛,紧接着便闻到了手掌被烧煳的焦肉味。

他立起来想去攀爬那条铁索,可是被什么东西击中了脑袋。高炉的炉口朝他升了起来,在月光下显得黑乎乎的,且又闪着火光。

他看见霍洛克斯站在他上方一辆满载燃料的卡车旁。那个手舞足蹈的人儿在月光下看起来那么苍白,不住地喊道:"叫啊,你这头蠢猪!叫啊,叫啊,你这个专搞女人的家伙!好色的杂种!烧死你!烧死你!烧死你!"

他忽然从卡车上抓起一把煤,一块接一块地朝洛特砸去。

"霍洛克斯!"洛特惨叫,"霍洛克斯!"

洛特死命抓住铁链,让自己的身体悬离滚烫的圆锥体。霍洛克斯扔出的煤块每次击中他,他的衣服就燃烧起来化成炭灰。他正在挣扎之际,圆锥体降落下去,紧接着冲出一股令人窒息的气浪,游动的火舌迅速将他舔噬。

他的人形一瞬间便消失了,等到红光散尽,霍洛克斯看见一个黑乎乎的燃烧的影儿,脑袋上残留着血污,仍旧在铁链上蠕动——像一只烧焦的小动物,一个畸形的生灵,不时发出哽咽和惨叫。

看着这一切,铁器制造商的怒气忽然消失殆尽。一阵非常不舒服的感觉漫上心头。焦肉的味道吹进他的鼻子里,促使他恢复了理智。

"主啊,饶恕我!"他叫道,"哦,上帝!我干了什么啦?"

他明白下面那个还在蠕动的东西是个正在死去的男人——鲜血正在那个可怜人的脉管里嘶嘶沸腾。痛苦涌了上来,压倒了所有其他的感觉。

他茫然无措地站在那里,之后又转身爬上卡车,犹豫着将整车燃料倒向那个一度是个男人的蠕动的东西。燃料轰的一声直泻而下,灿烂的火光笼罩了整个圆锥体。随着那声轰响,惨叫声不再响起,青烟、粉尘和火焰都朝他升腾起来。等到一切过去之后,圆锥体重又恢复了往日的形象。

他步履蹒跚地往回走,双腿发软,两手紧紧抓住铁栏杆,嘴唇哆嗦着,但是什么也说不出来。

下面传来叫喊声和急促的脚步声。车间里轧钢机的哐当声突然停了下来。

［英国］罗尔德·达尔
（Roald Dahl，1916—1990）

　　英国当代小说家，原籍挪威，二战期间加入英国皇家空军，后成为英国公民。达尔擅写惊悚小说，曾两度获得爱伦·坡小说奖。他同时也写儿童小说，最有名的作品是《查理与巧克力工厂》。达尔后与好莱坞女演员、奥斯卡金像奖得主派翠西·尼尔结为夫妇，成为一段文坛佳话。《女房东》是他的短篇代表作之一，曾入选多种英美短篇小说选本。

女房东

比利·威弗乘午后的慢车从伦敦出外旅游,在斯温顿换了车,到达巴思时已是晚上九点来钟,可以看见车站出口对面的房屋笼罩在一片月色之中。天气异常冷,寒风像冰铲一样直刺脸孔。

"对不起,"他说,"请问附近有便宜点的旅店吗?"

"到铃龙旅店那边看看吧,"门卫指着马路的尽头说,"那边也许有。往前走四分之一英里,马路对面就是。"

比利谢了门卫,拎着箱子开始朝铃龙旅店的方向走那四分之一英里的路。他以前从未来过巴思,谁也不认识。不过伦敦总公司的格林斯雷德先生对他说,这是一座挺不错的城市。"找地方住下后,"他说,"就向分管经理报告。"

比利十七岁,身披一件崭新的海军蓝大衣,头上戴的棕色软毡帽和里面穿的棕色衣裤也都是新的,他自我感觉很好。他步履轻松地顺马路往前走。这些日子里他做什么事都很轻松。他认为轻松是所有成功的生意人的特点之一。总公司里的那些大老板时时都谈笑风生,轻松愉快。

他行走的这条宽阔的马路上没有店铺,两边只有一排排高大的房屋,全都一个模样,门廊、圆柱、四到五级通向前门的台阶,显然这虽一度住过非常富有的人家，不过现在即便在黑暗中，他也能看清门窗木框上剥落的油漆，漂亮的白色大门也已裂开缝隙，污渍斑驳。

忽然，比利在一扇显然是被六码外的路灯照亮的橱窗里，看见一块支撑着窗格玻璃的招牌，上面写着"提供住宿和早餐"，招牌下面立着一只高大漂亮的插着毛茸茸柳条的花瓶。

他止住脚步，凑近过去。橱窗两侧都挂着绿色窗帘（像是天鹅绒的质料），在窗帘的衬托下，毛茸茸的柳条看上去十分动人。他透过橱窗玻璃朝屋里窥视，首先映入眼帘的是在壁炉里熊熊燃烧的火苗。壁炉前面的地毯上，一只漂亮的德国小狗鼻子拱着腹部蜷成一团在睡觉。昏暗中可以看出房间里布置着雅致的家具，放着一架小型钢琴、一张大沙发和几把松软的坐椅。在一个角落的一只笼子里，还有一只大鹦鹉。在这种地方看见小动物，往往是好兆头，比利对自己说，总之这地方看起来会住得很舒服，肯定比铃龙旅店舒服多啦。

另外住小客店也要比住寄宿处有意思，到了晚上会有啤酒喝，会有掷镖游戏玩，还会有人聊天，而且房价恐怕也会便宜不少。他曾经在一家小客店住过几个晚上，留下了挺不错的回忆。他从未在寄宿处住过，老实说吧，对那种地方有点畏惧，光是寄宿处这名字本身就让人联想到稀稀的白菜汤，贼抠的女房东和起居室里熏人的咸鱼味儿。

在寒风中瑟瑟发抖了两三分钟后，比利觉得还是先到铃龙旅店那儿看看后再做决定为好。他转身欲走。

奇怪的是他刚想离开橱窗，目光却被那块小招牌紧紧吸引住。"提供住宿和早餐"，招牌上写道。"提供住宿和早餐"，"提供住宿和早餐"，"提供住宿和早餐"，每个字都像是一只黑黑的大眼睛，透过玻璃窗注视他，吸引他,诱惑他,迫使他无法离开原来的位置,无法挪步离开这栋房屋。还不仅仅如此,接下来他鬼使神差地走向前门,跨上台阶,把手伸向门铃。

他揿下门铃,听见里面很远的一间屋子里响起铃声,可是就在刹那间——肯定是在刹那间,因为他的手指都还未来得及从按钮上缩回来——门却吱呀一声打开,现出了一位女人。

通常的情况是,你揿响了铃,等那么半分钟左右门才打开,可是这女人简直就像玩偶匣里的傀儡,他刚一揿铃——她就蹦了出来!把他吓了一跳。

她四十五到五十岁的光景,一见到他脸上就浮现出欢迎的笑容。

"请进来吧。"她愉快地说道,侧身把门打开。比利感到自己不由自主地走进了屋子,跟随她进去的那种本能,或者确切地说那种欲望,异常强烈。

"我看见了橱窗上的招牌。"他说,稳住自己。

"对,我知道。"

"我正在找地方住。"

"已经为你准备好了,亲爱的。"她说。

她的脸蛋红润丰腴,一双蓝眼睛柔情似水。

"我正准备去铃龙旅店。"比利对她说,"刚好看见你橱窗里的招牌。"

"亲爱的孩子,"她说,"你干吗还站在寒风里不动?"

"要多少钱?"

"五块六一夜,包早餐。"真是便宜极啦,还不到他原来想出的一半价钱。

"如果嫌贵,"她又补上一句,"还可以再便宜些。你早餐吃鸡蛋吗?

鸡蛋现在可不便宜。不吃鸡蛋可以再便宜六毛钱。"

"五块六就五块六吧,我就住这儿。"

"我知道你会的。进来吧。"

她显得格外殷勤,就好像最要好的同学的妈妈欢迎他前来过圣诞节。比利取下便帽,跨进门槛。

"就挂在那儿吧,"她说,"我来帮你脱大衣。"

客厅里没有别的帽子和大衣。没有伞,也没有手杖——什么都没有。

"这房子归我们所有,"她领他上楼时回过头对他粲然一笑,"瞧,我很少有机会带客人进我这个小巢。"

这老姑娘有点神经兮兮的,比利心想。可是哪儿找得到五块六一夜这样的便宜事?

"我原先以为客人会很多呢。"他彬彬有礼地说了一句。

"哦,那当然,亲爱的,那当然,只是我这人比较挑剔——不知道你是否明白我的意思。"

"噢,明白。"

"不过我总是有备无患,这间屋子里样样都已准备妥当,只等机会到来,进来一位年轻的绅士。每当我打开门,看见一位合适的人站在门口,哦,亲爱的,我是多么快乐呀。"她已走到扶梯中央,这时停下来用手扶住栏杆,回过头动了动苍白的嘴唇,面含微笑凝视着他。"比如你。"她加上一句,蓝色的眼睛缓缓地浏览比利的身躯,从头浏览到脚,又从脚浏览到头。

走到二楼时她告诉他:"我住这层。"

然后两人来到三楼。"这层归你住。"她说,"这是你的房间,希望你喜欢。她领他走进一间小巧的卧室，进门时随手拧亮了电灯。

"早晨太阳会从窗子上升起，帕金斯先生。是帕金斯先生，对吗？"

"不，"他答道，"我叫威弗。"

"威弗先生，多好听啊。我用热水瓶把床单熨得暖暖的，威弗先生。在一张铺着干净床单的陌生床上抱着暖瓶睡觉，多舒服啊，你说呢？如果还觉得冷，你随时都可以点上煤气取暖器。"

"谢谢，"比利说，"太谢谢了。"

他注意到床罩已被取掉，被褥整整齐齐地铺开，仿佛随时都可能有人来住。

"真高兴你能来，"她说，真诚之情溢于言表，"我都开始有点为你操心了。"

"不要紧，"比利快活地说，"不必为我操心。"他把手提箱搁在椅子上打开。

"晚饭想吃什么，亲爱的？你来之前吃过什么了吗？"

"我一点不饿，谢谢。我想马上睡觉，因为明天一大早我还要给公司写报告。"

"那么，好吧。我这就走，你慢慢收拾。不过你能不能在睡觉前来楼下起居室签个名呢？人人都得这样做，因为这是房产法规定的，事情已经到了这一步，我们可不想犯法，对不对？"她朝他做了个手势，之后走出房间掩上了门。

这时比利对女房东的异常表现已经不再有任何担忧。不管怎么说，她并没有恶意——这一点是毫无疑问的，非但如此，她显然还是个大方而富于爱心的人。他心想，她可能在战争期间失去了儿子，或者碰上了什么类似的事，心灵的创伤一直未能愈合。

因此过了几分钟，他打开皮箱并洗过手后，匆匆下楼来到起居室。女房东不在，但是壁炉里炉火正旺，那只小狗仍然缩在壁炉前，睡得正香。屋里暖暖和和的，舒服极啦。我真幸运，他想，搓了搓双手。真是事事如意。

他看见钢琴上摊开一本住宿登记簿，于是掏出笔在上面写下了自己的姓名和地址。在他的前面只有两位客人，他很自然地瞅了一眼。一位叫克里斯多夫·穆尔霍兰德，从加蒂夫来；另一位叫格里戈利·W.坦普尔，来自布里斯托。

奇怪，他忽然想。克里斯多夫·穆尔霍兰德。他好像记起了一件什么事。

他以前在哪儿听说过这么个不同寻常的名字？

是学校里的一个同学？不是。是姐姐的不计其数的男朋友当中的一个？或者爸爸的朋友？不是。不是。绝对不是。他又看了看登记簿。

克里斯多夫·穆尔霍兰德
加蒂夫市凯瑟德雷尔路231号

格里戈利·W.坦普尔
布里斯托市塞克莫大道27号

结果他发现，第二个名字和第一个名字一样，也仿佛与某件事情有关联。

"格里戈利·坦普尔？"他一边读出声来，一边搜索记忆。"克里斯多夫·穆尔霍兰德……"

"多可爱的两个孩子呀！"他的身后响起了一个声音。他回头，看见女房东端着一只银茶盘步态优雅地走了进来。她把茶盘端得高高的，盘子仿佛成了套在一匹烈马上的笼头。

"他们的名字好熟。"他说。

"是吗？真有意思。"

"我敢肯定以前在哪里见过这些名字，你说怪不怪。可能是在报纸上。他们不是名人，对吧，我是说棒球明星、足球明星那种人？"

"名人，"她把茶盘搁到沙发前的茶几上，"哦，不，我想他们不是名人。不过他们都特别漂亮，两人都漂亮，真的。他俩都很修长，年轻而英俊，亲爱的，就像你一样。"

比利再次去看登记簿。"你看。"他注意到了日期，后面这位是两年前登记的。

"是吗？"

"是，绝对是。克里斯多夫·穆尔霍兰德又更早一年——到现在已经三年多了。"

"天哪，"她摇摇头轻叹一声，"我都没去想过。时光过得真快啊，是不是，威尔金斯先生？"

"我叫威弗，"比利说道，"威——弗。"

"哦，当然啦！"她叫道，在沙发上坐了下来。"瞧我多傻。向你道歉。一个耳朵进一个耳朵出，我就这副德行，威弗先生。"

"你知道什么事情吗？"比利问，"关于这方面的事？"

"不，亲爱的，不知道。"

"嗯，你瞧——这两个名字，穆尔霍兰德和坦普尔，老实说分开我一个也记不住，但是合起来就好像跟一件什么事情有关。他俩好像因为同一类事情而出名，你懂我的意思吗？——就好像……嗯……就好像丹普西与塔尼，比方说吧，或者罗斯福与丘吉尔。"

"那多有意思呀，"她说，"过来吧，亲爱的，就坐在我身边好了，在你去睡之前我要给你尝尝好香好香的茶，还有姜汁饼干。"

"你真不用费心，"比利说，"我没叫你这样做。"他站在钢琴旁，看着她忙忙碌碌地摆开茶杯和碟子。他注意到她的手小巧白嫩，动作灵活，指甲盖涂得猩红。

"我敢肯定是在报纸上看到的，"比利说，"我再想一想。肯定能想出来。"

没有什么比差一点就能想起什么事情更让人恼火了。他不愿放弃。

"等等，"他说，"请稍微等一等。穆尔霍兰德……克里斯多夫·穆尔霍兰德……是不是那个伊顿公学的男孩，他徒步穿过西部乡村，后来忽然间……"

"奶？"她问，"还是糖？"

"行，谢谢。后来忽然间……"

"伊顿公学的男孩？"她问，"哦，不，亲爱的，根本不可能，因为我的穆尔霍兰德先生来这儿时根本就不是什么伊顿公学的男孩，他是牛津大学的学生。过来这儿，坐到我身边来吧，烤烤火暖和暖和。过来吧。茶已经为你准备好了。"她拍了拍身边的空位置，笑吟吟地看着比利，等他过去。

他慢慢走了过去，在沙发边缘坐下。她把茶杯放到他面前的茶几上。

"这下好啦，"她说，"真舒服，是不是？"比利开始小口啜茶。她也一样。有那么一两分钟，两人都一言未发。但是比利知道她一直在看着自己，她的身体迎向他，他可以感觉到她的目光停留在他的脸上，越过杯口注视着他。他不时闻到一丝似乎从她那儿飘过来的奇特的气味，不能说不好闻，让他联想起——嗯，他也不清楚联想起什么。酸胡桃？新制皮革？或是医院的走廊？

"穆尔霍兰德先生喝起茶来可厉害啦，"她终于开口说，"我这一辈子都未见过像可爱的穆尔霍兰德先生那样能喝茶的人。"

"我想他最近才离开吧。"比利说。他仍旧对这两个名字感到纳闷。他现在已经可以肯定在报纸上见过这两个名字，而且是在标题上。

"离开？"她感到有点惊讶，"可是我亲爱的孩子，他从来就没离开呀。他还在这儿，坦普尔先生也在这儿，他们住在三楼，两人住在一块儿。"

比利缓缓把杯子搁到茶几上，盯住他的女房东。她朝他回报以微笑，接着伸出一只雪白的小手，轻轻拍拍他的膝头。

"你多大了，亲爱的？"她问。

"十七。"

"十七！"她惊叫，"哦，多妙的年龄，穆尔霍兰德也是十七，但是我想他要比你矮一点，肯定要矮一点，牙也没你的白。你的牙是最漂亮的，威弗先生，你知道吗？"

"不像看起来的那么好，"比利有点不好意思，"里面补过。"

"坦普尔先生要大一点，"她继续说，没有理会他，"他有二十八岁了。可是假如他不告诉我，我绝不会猜到，一辈子也猜不到。他身上一块疤也没有。"

"一块什么?"比利问。

"他的皮肤就像婴儿的一样嫩。"

一阵沉默。比利端起茶杯,又啜了一口,然后小心放回茶盘。他等着她说点什么,可她仿佛又陷入沉思。他咬了咬下唇,注视着屋子远处的角落。

"那只鹦鹉,"他打破了沉默,说,"你知道吗?在我站在街上往橱窗里张望时,确实把我骗了。我以为它是活的。"

"天哪,怎么会这样。"

"做得真是太逼真了,"他说,"一点也不像死的。谁做的?"

"我。"

"你?"

"当然。"她说,"没看见小贝塞尔吗?"她朝蜷缩在壁炉前酣睡的那只小狗点了点头。

比利抬头望去。他猛然意识到,那只小动物也像鹦鹉一样一直一动也没动过。他伸出手轻轻摸了摸它的背,背部又硬又冷。等他用手指把毛翻至一侧,他看见毛下的皮肤呈浅黑色,非常干燥,保存得很好。

"我的老天,"他叫道,"简直太绝了。"他转过身,用钦佩的眼光看着身边的这位小妇人。"做成这样一定很难。"

"一点也不。"她微微一笑,说,"我的小宠物死后,都由我亲手制成标本。你再喝点茶好吗?"

"不喝了,谢谢。"比利说。茶略微有点杏仁的苦味,不过他没在意。

"你登记过了,是吗?"

"是的。"

"那就好。因为以后假如我忘了你叫什么，我就可以下来查一查。直到现在我差不多每天都还要来看看穆尔霍兰德先生和那个……那个什么先生。"

"坦普尔，"比利提醒她，"格里戈利·坦普尔。请原谅我这样问你，在最近的两三年里，除了他俩，就再也没有过别的什么客人吗？"

她一手端着茶杯，脑袋略略一偏，从眼角注视着他，依旧含着温存的微笑。

"没有，亲爱的，"她说，"只有你。"

[美国] 威廉·萨姆伯洛特

(William Sambrot, 1920—2007)

美国科幻小说家,代表作有《喜马拉雅雪人》《群鲨》等。《恐怖岛》是其最有名的小说,被译成几十种语言流传全世界。

恐怖岛

基尔·艾略特抓住高墙光滑的石块，任爱琴海灼热的阳光烧烤颈项，透过一条裂缝朝里面窥望。

这座小岛点缀在爱琴海的中央，仿佛巨大蓝盾上的一粒水晶石。他来到这座岛上，希望会发生一些什么事情，就像高墙后面所发生的那样。

高墙后面的花园里，有一座淙淙涌动的喷泉。喷泉中央是两个赤裸的人体，一位母亲和一个孩子。

一位母亲和一个孩子，紧紧搂抱在一起，用紫红色、墨绿色和其他的玉石雕琢而成——虽然看上去似乎不大可能。

他从衣袋里掏出一支铅笔状的小东西打开，是一支微型望远镜。他气喘吁吁地再次透过缝隙朝里面窥视。天呐，那女人看得清楚极啦！脑袋微微倾斜，眼睛睁得老大，一副万分惊奇的模样，她看见什么啦？她一只手搁在光滑的大腿上，另一只手没去遮挡丰腴的乳房，而是搂住了孩子。

他用职业的眼光审视着这尊雕像，大脑飞速运转，想确认它的作者，但是未能成功。根本辨认不出年代，可能完成于昨天，也可能完成于几千年以前。不过有一点倒是可以肯定——任何一部史册上都不曾载有它的名字。

基尔发现这座小岛纯属偶然。他乘坐一艘古老的希腊凯伊克①在爱琴海上巡游,漫无目标地从一座小岛驶向另一座小岛。从莱斯波斯②到齐奥斯,再到萨莫斯,横穿这片充满传说的大海和塞克勒迪斯群岛,踏上了神曾经像人一样在上面行走的古老的土地。这些埋藏着大量珍宝的岛屿呈现在基尔眼前。如果碰上什么东西能使他高兴的话,他肯定会掏钱买下来。可是很少有什么东西能让基尔高兴,很少。

凯伊克的引擎在一场不大的风暴中熄火了,只得听凭风浪将他们吹向西南方向。等到风暴停止,引擎又半死不活地重新发动起来,一路喘着粗气向前开去。没有收音机,但是船长毫不在意。有谁会在爱琴海迷路呢?

他们像一只小小的甲壳虫在蓝澄澄的大海上漂啊,漂啊,等到后来,基尔终于在前方看见了一个灰蒙蒙的影子,那是一座小岛。望远镜中那一团黑影越来越近,他倒抽了一口冷气。首先映入眼帘的是一堵将小岛团团围住的不可思议的高墙,一片巨大的马蹄形砖石建筑从海中升起,弯弯曲曲地环抱了几块土地,重又沉入海中,沉入处海水翻卷,白浪滔天。

他提请船长注意。"那里有座小岛。"

船长笑笑,斜眼看了看基尔手指的方向。

"岛上有墙。"基尔又说。

---

① 凯伊克,地中海东部沿岸国家的一种轻便帆船。
② 莱斯波斯岛,因希腊女诗人萨福曾在该岛生活而著名。

船长脸上的笑容顿时消失了。他掉过头,不去看那座小岛。

"那不算什么,"船长冷冷地说,"上面只有几个牧羊人。它连名字都没有。"

"有墙,"基尔温和地说,"这儿——"

他把望远镜递给船长——"你瞧。"

"不。"船长的脑袋纹丝不动,两眼依然直视前方。"不过是座古迹。那里没地方停靠,已经有好多年没人去过那里了。你不会喜欢那儿的,没电。"

"我想看看墙,还有墙背后有些什么。"

船长瞟他一眼。基尔一惊,那眼神流露出担忧。"墙背后什么也没有。那是个破旧的地方,什么也没留下。"

"我想看看墙。"基尔平静地说。

他们最终还是屈服于他。小凯伊克翘着灰色的大鼻子全速在海中行驶,发出突突的响声。他们超过一艘小艇,距小岛愈来愈近。他注意到岛上那条异常清静的小街,冷清的旅舍和几条悬着三角帆的平底渔船,山脚下有一群游动的山羊。

他差一点儿就相信了船长的话:那是一座破败而被人遗忘的小岛,远离遍及世界的现代文明——说白一点儿,是因为他想起了那段墙。筑墙是为了对付或者隐藏什么,他就想知道那个"什么"。

他在那家简陋的小旅舍安下身后,便马上去看那段墙。他从小山丘上往下看,再次为它所环绕的面积感到惊讶。

他沿城墙转了一圈,想在光滑而无法攀缘的墙垣上找到个门或缺口,但未能如愿。被围住的部分像半岛一样突入海中,犬牙交错的礁岩抵御着海浪永无停歇的冲击。

在顺着高墙返回的途中,他很奇怪地听见附近有轻微的水滴声。他小心翼翼地往墙壁上搜寻,发现了一个很小的孔,像一枚胡桃那么大,就在头顶上方。

就是透过这个孔,他看见了那个女人和那个孩子。那么美丽,他简直目不转睛。他终于明白,他苦心搜寻的完美的象征就在这里。

所有的史册怎么居然都漏掉了这件杰作?这种事情本来是很难不走漏风声的,可是居然没有任何消息或谣言从这个小岛传出。在这个针尖般大的小岛上,如此伟大的作品还未被命名;在这面巨大的高墙后面,藏匿着一件天才的杰作;这位神奇的母亲和她的孩子如此动人却不为人知。

他睁眼凝视,舌燥喉干,心儿像鉴赏家发现了久被埋没的真品一样怦怦乱跳。他必须拥有它,他必将拥有它。它尚未载入史册,它的真正价值或许还不被人知。也许它的拥有者是将它继承得来的,于是它就被扔在了那儿,任风吹雨淋,没人注意,没人欣赏。

他恋恋不舍地离开墙上的那个小孔,漫步走回村里,踩着厚厚的远古的尘土。

希腊,西方文化的摇篮。

他再次去想身后那个母亲和孩子精美的形象,这组雕像的作者完全可以跻身于奥林匹斯诸神的行列。可他是谁呢?

回到村子里,他在小旅舍门前蹭了蹭鞋,想蹭掉鞋子上的灰土,同时为这里的居民如此麻木感到奇怪。

"我来行吗?"

一个小男孩两眼闪着光,忽然从小旅舍中蹿出来,一手攥着块擦布,另一只手拿着自制的黑色鞋油,马上就开始去擦基尔的鞋。

基尔在一条长凳上坐下来,审视那个小男孩。他约莫十五岁的样子,瘦而不弱,个头就那个年纪的孩子来说稍微小了些。如果早出生若干年,他也许会成为蒲拉克西蒂利[①]的模特儿:造型完美的头颅,短短的鬈发,眉毛上的两绺刘海儿,像潘神[②]的角,好一副古希腊英俊少年的形象。可是,不行,男孩的鼻子上有一道轻微的疤痕,从鼻梁延伸到嘴角,甚至让人觉得延伸到了洁白的牙齿。

不,蒲拉克西蒂利可不会用他做模特儿——除非雕塑家的脑袋里产生了一个略有缺陷的潘神。

"谁是村子后面那一大块地产的主人?"他用漂亮的希腊语问道。小男孩迅速抬头,好像拉上了百叶窗似的,眼神顿时黯淡下来。他摇摇头。

"你肯定知道,"基尔继续追问,"那片地产占据了整座岛的南端,还有一堵那么高的墙,一直伸进大海里。"

小男孩仍旧顽固地摇摇头。"它一直就在那里。"

基尔笑了。"一直可是很长的时间,"他说,"可能你爸爸知道吧?"

"我没爸爸。"小男孩一副自尊的模样。

"对不起。"基尔看着小男孩熟练的动作,"你真不知道住在那儿那户人家的姓名?"

小男孩咕哝了一个什么字。

"戈登?"基尔俯身向前。"你是说戈登家族?是一户英国人家拥有

[①] 蒲拉克西蒂利,公元前四世纪的希腊雕塑家。
[②] 潘神,希腊神话中半人半羊的畜牧神。

那块地产?"

他感到希望化成了灰烬。如果主人是一家英国人,获得那组精美石头雕像的机会简直就不再存在。

"他们不是英国人。"小男孩说。

"我非常想跟他们见见面。"

"不可能。"

"我知道从岛上是不可能。"基尔说,"可是我猜想,在靠海的那一边,他们肯定有码头或者其他登陆的设施。"

小男孩双眼低垂,仍旧摇头。有几个村民围了上来,一声不响地倾听他们的对话。基尔了解希腊人,这是一个爱凑热闹的快活的民族,有时候异常好奇,而且喜欢给人出主意。这些人全都站着,也不笑,只是瞪着眼睛看。

小男孩擦完鞋,基尔扔给他一枚50雷普塔①的硬币。男孩捡起来笑了,一件有伤痕的头像艺术品。

"那堵墙,"基尔对一位戴眼镜的老头说,"我很想见见那片地产的主人。"

老头嘟哝了一句什么,转身走开了。

基尔为自己犯下的心理学错误懊恼不已。在希腊,钱会说话。"谁愿用船把我送到靠海的那一边,"他高声说,"我给他50或100德拉克玛。"

他明白,对于一个在这座乱石嶙峋的荒岛上放牧山羊的穷苦人来说,这可是一大笔钱。他们大多数人辛劳一年也未必能挣到这么多,一大笔

---

① 希腊货币名,100雷普塔相当于1德拉克玛。

钱——然而他们只是相互望望便走开了,连头也没回。所有的人都是这样。

他在村子里到处都碰上了这种神秘的拒绝,想弄清他们的内心,就像翻越那堵谜一般的高墙一样困难。他们甚至不愿提到那堵墙,谁建的或何时所建。对于他们而言,它似乎并不存在。

黄昏时他返回小旅舍,发现朵尔玛达基斯——用碎肉、米饭、鸡蛋和香料调制而成——出乎意外的好吃;喝雷斯那,一种村民自制的烈性葡萄酒;想高墙后面那位被暮色笼罩的可爱母亲和她的孩子。一阵巨大的悲哀和对那组雕像的渴望漫上他的心头。

真他妈不走运!他曾经遇到过一些当地的禁忌,那些禁忌多半是家族世仇的结果,可以回溯到先人。它们被村民们严加遵守,不敢有丝毫触犯,真不明白这一切对他们短暂的一生有什么意义。不过这完全是另外一回事。

他站在村外的黑暗中,正郁郁不快地眺望大海,忽然听见一阵轻微的脚步声。

他连忙掉头,却见一个小男孩渐渐走近。就是那个擦鞋的小男孩,眼睛里闪烁着星火,尽管夜色温柔,他却微微发抖。

小男孩抓住他的胳膊。"其他的人——今天晚上,我用船送你去。"他悄悄地说。

基尔笑了,大大地松了一口气。他怎么就没想到这个孩子呢。一个小伙子,无依无靠,孤身一人,拿着100德拉克玛自然大有用场,才不会去管他妈的什么禁忌呢。

"谢谢,"他温和地说,"什么时候出发?"

"落潮以前——日出前一小时,"孩子说道,"我,"他的牙齿在打战,

"我只送你过去，我自己只到墙外面的岩石那儿。你要在那儿待着，等落潮后就走——就走——"他好像被什么东西哽住了似的，差点喘不过气来。

"你怕什么？"基尔问，"由我来承担非法进入的责任，虽然我并不认为——"

小男孩抓紧他的胳膊。"其他的人——今天晚上，你回去后千万不要告诉其他的人，我带你去那里。"

"你不愿意我说我就不说。"

"请千万别说！"他气喘吁吁地请求，"如果他们知道了，他们不会喜欢——我就会——"

"我懂了，"基尔说，"我不告诉别人。"

"日出前一小时，"小男孩放低声音，"我在高墙朝东入海的地方等你。"

基尔再次见到那孩子时，星光依然闪烁，但已经开始黯淡下来。小男孩像个黑色的影子坐在一起一落的一叶小舟里，扯住生长在高墙基座岩石上的海带海藻之类。他立刻意识到，小男孩要划好几个小时才能将小舟划到那边，因为没有风帆。

他爬了进去，于是两人离岸出发。小男孩一路无言，令人纳闷。大海波涛汹涌，冷风袭人。高墙隐约显现，迷失在晨雾中。

"这墙是谁建的？"他问。这时他们已驶入漆黑的海面，就着落潮的浪头在一片犬牙交错的礁岩中穿行。

"古人。"小男孩说。他的牙齿咯咯作响，始终背朝高墙，眼望大海估计自己的划行距离，"它一直就在那里。"

一直。基尔看着正渐渐显现出来的巨大的高墙，感到它确实非常古老。非常非常古老。也许可以回溯到希腊文明的早期,那组雕像——母亲和孩子也可能如此。所有这一切居然都不曾为外界所知,这的确是个不解之谜。

等到小舟越划越近,他已能够看清楚在喧嚣的海水中崛起的高墙的末端,基尔意识到自己并非是第一个来此冒险的人,甚至算不上第一百个。这座岛遥远荒凉,连邮路也没有,但是可以肯定,在高墙耸立起来之后的许多年里,许许多多像他一样好奇的人前来寻访过它,包括众多收藏家。尽管如此,却未曾产生过一个谣传。

小舟靠在一块巨大的黑色礁岩旁,被鸟粪染成白色的船头在熹微的日光中泛着光泽。小男孩把木桨放回船里。

"下次涨潮时我在这里等你,"小男孩像发高烧一样全身颤抖,"你现在给钱吗?"

"当然给,"基尔摸出钱夹子,"为什么不送我更过去一点?"

"不行,"男孩惊恐地说,"我不能。"

"就送到码头怎么样?"基尔一边说,一边观察礁岩和斜窄的沙滩之间的起伏的波浪,"咦,怎么没有码头!"

在两堵墙之间,除掉点缀着岩石的沙滩,其他什么也没有:陆地上是一片茂密的矮灌木丛,其中有一棵柏树显得格外高大。

"我会告诉你这是怎么回事。我划船过去,你待在这儿,"基尔说,"用不了多长时间,我就想去见见这儿的主人,谈谈——"

"不!"小男孩的声音因惊慌而变得尖厉,"如果你划船过去——"他爬起来,用力一推想让小船离开岩石,可是就在这一刹那,一个巨浪将小船托起,又猛然跌落下来,结果小船在男孩的身子下面漂移开去。

他一时失去平衡，胳膊一阵乱舞，头触礁岩摔了下去，像一块石头一样慢慢沉入水中。

基尔连忙扑过去，紧随小男孩跃入水里，身体碰上了水下的海藻。他一把揪住男孩的衬衫，可是衬衫像纸一样被扯了个稀烂。他又伸手去抓，这次抓到了他的头发，把他掀出水面。他轻轻地托住男孩，一边泅水一边寻找小船。小船因为他适才那有力的一跳漂得老远，可能漂到了哪块礁岩的背后去了。现在可没时间再去找它。

他推着男孩朝沙滩游过去。这里距光滑洁白的沙滩只有一百米左右的距离，沙滩夹在两堵墙之间，两堵墙则倾斜着没入咆哮的海水中。他从水中探出身子时，男孩微微咳嗽起来，咸水呛进了他的鼻子。

基尔乘着涌潮把男孩推到了沙滩上。男孩睁开双眼，困惑地望着他。
"你会没事的，"基尔说道，"趁着小船还未漂远，我去把它弄回来。"

他走回到海滩边上，蹬掉鞋子，朝小船一沉一浮的方向游过去。他迎着大海和冉冉升起的旭日，把小船划了回来。风减弱成了耳畔的低语。

他靠岸，捡起鞋子。小男孩倚着一块岩石，用一种十分紧张的姿势扭头朝林中窥视。

"好点了吗？"基尔笑着打招呼。他忽然想到，这个小小的不幸倒似乎成了一个蛮好的借口，可以因此登上这块被某户显然极为看重自己隐私的人家所拥有的土地。

小男孩一动不动，还是保持那种姿势监视着低矮的灌木丛。灌木丛后面巨大的高墙赫然耸立，古老而宁静。

基尔摸摸男孩光裸的肩膀。他缩回手，攥紧了拳头。他注视着沙滩。沙滩上留下了男孩爬起来时的痕迹，留下了他跑到这块岩石后面躲藏时的逶迤的脚印。小男孩依然站着，扭头注视着树林，双唇微微启开，脸上浮现出一副略感惊异的模样。

那边，一行优雅的脚印从低矮的树林一直延伸到这块岩石前，然后又延伸到了岩石的后面。脚印纤巧而秀美，足弓较高，仿佛一位女子光着脚，轻轻踩着沙粒，忽然间走了过来。望着这行奇怪的脚印，基尔猛然悟到，自己在头一次透过墙上那个小孔窥视里面那位妇女和她孩子的无法想象的完美形象时，就应该明白那是怎么一回事。

基尔熟知古希腊的所有传说。看着沙面上的这行纤纤足印，一个最为可怕的传说蓦然浮上他的脑海：戈根姐妹①！

戈根姐妹共有三个，美杜莎、欧尔雅勒和斯特诺，头上长发的地方缠绕着蠕动的细蛇。据说三个尤物都可怕至极，任何人只要胆敢看她们一眼，就会立刻化作石块。

基尔站在温暖的沙滩上，海鸥在头顶鸣叫，爱琴海的海水在脚下喧嚣。现在他终于明白了，是谁建造了这堵墙，为什么她们建造的这堵墙一直通向翻腾的大海——还有这堵墙究竟意味着什么。

不是一个名叫戈登的英国家族。而是一个要古老得多的家族，叫作——戈根。珀修斯②杀死了美杜莎，可是她的两个躲藏起来的姐妹，欧尔雅勒和斯特诺，还依然活着。

依然活着。哦，上帝！这不可能！这只是神话！然而——

---

① 戈根姐妹是希腊神话中的三个蛇发女妖，海神福耳库斯的女儿，传说她们以蛇为发，目光所及之物皆化作石头。
② 珀修斯，希腊神话中宙斯与达那厄所生之子，在雅典娜的指点下，用锃亮的盾牌作镜子反观蛇发女妖美杜莎。然后砍下了她的头颅，成为英雄。

他那鉴赏家的双眼尽管已被恐惧的汗水所模糊，仍然注意到了那个倚着岩石的小塑像，脑袋微微偏转，在扭头朝树丛注视时，脸上呈现出惊讶的表情。两绺刘海像两只角挂在眉头上方，头颅造型完满，好像一个古希腊英俊的少年。海水点缀在他光洁的肩膀上，仍旧不紧不慢地从缠绕石腰的那件撕破的衬衫上往下滴淌。

石制的潘神，然而是有缺陷的潘神。一道疤痕微微掀起的大理石的嘴唇，隐约显露出大理石的牙齿。一件略有瑕疵的杰作。

他听见身后响起沙沙声，好像是绳索的声音，同时闻到一种无法用言辞形容的香味，那种声音分明是只有蛇才能发出的嘶嘶声——尽管他知道不应该，但他还是缓缓回过了头，向后望去。

后记

翻译规矩与创作自由

我从上世纪八十年代开始写短篇小说，处女作《死表》发表于1988年的《上海文学》，转眼已经30年了，说来也巧，正是在那一年，我进入出版社工作，开始接触现当代的外国文学作品。进社第一年我即参加编辑《青年外国文学》双月刊，办杂志与出书略有不同，出版社主要编辑出版大部头，而杂志发表的是短小精悍的作品，比如短篇小说，长篇节选，散文诗歌，等等，我正是在编辑杂志的过程中，阅读了大量同时代外国作家的精短小说。

如今回想起来，那是一本很有意义的杂志，主要发表中青年译者的译作，是外国文学青年爱好者的园地，为了加强与中青年译者的联系，当年秋天在桂林召开了全国文学翻译研讨会，请来社科院外文所的专家和各地高校青年才俊，犹记得大家聚集在灵渠旁漓江畔，朗诵译诗，交流心得，场景仿若昨日。当年的与会者很多修成正果，成为如今的译界翘楚。可惜的是杂志时运不济，第二年就停刊了，成为翻译界和出版界的一段如烟回忆。此后我专注于编辑书稿，变成名副其实的图书编辑，一编就是三十年，在工作的闲暇时间开始尝试翻译小说。

写小说与译小说，完全是两回事。写作可以放任自己的想象力，如天马行空般往来自在，写作的欢乐往往也体现在这种驰骋的自由中。翻译就不一样了，必须严格忠实于原著，哪怕感觉原著的行文自己并不喜欢，也得亦步亦趋地译下去，不敢有越轨的念头，所以在创作和翻译之间，我是更喜欢创作的。那么为什么还要翻译呢？除了想把好作品介绍给中文读者，翻译同时也是一种学习的过程。我译过长篇小说，也译过一些现代派作家的短篇名作，如爱尔兰作家乔伊斯的短篇集《都柏林人》，还有美国当代短篇大家菲利普·罗思、约翰·契弗、马拉默德，非虚构小说家卡波特等人的短篇佳构，这些小说手法不同，风格各异，都多少具有现代主义文学的明显特征。对我的写作有无形的影响。

  从理论上说，译者应该寻找符合自己文字风格的作品，仔细研读后再做翻译，直至找到最合适的作家，终生进行研究。比如海明威的文字简洁，译文也应该追求简洁，爱伦·坡瑰丽华美，译文也理当同样华美，这是最忠实的译文。但要想真做到这一点，并不容易，这不过是一种理想状态，在翻译实践中很难实施，一来我们的阅读量有限，不可能觅尽春色再定佳偶；二来人生也有限，精力旺盛的时间不过二三十年，所以选译的作家和作品，未必都能心心相印，但既然选中了谁，就会全身心投入尽力译好，就如同择偶，虽然找到的未必是最爱，但也要当作最爱去对待。

  优秀的译家对自己是有定位的，也即有所取舍，不是什么都可以拿来译的，译小说的未必能把诗歌译好，反过来，会译诗的不见得能译好小说，精明的译家会在文体上有所选择。哪怕译同一种文体，比如译小说，也要找准最合自己口味的流派，能译好某个作家，未必就能译好所有作家，福克纳的愁肠百结与海明威的明快简洁，完全是两回事，马尔克斯的魔幻与博尔赫斯的玄妙也有天壤之别，如果交由同一个译家来译，再好的译笔恐怕也难传神。

一位译者适合译什么样的作品，除了编辑给出建议，更重要的是译者自己要有判断，喜欢什么不喜欢什么，心里要有个准数，仅仅识得几个洋文，并不能保证可以成为译家，做文学翻译的，未必译得了机械包装纸或药品说明书，同样的道理，要想译好文学，首先得喜欢文学，找到自己喜欢的作品或作家，像对待西洋猫那样宠爱那些西洋文字，把它们渐渐汉化成中华猫。

现代主义小说流派众多，有的繁缛，有的简明，译文是否忠实，直接影响读者的阅读感，同时也影响中国作家的写作。中国现当代文学与外国文学的关系，是众所周知的，几乎所有有成就的作家，都不避讳谈及外国作品对自己创作的启发，有的作家，尤其是五四之后的现代作家，同时也是通晓洋文的优秀译家。我个人比较喜欢文字明朗的小说，晦涩的作品不好读，也不好译，需要深厚的双语功底，但这并非是说，明朗的文字就好译，要想把明朗的文字译得同样明朗，同样需要深厚的双语功底。

除了现代主义小说，我还译了一些悬念大家的作品，比如科幻小说家布雷德伯里，悬念小说大师罗尔德·达尔等，因为在阅读英文小说的过程中，感觉悬念小说最抓人，篇幅也不长，一口气就能看完。在世界文学的格局当中，悬念小说是一个独特的品种，如果说探案小说以抓到真凶为结局，显示的是侦探的才智，那么悬念小说演绎的则是内心的推算，引导读者去领悟人世间的种种玄机，更富有诡异的魅力，像本书收入的《女房东》《恐怖岛》等小说，都是闻名全球的经典名篇。

虽说写小说与译小说是两回事，但译小说自然会影响到写小说，尤其是优秀的短篇小说，结构精巧，字字珠玑，如传世藏品般值得回味把玩。现代派小说由传统小说演变而来，除了追求精细的内心描写，在文句表达上也力求简洁，对小说的结构则更加讲究，完全颠覆过往的叙述方式，在地域上交错变换，在时空中左右穿梭，结尾处往往有惊天一笔，给读者无限遐想，有伤心的唏嘘，也有会心的感悟，读起来是很过瘾的。我写小说的时间，要先于译小说，早期的创作偏重场景描写，虽然力图突破现实主义手法的习惯套路，但毕竟功力不逮，多少还是留下刀工的痕迹。

后来开始翻译现当代外国小说，由于只习得英文，阅读的大都是英美文学，看过不少英语经典短篇小说的选本。洋人对短篇小说是很看重的，不同的出版社有不同的选本，选入的作家也不一样，最优秀的短篇大家会出现在不同的选本里，比如毛姆、萨基、凯瑟琳·曼斯菲尔德等，都堪称大师。仔细玩味大师的文字，自然会有所领悟，表现在写作上，则学会过滤平庸芜杂的过程，把眼光更多地投向人生的吉光片羽，去表现那些或激越或平和的灵魂片段，也逐渐明白小说不完全是故事，应该比故事更深厚也更丰盈。

现代主义浪潮内容很庞杂，技巧只是几朵浪花，汹涌的波涛是对人性的再认识，对内心世界的再探索，技巧颠覆的只是叙述方式，亘古不变的是爱与恨，生与死这些话题。有人以为学会了意识流、时空倒叙等等，就等同于学会了现代主义，这些只是外壳而已，外壳包裹的如果不是生命的血肉与鲜活的灵魂，那只能是干瘪的外壳。如果说纯文学小说传达的更多的是理念，那么翻译悬念小说，对我的小说创作则有直接影响，我早期写的一些小说如《一桶玫瑰酒》，就有悬念小说的影子，当然那是对悬念大师遥致敬意，回过头来看，也只能付之一笑。

这本《剪刀与女房东》共收入创作小说与翻译小说各十篇，其中创作小说多半写于二十一世纪前十年，属于我小说写作的中期作品，分别发表于《花城》《收获》《钟山》《上海文学》《山花》等文学杂志。这些作品反映了我对现代主义小说的追求，《礼拜四》与《光裸的向日葵》里的结构组合，《手感》和《三种口味的包子》对都市情感的交叉描绘，《剪刀》和《云儿》对女主角的心理描写，《六万分之一》的慢板叙述等，都是尝试之一种。这些尝试并非专为标新立异而做，主要是想用别致的手法，更好地表现这个时代的人物命运。感谢双子座丛书给我结集出版的机会，尤其要感谢丛书主编高兴先生的赏识，正是他的力荐，促成了本书的面世。

2018年初春于桂林

图书在版编目（CIP）数据

剪刀与女房东 / 沈东子著、译 . -- 桂林：漓江出版社，2019.4
（双子座文丛·第二辑）
ISBN 978-7-5407-8509-3

I. ①剪… II. ①沈… III. ①短篇小说 - 小说集 - 世界 IV. ① I14

中国版本图书馆 CIP 数据核字 (2018) 第 203132 号

JIANDAO YU NÜFANGDONG

剪刀与女房东

沈东子 著/译

出 版 人：刘迪才
出 品 人：张谦
责任编辑：张谦
助理编辑：辛丽芳
装帧设计：石绍康
责任监印：张璐

漓江出版社有限公司出版发行
广西桂林市南环路 22 号　邮编：541002
发行电话：010-85893190　0773-2583322
传真：010-85890870-814　0773-2582200
邮购热线：0773-2583322
电子信箱：ljcbs@163.com
网址：http://www.lijiangbook.com
三河市西华印务有限公司
[河北省三河市泃阳镇化甲屯小学东　邮编：065299]
开本：880mm×1230mm　1/32
印张：10.75　字数：230 千字
2019 年 4 月第 1 版　2019 年 4 月第 1 次印刷
ISBN 978-7-5407-8509-3
定价：48.00 元

漓江版图书：版权所有，侵权必究
漓江版图书：如有印装问题，可随时与工厂调换

读者回函

书名：

姓名： □女 □男 年龄：

地址：

电话：

Email：

学历：□高中（含高中以下）□专科 □本科 □研究生及以上

职业：□学生 □自由职业者 □一般职员 □中高级主管 □个体经营者 □其他

请问您平均每月购买几本书？

□4本以下 □4—10本 □10—20本 □20本以上

请问您的阅读习惯是？

□文学小说 □心灵励志 □艺术设计 □生活美学 □戏剧舞蹈 □地理地图
□旅游 □经济 □历史 □建筑 □传记 □宗教哲学 □其他

请问您从何处知道此书？

□书店 □报纸 □书评 □广播 □电视 □网络 □亲友介绍 □其他

请问您在何处购买了本书？

□实体书店 □网上书店

您购买本书的主要原因是？（单选）

□工作或生活所需 □主题吸引 □亲友介绍 □书封精美 □喜欢作者 □促销活动
□媒体推荐 □喜欢漓江出版社 □其他

您觉得本书如何？

书名：□很好 □普通 □待加强

创意：□很好 □普通 □待加强

封面：□很好 □普通 □待加强

内容：□很好 □普通 □待加强

印制：□很好 □普通 □待加强

价格：□偏低 □适中 □偏高

您还想读到哪些著译俱佳的作译者的作品？

您对本书及漓江出版社的宝贵建议：

阅读，让我们相遇

"南环路22号"读者俱乐部欢迎您的到来！

读者朋友您好，认真填写完背面的"读者回函"，有以下几种方式可以找到我们：

1. 沿虚线裁下"读者回函"，找点儿空闲，跑一趟邮局，来一场久违的寄信之旅。我们的地址就在本页下方。等着您——
2. 为"读者回函"拍一张清晰的照片，扫描关注"南环路22号"，第一时间发送过来。
3. 为"读者回函"拍一张清晰的照片，Email给我们。

不论来信，还是扫码，还是电邮的读者，一旦收到您的"读者回函"，即可成为"南环路22号"读者俱乐部的会员。**前50名读者，可获赠样书一册。**

会员特有福利：

No.1 通过"南环路22号"公众号购书尽享折扣，绝对有惊喜！

No.2 第一时间获得新书资讯，满足您爱文学、爱读书的小渴望。您的阅读清单就让我们承包吧！

No.3 成为新书试读员，可参与撰写书评文字，公众号择优发布。您的一字一句，我们都会倍加重视。

地址：广西桂林市南环路22号漓江出版社中外文学编辑部
电话：0773 - 2583397
传真：0773 - 2583000
邮政编码：541002
邮箱：zhongwaiwenxue111@163.com

南环路22号